5

まさみティー
MasamiT
Ill. イコモチ
icomochi

黒鳶の聖者

~追放された回復術士は、有り余る魔力で闇魔法を極める~

そう。俺は緊急回避魔法を、
空中で使った。
「空はもう、
お前だけの領域ではない。

『ガアァアッ！』
《ダークジャベリン》！」

「私の名は、シャーロット。
あなたの全てを肯定し、
それを支えると伝えに来ました」
シャーロット
Charlotte

黒鳶の聖者 5

～追放された回復術士は、有り余る魔力で闇魔法を極める～

まさみティー

OVERLAP

Contents

第1章

第2章

Saint of Black Kite
The banished healer masters dark magic with abundant magical power.

イコモチ icomochi

第1章

01 現状の整理と、シビラが選んだ次の目的地

ハモンドの街にて、シビラはレストランで貸し切りの部屋を選んだ。外に会話が漏れないよう配慮したが……食事は会話が少ない。ただ、これは無理もないだろう。

――エミーの隣に、あのケイティの仲間だったマーデリンがいるのだから。

静かなうちに、今の状況を整理させてもらおう。

俺を追い出したヴィンス達《たち》が、ハモンドで【魔道士】ケイティから声をかけられた。

その正体はキャスリーンという『愛の女神』なる存在。シビラが追っていた人物だ。

ケイティは、【聖騎士】エミーが抜けた後に【魔法剣士】アリアをパーティーに呼び、【賢者】ジャネットが抜けた後に【魔道士】マーデリンを呼んだ。

気がついた時には、【勇者】ヴィンスと俺達幼《おさな》馴染《じ》みの勇者パーティーは、ケ、イ、ティ、の友、人、だけで固められていた。

俺は真相を探るべく、シビラとともに故郷アドリアからハモンドの街までやってきた。

結果、幾つか判明したことがある。まず、件《くだん》のケイティという人物とその能力に関して。

ケイティは、記憶を読む。更に、記憶を上から塗り足す。

その記憶操作は、聖者の治療魔法《キュア》で、その塗り足した記憶を剝がすことができる。

次に、ヴィンスに関して。

ケイティに記憶を上塗りされたヴィンスは、俺《おれ》のことを完全に忘れていた。

治療魔法《キュア》をかけて洗脳を解くと、ヴィンスは記憶が奪われていた間のことを覚えていた。

ここで得られた重要な情報は、ヴィンスはケイティの能力を僅かな間に俺に伝えるほどケイティのことを警戒しており、そこに信頼関係が見られなかったことだ。

最後、マーデリンに関して。

緑の長い髪を伸ばし、柔和な雰囲気をしたフード姿の、元ケイティの仲間だった女。

俺達を攻撃していたマーデリンだが、治療魔法《キュア》をかけると、明確に雰囲気が変わった。

シビラのことを『シビラ様』と呼ぶのだ。つまり、マーデリンは――恐らくアリアも――記憶操作されてケイティのパーティーメンバーになっていた。

決着が付かなかったが、結果的に得るものは大きかった。

こうして皆が無事な状態で、様々な情報を得ることができたのだから――。

一通りの食事が終わり、飲み物が配られた。まずシビラが口を開く。

「はー、食った食った！　ハモンドのレストランはいいわね！　マーデリンも、少しは気持ちに余裕ができたかしら？」

「は、はい……。シビラ様、ご配慮いただきありがとうございました」

「最近ぽこじゃか叩《たた》かれまくりだったから、そういう丁寧語されるの気分いいわね！」

「お前が調子に乗らなければ叩くわけないだろ、叩くぞ」

シビラは俺の反応に対して、むしろ少し嬉《うれ》しそうに肩をすくめてマーデリンに向き直る。

「でも今は、あんまりピンと来ないからやめてね。ていうかアタシとどっかで会った？」

「そうですよね、でしたらこれならどうでしょうか」

マーデリンはフードを取ると、長い髪の毛を前に寄せて、目を隠した。

シビラがじっと見て……それから手を叩いた。

「姉さんとキャシーが行ってた店の、給仕の子じゃん！」

「さすが、記憶力がいいですね。プリシラ様もよくお褒めになっておられました」

給仕？　マーデリンは、ただの給仕だというのか？

「ああ、姉さん……プリシラとキャスリーンは元々仲が良くてね。気に入っていた店に何度か連れて行ってもらったことがあるのよ」

今の会話には、妙に新情報が多い。これがただの仲のいい人らの話で終わるならそれでいいが、目の前にいるのは『宵闇の女神《ジャネット》』シビラなのだ。

無論、そういった新情報に関して、知識に貪欲な者が気にならないわけがなく。

「女神の世界には、店があるのですか？　何分《なにぶん》、全く知らないもので」

ジャネットから食い気味に繰り出される質問に、シビラが答える。

「人間の街と、基本的な構造は近いわよ。ダンジョンはないけど、神々が貴族として存在して、天使が平民のようにそれぞれの暮らしをしているの」

「女神の住む街、その生活。実に興味深いですね。……ん？　ということは……」

ジャネットが視線を向けた先は、マーデリン。その疑問は、俺も当然抱いた。

「話から察するに、マーデリンは『天使』なのか？」

「はい。地上に降りた際には様々な制限がかかって羽の顕現もできないのですが、私は上級天使です。中級以下は、地上に降りること自体が不可能ですね」

あっさりと頷《うなず》いた。目の前の女性も、神話の世界の存在か。シビラが女神である以上今更ではあるが、こうも神話の存在が次々に現れると感覚が狂ってくるな……。

「それにしても、女神や上級天使なら地上に降りられる、か。逆に俺達人間は、神々の世界に行くことはできないのだろう？」

「いえ、天界へは問題なく行けるはずですよ」

そうだろうな……ん？

「俺の聞き間違いか？　シビラ」

「天界でしょ？　普通に行けるわよ。人間にはその力があるわ」

「何故《なぜ》だ？　天使は地上への行き来に制限がかかっているようなのに、普通の人間は天界へ行けるというのは」

それではまるで、俺達人間が天使よりも能力が高いように感じる。ピンと来ないな……。

そんな俺の疑問に対して、シビラはあっさりと結論を言ってのけた。

「天界、地上界、魔界。それぞれに独自の魔力があって、その力が地上は特に複雑に干渉し合っていて、当然天界側の力にも常日頃から馴染《なじ》んでいるわ。それに人間には天界側の力が授けられているから、天界に来られるようになっているのよ」

「天界側の力？　まさか……」

「そう。『職業《ジョブ》』よ」

そうか……俺達が持つ力は『太陽の女神』に授けられたもの。当然、神々の力の一部だ。天使達が地上側の力を持っていなくとも、人間達が天界側の力を持っているのか。

「マーデリンの言っていたことも気になるし、次の目的地が決まったわね」

「天界に行くんだな？」

「ええ。といっても天界への道は、特定の場所にしかない」

地上から天界を繋《つな》ぐ場所、それは——。

「王都『セントゴダート』ね。そこに行けば、シャーロットに道を繋いでもらえるわ」

「シャーロットという知り合いがいるんだな。……いや、おい待て」

シャーロット……その名前を、俺は以前聞いている。

ケイティの髪の毛が本来金色ではない理由。それは、太陽のような金色に輝く髪を持つ女神が、一人しかいないからであると。

「ええ、『太陽の女神』は王都にいるわ。折角だし、ラセルは愚痴でも聞いてもらう？」

俺の内面などお構いなしに、実に気楽そうにシビラは言ってのけた。

夕食を終えた俺達は、人通りの多い道を離れて宿への薄暗い道を歩く。俺は……正直なところ、シビラに言われたことをうまく自分の中で消化できずにいた。

──シャーロット。太陽の女神教の、皆に祈られし象徴である女神本人。

自分の手と、ローブを見る。

濃い茶色のような、ファイアドラゴンの血が固まった色。俺の今の内面を表すような『黒鳶色《くろとび》』だ。職業《ジョブ》、ローブともに、俺の髪色のように太陽の明るさなど感じない色。

──俺は、女神が嫌いになった。

「太陽の女神に会いに行く、か」

列の後ろで俺の隣にいたエミーが、独り言に振り向く。

「ラセル？」

「いや、何だか俺達さ、随分と遠いところに来たなと思って」

「あー」

シビラがあんなヤツだから改めて意識することもないが、俺は今女神本人とパーティーを組んで旅をしているのだ。魔神を討伐して太陽の女神に会いに行く……それこそ歴代の【勇者】でも、ここまで神々の事情に巻き込まれた旅はしていないのではないだろうか。

「ラセルは、その……太陽の女神のこと、どう思っているの？」

……改めて、太陽の女神を今どう思っているか、か。

女神《シャーロット》を嫌ったその翌日に女神《シビラ》に救われた。

更に、命を張ったエミーを、【聖者】の蘇生魔法《リザレクション》で生き返らせた。

もう十分、自分の職業《ジョブ》が優れたものであることは理解している。それを有効活用できなかったのが、自分の責任であることも。

だが……あの日の絶望をチャラにできるほど、俺の中であの日は軽くはない。

「かつてほど太陽の女神を恨んではいない。好きでも嫌いでもない、が……俺の職業《ジョブ》のこと、真意は聞いておきたい」

「そう、だね」

これぱかりは、実際に会ってみないと分からないことも多いだろう。

太陽の女神本人はどんなヤツなのか、それによって俺の気持ちも変わってくると思う。

「なにしてんのー！　いちゃついてたら迷子になるわよー！」

「ならねーよ！」

少し集団から離れてしまったとはいえ、人通りの多い道で何を言っているんだあいつは！

「ふえぇ……」

ああもう、エミーがすっかり照れている。あいつは人の機微に聡《さと》いのか疎いのか……いや、聡い上で意図的にかき回して楽しんでいるな。人間以上に人間っぽい自由人だ。シャーロットがどんなヤツかは分からんが、シビラほどお調子者ではないことを祈る。

……誰に祈るって？

そうだな……女神当人に祈るのもおかしいし、顔も知らないプリシラとやらに祈っておくか。あんたのぽんこつ愚妹が二人に増えませんように、と。

部屋に戻り、エミーとジャネットは湯浴《ゆあ》みをして寝間着に着替える。

今日が終わる前に、二人には伝えておかないとな。

「慌ただしくて言いそびれてしまったが、改めて二人とも、来てくれて助かった。いなかったら今頃どうなっていたことか」

「えへへ、ラセルのピンチにばーんと到着できて、私もすっごく嬉しいよ！　ちょーしあわせ！　これからも、どんどん頼ってね！　それが私には、いっちばん！」

「元々助けられたのは僕だし、負い目があったのも僕だ。まだ礼を返しきったつもりもないから。それに、神を地に落とすのは実に愉《たの》しい経験だった。……ああ、詠唱の子細は明朝にでも語ろう」

それぞれが頼りになる言葉を返し、二人ともベッドへと潜り込んだ。

「マーデリンもベッドで寝なさい」

「い、いえ！　私はソファで眠らせていただこうかと」

「ソファはアタシの一番のお気に入りの、特等席なの。絶対に譲らないわよ。遠慮してるとかじゃなくて、こっちがいいの」

「そ、それでしたら……」

遠慮がちではありつつも、マーデリンがベッドに入った。遠目に見ても、せいぜい綺麗《きれい》な人だな程度にしか思わないこの人物が、天界の天使か。

洗脳の解けたマーデリンは、やはり気を張り続けていたのか、すぐに寝息を立て始めた。

「ラセルは眠らないのかしら」

「ああ、今日一日での情報が多すぎて目が冴《さ》えてしまってな……」

ケイティの記憶操作能力とレベル吸収能力、ヴィンスの垣間見《かいまみ》えた心情。助けに入ってくれたジャネットの圧倒的な力。マーデリンの洗脳と、アリアの記憶操作の可能性。

そして……王都『セントゴダート』にいる太陽の女神。

今日一日でいろんな情報を得たが……最後はそれまでの情報とは少し違う。ダンジョンでの出来事経験、太陽の女神に関する情報開示はシビラから行われたものだ。

「何故今になって天界の話を？　別に聞かなかったからといえばそれまでだが……」

俺の問いに、シビラはふっと笑うと立ち上がった。

「少し、風に当たろっか」

そう告げると、宿のバルコニーへと出た。

風を受け、シビラの銀髪が月明かりを受けて燦《きら》めく。今のシビラはジャケットを脱いでおり、雰囲気だけならどこぞの令嬢のようだ。雰囲気だけなら。

「ん〜っ、気持ちいいわね」

月を眺めながら目を細める姿は、今日の戦いへの緊張や気負いなども感じられない。最近少し緊張気味だったものが抜けたように感じられる、久々のシビラらしい顔だった。

「それで、話だが……」

「せっかちな男はモテないわよ〜」

「モテたくてやってるわけじゃない」

「そうね。だって……あんたはそんなことしなくてもモテるもの」

少し予想外な変化球の返事を入れられ、思わず二の句が継げなくなる。そんな俺を見て少し笑うと、シビラはすぐに話し始めた。

「――舐《な》めるな、って言われたのよ」

「何？」

「あんたの模擬戦時、アタシはずっとジャネットちゃんと一緒にいたの」

「ああ……そういえばそうだな」

「その時にね、言われたの。『あまりラセルを舐めないでください』って」

ジャネットが……？

「ジャネットちゃんはね。アタシがラセルに対して、まだ遠慮しているって気付いたのね。神々の事情だし、ちょっと巻き込みすぎるのも申し訳ないかなって思ってたんだけど」

ああ、こいつはまだそんなことを考えていたのか。

魔神を相手にした以上、今更遠慮なんて似合わねーよとは言ったはずだが。

「いやさあ、これってある意味内輪話だから、そういう意味でもあんまり巻き込みたくなかったのよ。でもジャネットちゃんは、それを含めた上で『それはラセルをまだ下に見ている、失礼』って言い切っちゃってね」

「ジャネットは、そんなことを言ってたのか」

「ええ。……アタシから話さなきゃ、壁なんて取っ払えないっていうのにね」

そうか。ジャネットは俺をそこまで買った上で、シビラに話してくれていたのか。

「後は、あんたを『太陽の女神』に会わせてもいいかどうか悩んでいた部分もあるわ」

それは……そうだろう。

この世界の職業《ジョブ》が太陽の女神によって授与されているのなら、その女神を俺が逆恨みで滅ぼしでもしてしまった時、世界に何が起こるか。

シビラにとって歴代の【宵闇の魔卿《まきょう》】は皆かつての俺のように絶望していたらしいし、俺をシャーロットに会わせることなど普通は有り得ないはずだ。

だが、シビラは話した。それは即《すなわ》ち、シビラが俺のことを『太陽の女神に会わせてもいい宵闇の魔卿』と認めてくれたということになる。

「正直、直接会った時にどう思うかはまだ分からない。だが、お前が俺を『会わせていい人間』と判断したのなら、それが失敗だったと思われないようにはするさ」

「今日はラセル史上最高のデレじゃない？　ベタ惚《ぼ》れ？　夜の信頼度マックス？　このまま結婚しちゃう？」

「その判断能力だけ壊滅的に頭脳が地盤沈下していることを除けば、信頼してるぞ」

「やぁん照れ隠し系男子っ！」

シビラの笑い声を聞きながら、もう話すこともないかと部屋に戻った。

眠気も来たことだし、このまま眠らせてもらうか。

「お前も早く寝ろよ」

「今日は気分がいいから、追加で呑《の》むわ」

やはり信頼してるだなんて言わない方が良かったか？
やれやれ、今日もあいつはシビラだな……。
まあ、あれで俺より遅く起きたことなどないのだから、実に元気なことだ。
……今日は本当に色々なことがあった。
明日から本格的に、王都への移動準備を始めるのだろう。
結果は分からないが、腹は決めた。
会って話そう、太陽の女神《シャーロット》に。

02 過去を乗り越えるのは難しい、それを理解しているからこそ共感する

翌朝起きると、既にソファに腰掛けて優雅にコーヒーを飲むシビラの姿が映る。

「……俺以外は？」

「まだ寝てるわ。朝というには早いわよ」

窓の外、未《いま》だ部屋の中は薄青い。エミーがもぞもぞと動くが、起きる気配は……。

「どらご、いっ、たべりゃれな……むにゃむにゃ……」

「夢の中のエミーちゃんは、どうやらドラゴンを一匹まるまる食べてるみたいね」

「マジかよ……やれやれ、幸せそうで何よりだ……」

食いしん坊ではあったが、ここまでだっただろうか？　ただストレスはなさそうで、そこだけは安心できるな。……そう思ったのは、もう一つ向こうのベッドが理由だ。

「……っ、ふぅ……」

ジャネットは、眉間に皺《しわ》を寄せて息苦しそうに汗をかいている。夢の中だというのにこいつは緊張しっぱなしだ。……それだけ、俺達《たち》が押しつけた苦労が大きかったのだろう。

「《キュア》。……本当に、何もかも押しつけてすまなかったな」

少し落ち着いた様子のジャネットを、シビラも複雑そうな顔で見ていた。

それから数時間。エミー、ジャネットと順番に起き、最後の一人も目覚めた。

「……ん……？　ここは……。あ、そっか……」

マーデリンが緑の髪を揺らしながら起き上がり、シビラへと頭を下げた。

「おはようございます、シビラ様」

「つーん」

いやお前、何だいきなり。あと『つーん』は自分で言うのかよ。

「あ、あの……シビラ様……？」

「その『様』っていうのやめないと、口きいてあげないもんねー」

駄々っ子かお前は。いや駄々っ子だったな。

「え、ええっ……それは、その……。じゃあ、シビラ、さん……」

「よろしい。天使のあんたって相当な美貌なのよ、ラセルに様付けで呼ぼうものなら、怪しすぎるわ。特にこいつは貴族令息に見えないつっけんどん朴念仁《ぼくねんじん》で痛ったァ!?」

「そのまま説明を聞こうと思ったがやめた」

チョップを叩《たた》き込む俺とシビラを見て、目を白黒させるマーデリン。

「まあ見ての通りだ、このお調子者はこの程度の扱いで十分だからあまり気にするな」

「世界最高の美少女ちゃんが地上界に降臨しているのに、この扱い!?」

「その美少女ちゃんが様付けを嫌がったんだろうが。ああ、一応シビラが言った通り俺も気楽に呼んでくれ。過剰に頭を下げられると却《かえ》って怪しまれかねん」

「はあ……では、ラセルさん」

「あっ私はエミーです！」

「ではエミーさん……と、ジャネット、さん……」

マーデリンは、ジャネットに対しては少し言い淀《よど》んでいた。

一方ジャネット側は、早めに立ち直ったからか気にしていないようだった。

「あまり気に病まないで。気持ちが分かるという意味では、僕は他の誰よりも近いです」

「……ありがとうございます」

マーデリンは、ジャネットの言葉を心に染み込ませるように目を閉じて何度も頷《うなず》いた。

過去は、変えられない。それでも二人の関係では被害者であるジャネットが、加害者側であるマーデリンを『被害者』として同じ立場として寄り添っている。

まだまだマーデリンが、本来の性格のままに振る舞うには時間がかかるかもしれない。

俺なんて未だに、追放前の俺には戻る気なんてさらさらないからな。

だが、立ち止まることだけはやめたのだ。

マーデリンも昨日までの自分を、かつての俺のように乗り越えていけたら。

その先に、頼れる仲間として信頼し合える仲になれたらと、そう思う。

朝食まで、まだ少し時間がある。

ここでシビラが手を叩き、一つの質問をした。

「はいはーい。それじゃあ今のうちに、外で喋《しゃべ》れない話をしたいわ。ジャネットちゃん」

「ああ、なるほど。あれのことですね」

ジャネットは頷くと皆から離れ、両手を上にして……いきなり火と電気の玉を出した。

シビラが何を話題に出したかも気付いた。ジャネットは、確かに無言だった。

「それそれ！　いやーアタシの度肝を抜いてくるなんて、ジャネットちゃん凄《すご》いわね」

「教えていただいたから、とっかかりが摑《つか》めたんですよ。零を一にすることは、一を百にするより難しいですから」

「……その考えに、何らかの製作業に携わることなく至るということがまた凄いわよ」

「いくつか学べば、誰もがその結論に至るはずです」

シビラが驚いた顔のまま、こちらに顔を向ける。言いたいことは分かる。

「あんたが自分の知識量に自慢気じゃない理由がよく分かったわ」

「だろ？」

書庫でいつも隣にいたのが、ジャネットだった。俺達はずっと一緒に本を漁《あさ》っていたが、自分が賢くなれば賢くなるほど、賢者との差が見えてきた。

「『無知の知』というやつだな。何も知らなかった昔より、ある程度知識を備えた今の方が、自分の知識量がどれほど及ばないかを明確に知ることができるようになってきた」

「……それを理解できる時点であんたも大概孤児の範疇《はんちゅう》から外れるというか何というか。貴族教育の怠惰な遅れと、領主連中の他家への嫉妬を思い出すわね～」

当然のことながら、貴族は平民よりは良い教育を受けているのだろう。だがシビラの言い方から察するに、積極的に学ぼうという気にはなっていないということなのだろうか。

何かを知るということは、それだけで面白いものだと思うが……元々その環境が豊富な上、強制されたりすると、そこまで学ぶ気にならないのかもしれないな。

「この辺りの深掘りはまたの機会にするとして、まずはジャネットちゃんの秘密ね。ずばり聞くわ。……どぉやってんの？　アタシ全く分かんないんだけど」

そこだよな。正直俺も、全く分からん。早めに答えを聞きたい。

「想像はつきませんか？　魔法を使う時に何が必要か」

「そりゃあ声や文字よね。……もしかして、自分以外の声？」

ジャネットが首肯した。なるほどな……と俺は素直に感心しようとしたところで、シビラが首を横に振っているのに気付いた。……左手からだけ火の玉が出ている。

「なあ、シビラ。今の説明はもしかして、何かおかしいのか？」

「ラセル。あんた無詠唱ってどうやってる？　自分の声とか文字とか、そういうものに意識して魔力を乗せているわよね」

「そりゃあそうだな。言うだけで魔法が暴発したらたまったものじゃないし」

「おっけー。それじゃもう一人の声、可愛《かわい》いアタシでも聞き慣れてるエミーちゃんやジャネットちゃんでもいいわ。——できるもんならやってみなさい」

妙に挑発的なシビラの言い方に、そこまで言うならやってやろうと意識を集中させる。

ふん、お前より先に使えるようになってもガキみたいにベソかくなよ？

「……」

エミーの声。エミーが闇魔法を言う。想像できる。

魔力を乗せる。暴発しないように腕を真《ま》っ直《す》ぐ上に向けて……。

「……」

左手には……何も起きていない。エミーの声は再現できるが、肝心の魔力が乗らない。

「ジャネット……本当にお前は、他者の声を頭の中に再現しているのか？」

「そうだけど、ラセルはできない？　シビラさんもですか？」

俺が首を横に振り、シビラと同時にマーデリンも手の平を上にしながら首を振っていた。

どうやらあちらも挑戦して、失敗したようだな。

「何が原因だろうか。僕とラセルの違い……同じように知識を、知識……？」

ジャネットが、自分の考えに潜り込んだ。魔法が使えなくなったエミーは、ずっと首を傾《かし》げていた。ほったらかしててすまん。所在なげなエミーと俺の目が合ったと同時に、正面から腹の虫が大きく鳴り響いた。そりゃもう盛大に、長い音が、派手に。

「……あうあう……」

顔を真っ赤にしたエミーに、シビラが「可愛い！」と叫びながら抱きつく。

そんなやり取りを見て、マーデリンが少し口元を緩めていた。……もしかしたら、自然に笑うマーデリンの表情を見るのはこれが初めてかもしれない。

「それじゃ、我がパーティーの愛されマスコットである食いしん坊エミーちゃんのためにも、朝食がっつり食べに行きましょ！」

「うう、恥ずかしい……」

あんまりな紹介に溜息《ためいき》を吐《つ》きつつも、皆で食堂へ向かった。

ちなみにこの間、ジャネットはずっと無言だった。

すっかり自分の思考の世界に潜ったようだな。一度思考の海に沈むと、答えを得るまで浮上しない。これがジャネットの特徴であり、俺達が頼ってきた賢者の姿だ。

この姿を見ると、『ああ、俺のパーティーにあのジャネットが戻って来たな』というのが明確に分かって感慨深いな。

二重無詠唱の秘密。俺にも使えるようになるかどうかは分からないが、ジャネットの答えが聞けるのを楽しみにしていよう。

朝食前に、既に宿の引き払いを済ませた。これ以上ここに用事はないからな。

「それで、シビラ。セントゴダートへはすぐに向かうのか？」

肉と野菜を巻いたパンを食べながら、同じ物を口にしているシビラに聞く。

「んー、王都『セントゴダート』は入門管理が厳重なのよね。一人一人きちっとチェックされてるし、王都の人はそれを全て理解してるわ」

なるほど、思った以上に厳しそうだな。

「まー大丈夫でしょ多分。なんといってもこのアタシがいるんだもの」

「今の一言で猛烈に不安になってきたぞ」

「何でよ!?」

お前が堂々と胸を張って『多分』と言ったからな。頭の回るこいつがそう言ったということは、恐らく『弾《はじ》かれる確率がある』のだろう。

「あの、でしたら」

食べ終わったマーデリンが、遠慮がちに手を挙げた。

「皆さんがお住まいだった孤児院にも『太陽の女神教』の方が視察に来るはずです。その方ならすぐに信頼いただけるのでは」

「あっ」

シビラが手を叩き、俺を見る。考えていることは同じだろう、次の行き先は決まったな。

「――というわけで、フレデリカには一緒にセントゴダートまで来てほしい」

俺達《たち》は一旦アドリアへと戻り、孤児院で今日も変わらず料理をしていたフレデリカに話をする。道中、マーデリンにはフレデリカのことを一通り説明した。

「ラセルちゃん達はセントゴダートに？　それなら私が一緒に行った方がいいわね」

「じゃあ……」

肯定の言葉がすぐ帰って来るかと思ったが、フレデリカは言い淀んだ。

「でも、新たにやってきた子もいるし、ジェマさんの体調も気になるのよね」

「――あぁん？　あたしの体調が何だって？」

フレデリカの言葉を聞きつけたのか、フレデリカの後ろから幼い子供を肩に乗せたジェマ婆《ばあ》さんが現れた。つーか元気だなおい。あんたマジでいくつだよ？

「体調なんて、ラセルが戻って来た日にはとっくに治っとるわい！　全く、フレデリカまであたしを年寄り扱いするんだから失礼さね」

「……本当に大丈夫なんですか？」

「まあ、あんたの気持ちも分かる。帰ってきた日はそりゃもうかっこ悪い姿を見せちまったからね。でも――」

婆さんはこちら側の席に来ると、ジャネットの帽子の上から頭をぐりぐりと撫《な》でた。

「すっかりでかくなった子らが、あたしではどうしようもなかった問題を自分達で解決した。あたしを越えていったんだよ。だから——あたしの自慢の、立派な子達だ」

口を開けば厳しいことばかり言うガミガミ婆さんからの、これ以上ない称賛の言葉。

誰よりも俺達を見てきた人が、俺達の成長した内面を認めてくれた証左。

他でもないこの人にここまで認めてもらえたというのは、素直に嬉《うれ》しいものがあるな。

エミーも嬉しさを隠そうとせずに笑っていて、ジャネットも少し気恥ずかしそうに口角を緩めて顔を伏せていた。

「それでもあと一人、未《いま》だにフラフラしとる、ちょーっと成長が遅いモンがおるようだ」

ニイッと笑った婆さんは、最後にフレデリカの方を向いた。

「だから、フレデリカも一緒に行って、ヴィンス《あのバカ》を連れて帰ってきておくれ。この子らは、管理メンバーとしてのフレデリカの全力を必要としておるようだからね」

正面にいたフレデリカは瞠目《どうもく》すると、俺達の顔を一人ずつ見た。

「……うん、私の助けが必要というのなら、力にならないとね。もういつまでも頼ってもらえるとも限らないもの、頼ってくれるうちは張り切らなくちゃ」

フレデリカは静かに頷くと立ち上がり、ジェマ婆さんの方へと頭を下げた。

「こちらへ来て早々ですが、再び院をお任せします」

「うむ、任されたよ」

フレデリカからの、業務委任。それを婆さんは軽く承諾して、からっと笑った。

懸念事項がなくなった。だが、それ以上に婆さんがすっかり元の通り元気になったのが良かった。

──【聖者】は心の傷までは癒やせない。

癒やせないのならどうすればいいか。

聖者の力以外で癒やすように動けばいいのだ。

両方できるのだから、両方やってしまえばいい。

簡単な話だったな。

「フレデリカ、それじゃ明日からまた頼む」

「ええ、ラセルちゃん！　ふふっ、今度はジャネットちゃんも一緒に旅できるのね」

マデーラでは俺とエミーとシビラの三人が護衛だった。職業《ジョブ》を得た後でジャネットとフレデリカが一緒になるのは、今回が初となる。

「フレデリカさんとは、あまり喋りませんでしたね。しばらくご一緒させていただきますが、よろしくお願いします」

「こちらこそ。ジャネットちゃんったら優秀すぎちゃうから、教師も兼ねて赴任している私の立場がないんだもの。困らなくて困っちゃうわ」

「その勉強と称した趣味の読書に没頭できたのは、フレデリカさんに家事をお任せしていたからですよ。もう少し頻繁にお手伝いできれば良かったのですが」

「ううん、違うの。教え子達が優秀になってくれるのが、私の目的だもの。だから……ふふっ、勉強を教えるのに失敗しても、教会管理会長の方へは優秀な生徒がいるって話して証明代わりに納得してもらってたの。私が教えたこと、なーんにもないのにね」

フレデリカは楽しそうに笑って、舌をちろっと出した。なかなか珍しい、フレデリカのお茶目な一面も……いや、結構頻繁に冗談を言ったりもしているなこの人。

しかし、なるほど。ジャネットが読書《やりたいこと》に集中するためにフレデリカに頼り、フレデリカも料理《やりたいこと》に時間をかけるためにジャネットを便利に使っていたのか。俺が気付くなら無論ジャネットも気付いており、フレデリカの思わぬしたたかさに驚いていた。

「知りませんでした、新事実です。じゃあ……お互い様、ですかね？」

「ええ！」

そんな会話をして、二人は楽しそうに笑った。

——ちなみに。

「あの……ところで、その、勉強を教えるのに失敗したというのは……」

「うんうん、自分で分かってるようでよろしい。そろそろ算数は指を使わずにできるようになった？」

「ごめんなさいホントすみませんゆるして」

ジャネットが埋めてくれた穴、すぐ隣にあったんだな……。

故郷を再び離れる郷愁などどこ吹く風の愉快な女が、後ろの座席を占拠して寝っ転がる。

「あらあら、シビラちゃんってばお行儀悪いんだから……」

「フレっちも一緒に寝ない？　羽を伸ばせるわよ〜。羽が伸びるほど広くはないけど！」

それは渾身《こんしん》の女神ギャグなのか？　悪ガキがいたずらで油を撒《ま》いたぐらいに滑っているぞ。ただフレデリカは意外にも楽しそうに笑っている。

「女神様がこんなに楽しい方なら、もっとみんな気易《きやす》く接してくれるのにね。でも案外、信仰心は薄れちゃうものなのかしら？」

「ある意味『信仰』というより『盲信』で成り立ってる部分もあるわね」

おいおいそれ自分で言って……しまうからシビラなんだな。

二人の会話を聞いて、俺の前に座るジャネットが身を乗り出した。

「シビラさんの他の女神は……それこそ太陽の女神様はどんな性格なのですか？」

そういえば当然のことながら、シビラは本人を知っているんだよな。

「シャーロットは人間第一すぎて、真面目なのよねー……。だから『太陽の女神』なんて役も真面目にこなしちゃうんだけど。ま、会ってのお楽しみよ」

こいつが言う『真面目』がどの程度かは分からないが、こいつが二人ということはなさそうだな。

「あら、ラセルはアタシみたいな可愛《かわい》い美少女が二人もいなくて残念？」

「お前それ性格指して言ってるんだよな。一体どれだけ自己評価が高いのか分からんが、他の女神と比較してもお前の自己評価は変わらないのか？」

「アタシが一番の美少女ちゃんに決まってるでしょ」

実に予想通り、お前ならそういう回答するよな。

「ジャネット、こいつの言うことはだいたい適当だから信用しなくていいぞ」

「ちょっとそれどーいうことよ！」

「大丈夫だよラセル。僕もシビラさんのこと分かってきたから」

「ジャネットちゃんのアタシに対する視線が、冬にちょっと飲み忘れたコーヒーみたいにすっげー生温《なまぬる》くなってるー!?」

さすがはジャネット、シビラのこともすぐに理解したようで何よりだ。

そんな俺達のやり取りを見て、前の席に座ったマーデリンが隣のエミーと会話していた。

「あの、エミーさん。皆さんって普段からこんな感じなんですか？」

「ジャネットとシビラさんは分からないけど、ラセルは特にこんな感じですねー」

「まあ……凄《すご》いですね～……」

「そうそう、ラセルは凄いのです！」

あっちはあっちで、なんとも噛《か》み合っていない会話だった。

「ずっとこのパーティーだったんだ。ラセルも大変だね」

そんなマイペースな人らを見ながら、ジャネットは俺に小声で話しかけてきた。

やれやれ、全くだ……まともな会話ができるのはお前だけかもしれないな……。

「ああ、そうだアタシも質問」

寝っ転がっていたシビラが起き上がり、フレデリカの隣に顔を乗り出すようにした。

「ジャネットちゃん、どうやってそんなにレベル上がったわけ？」

「ああ、これですね」

ジャネットは自分のタグを手に取り、その極端な職業《ジョブ》レベルを表示させる。

アドリア――【賢者】レベル55。

ジャネットの多重無詠唱は勿論《もちろん》強かったが、それ以上にこれが極端すぎるんだよな。

「……え、ええっ!?　ジャネットちゃんって、今そんなに……!?」

「ああ、そういえばフレデリカさんは初めてでしたね」

そりゃあいきなり見たら驚くよな……俺含め全員驚いたし。

魔物を倒すことによって上がるレベル。強い魔物を倒すほど上昇幅が大きいが、女神教の教えでも冒険者ギルドの初心者講座でも、強い魔物に挑む危険性を入念に説いている。

ダンジョンより、自分の命。これが絶対条件だ。

俺の場合は、黒ゴブリンの毒と俺の治療魔法《キュア》の相性が良く、一気に上がった。

それらを踏まえた上で見ても、ジャネットの55という数字は途轍《とてつ》もない。少なくとも、ここにいる誰もジャネットと協力してレベルを上げに行ってはいないからな。

「僕が高いレベルになっていたのは、この『魔卿《まきょう》寄りの賢者』というほぼ攻撃魔法専門の職業《ジョブ》で、パーティーの回復術士《ヒーラー》を担うつもりでいたから。グレイトヒールの上は必ずあると思っていたけど……まさかエクストラヒールがレベル48とはね」

「うわっ、マジで？　ジャネットちゃん魔賢者で回復担ってたわけ？」

「賢い選択ではありませんでした。僕は自分の欲望に忠実なだけです」

いや……本当に、お前が聖女ならと思うぐらいには凄《すさ》まじい覚悟だよ。一体そのどこが自分の欲に従った結果になるのか分からんぐらいの頑張りっぷりだ。ただ、あの危機的状況で活躍した攻撃魔法を見た今となっては、ジャネットが賢者であることが本当に心強い。

「残りの7レベルはどこで上がったんだ？」

俺の疑問に、ジャネットは窓の外を指した。

今はまだ、アドリアからハモンドへ向かう道の途中だ。この森には……そうか。

「狼《おおかみ》系の魔物が溢《あふ》れたダンジョン、ジャネットがやっていたのか」

俺の導き出した答えに、ジャネットは頷《うなず》く。

「僕があのダンジョンに潜っていたのは、レベルを上げるためだけ。ケイティが怖かったからね、強くなりたいという理由だけで夜中に抜け出して潜っていたよ」

「それも含めて、素直に自分のお陰だと言い切っていいんじゃないのか？」

「そーだよ！　ジャネットはもっと、自分で自分を持ち上げるべきだよ！」

「ええ、アタシも賛成」

　俺の言葉にエミーも乗っかり、更にシビラが付け加えた。

「ジャネットちゃん、ほんといい子ねー。でもね、謙虚は美徳だけど取り損ねた名誉の損失がパーティー全体に影響することもあるわ。将来的に、成否を分けるかもしれない」

　それは、実感のこもった言葉だった。

「ええ、実際にアタシも……それで首の皮一枚で繋《つな》がったことがあったのよ」

　シビラは目を閉じて、溜息《ためいき》を吐《つ》く。

　……恐らく何世代か前の【宵闇の魔卿】を思い出しているのだろう。『宵闇の女神』、その信頼を事前に得ることはそれだけシビラにとって重要なのだろうな。

「あの時、事前に助けたのを伝え、信頼を得ておいて良かったわ。そうでなければ——」

「シビラ……」

「——帝都のカジノでスった金を立て替えてもらえ痛ったァ!?」

　自分でも驚くほど、スムーズに手が出た。

　なんつーか、やっぱりこいつはシビラである。

道中食事休憩などを挟みつつも、長い馬車の旅は続く。

風景が並木道から草原に変わってしばらく経過した辺りで、マーデリンとフレデリカも仲良くなったようだ。元来の穏やかな性格のこともあって、すぐに打ち解けたようだな。

俺は二人の会話に交ざるシビラを見ながら、すぐ前に座るジャネットの横顔を見ていた。窓の外を眺める無表情からは、いつものようにあまり感情は感じ取れない。だが、以前に比べて心なしか楽しそうにしているように思うのは気のせいだろうか。

俺達《たち》の中でも、一番小さい背中。だが俺にとっては、今も術士として目指すべき、誰よりも大きい背中だ。

ジャネットが俺を羨んだように、存分にお前の凄さを羨んでおく。

いずれ、自信を持って『術士として肩を並べた』と言えるようになるからな。

「……ん？　どうしたの、ラセル」

「いや、ジャネットもこのパーティーを楽しんでるっぽいなとなんとなく思って」

「……」

一瞬目を見開くと、何故《なぜ》かジャネットは身を乗り出して軽く俺の頭を叩《たた》いた。

こうして叩かれるのは、いつ以来だろうか。

「なんで気付くわけ？　僕以外にもそんなこと言ったりするの？」

「いや言ったことはないが、ジャネットの表情はなんとなく分かるだけだ」

「……はぁ、これだからラセルは……」

何故か溜息を吐いた後。

「うん、楽しんでるよ。いいパーティーだ」

明確に、今笑ったな、と分かる表情をして前に向き直った。

何やらよく分からんが……まあ、ジャネットの気が晴れているようなら何よりだよ。

再び視線を前に向けたジャネットが「あ」と呟《つぶや》いた。

「どうした？」

振り返り、窓の外を指差す。

俺達の様子に気付いたフレデリカが、同じように窓を見て頷いた。

「楽しい旅だったわ～。長旅も、みんなだと楽しい時間だからあっという間ね」

俺もつられて外を見ると、そこには王都の城壁が大きく広がっていた。


視界に入る王都セントゴダートの壁は、圧倒的な存在感を放っていた。

傾いた夕日に照らされて真っ赤に燃え盛るような、王都を守る壁。これを同じ人間が作り上げたとはとても思えないほど、高い壁が途方もなく横に広がっている。

何が凄いって、その壁の遥《はる》か向こうに城の屋根が見えることだ。大き過ぎるだろ……。

「うわー、うわー、すっごい何あれすっごい！」

エミーのそのまま過ぎる印象に呆《あき》れることもできないほど、俺も同じ気持ちだった。ただひたすら、凄いとしか言いようがない場所だ。

「大きいとは知っていたが、実際に目で見て感じるのは全く違うな……」

「そうだね、本では得られない、実物を両の目で見た時に体験できる迫力だ」

ジャネットも同意しながら、窓の外の王都を眺める。

「あっそうだ！　ね、ね、ジャネットはまだ海見てないよね？」

「海？　そうだね、見てないかな」

「じゃあ一緒に行こうよ！　セイリスで見たけど、ホントに凄かったんだから！」

そうだな、俺も海を実際に見た時は、実物を目にすることの印象の違いに驚いたものだ。

「それは興味があるね、是非一度行ってみよう」

「うんうん！　砂浜も綺麗《きれい》でね、シビラさんに選んでもらっ――」

エミーはそこで言葉を突然止めると、俺に一瞬視線を向け、中空に視線を彷徨《さまよ》わせ……

ジャネットに視線を戻した。

「……行くなら二人で行こうね」

「え？　どうしたの急に」

一体どんな結論が出たのか分からないが、何故か二人での旅行を考えていた。まあ、そういうのもいいんじゃないのか？　俺抜きで喋《しゃべ》りたいこともあるだろうしな。

ちなみにシビラは事情を察しているのか納得したように頷いていた。何なんだ一体……。

「そろそろ門の近くね。シビラちゃん、私が応対するから」

フレデリカが馬車の扉を開けると、そこには三人の制服姿の男女。うち一人の女性がフレデリカの顔を見て表情を緩めた。

「フレデリカ様でしたか。タグをよろしいですか？」

兵士は特殊な板状の道具を持ち、それを首からぶら下げて腰で支えるようにしている。

「ええ」

フレデリカは懐から冒険者ギルドのタグを取り出すと、そのボードにかざした。

「はい、ご提示ありがとうございます。他の方もよろしいでしょうか？」

どういうものなのかは分からないが、それで信頼が得られるのならいいだろう。

シビラが頷き、俺とエミーのタグに触れる。その後、一人ずつかざした。

「これは……！　優秀な護衛の方ですね。王都へは初めての方も多数いらっしゃいますが、ご関係をお聞きしても？」

「今年十六になったばかりの、アドリアの孤児院出身の子達なんですよ」

「なんと、孤児院からこれほどの子達が……喜ばしいですね」

仲良さそうに話した後、女性は俺の方に向き直る。

「エミー様、ラセル様、ジャネット様。ここより先は、王都セントゴダートです。入るには事前に行動記録に同意していただくこととなりますが、よろしいですか？」

聞き慣れない言葉が出たな。

「行動記録とは何だ？」

「同意していただけると皆様の行動が記録され、例えば犯罪に巻き込まれた場合などに街の兵士がすぐ助けに動けるようになります」

なるほど、誘拐や行方不明などの際に助けやすくなるということか。……同時に、これは俺達が罪を犯した場合はすぐに捕まえられる、という意味でもある。

「僕からも質問。それは僕達の能力を、その行動記録から操作することは可能？」

「それは不可能です。観測することはできても、干渉することはできませんから。尚《なお》この情報は王城内で厳重に管理され、他の者が見ても分からないようになっております」

「ふむ……魔力の受信はできるが、送信はできない。個人情報の保護と位置情報の暗号化。技術的防衛の側面から見ても、王城内で管理しているのなら信用はできる、か」

ジャネットが呟き、兵士達が顔を見合わせる。その反応に、フレデリカが笑った。

「ね、優秀な子でしょ」

「……孤児院出身者なんですよね？　ああでも、フレデリカ様の生徒ですか」

「良い先生です」

兵士の言葉にジャネットが肯定で返し、率先して板に指を置いて『行動記録』の同意をした。それを見て、皆が指を押し当てる。

「はい、ご協力ありがとうございます。それではフレデリカ様、女神のご加護を」

「ええ、女神のご加護を」

最後に女神教らしい挨拶をすると、扉が閉まり窓の外で兵士が手を挙げた。

それからすぐに、馬車が動き出す。

「さあ、いよいよ王都よ！」

シビラが宣言したと同時に、厚い門のトンネルを抜け、窓から光が差し込む――！


アドリアの田舎村で育った俺にとって、ハモンドの街は本当に賑《にぎ》やかな都会だった。

王都の中は、更にその比ではないほど人が溢れかえっていた。が、それだけではない。

道に並ぶ店の一つ一つがハモンドの一番の店ぐらい大きく、頻繁に人が出入りしている。

何より、馬車が二台通れるような広い道が中心にあり、魔道具の街灯がずらりと並んでいる。街の総合的なまとまり方が半端ではない。

薄暗くなった街を、明るい光が照らしていた。更に道の脇にも所狭しと光が溢れており、マデーラと比べても圧倒的にこちらの方が明るい。

「これが、セントゴダートか……！」

あまりの光景、街そのものが持つ存在感や迫力に圧倒される。

「すっごく綺麗！　何もかもきらきらしてる！」

「王都がここまでとは、驚いたね……！」

エミーとジャネットも、俺と一緒に窓に張り付いている。

「いいわね三人とも！　反応満点よ！」

田舎者の俺達を実に愉《たの》しそうにシビラが笑ったと同時に、馬車が止まる。

「さ！　見てるだけじゃなくて、体験しなくちゃね！　マジで迷子になるから注意して」

シビラが降りて早々に支払いを済ませた後、皆で降りた。

「シビラちゃん、支払いもしてくれたの？　ありがとう！」

「いいのいいの、フレっちが一緒に来てくれただけでアタシ達大助かりなんだから！　本来はもっと質問攻めなのよね」

「そうなのか？」

「来た目的とか、滞在期間とか、そういうのね。女王に会いに来た、なんて言おうものなら即逮捕よ」

「んなこと言うのはお前だけだ」

「じゃあ、『愛の女神』を殴りたいな、テヘ！　みたいな？」

「もっと危ねーよ！」

俺達のやり取りをフレデリカがクスクス笑いながら見ていたが、女王に会いに行くのはマジだ。まあ、愛の女神《ケイティ》を殴りたいのも本気で思っているだろうな。

「それじゃ、まずはフレっちを目的地に連れて行く方向で」

それに同意すると、シビラとフレデリカが先導して街を歩くことになった。

なるべく固まって互いを確認しつつも、どうしても周りの街並みに気を取られてしまう。

通りにはセイリスの中心街にあったような綺麗な服屋が何軒も並び、反対側にはレストランやバーが何軒も並ぶ。何が凄《すご》いって、その広い店内に満席近くまで人が入っていることだ。賑やかすぎて、隣の人の声すら他の会話に混ざって聞こえなくなりそうだな。

壁を見上げると、その頂上付近には大きな宝珠がある。完全に田舎者丸出しだろうが、こんな光景を見慣れてしまうのだから王都住まいは感覚が全然違うのだろうな……。

それからしばらく歩くと、人の少ない場所に出た。

さすがに中心を離れると、人がまばらに見られる程度にまで落ち着いた。

その道の途中で……何故か、黒いマントを着けた黒髪の少女が道を塞ぐように現れた。

「何だ？」

俺が声をかけると、突如そいつが元気良く叫びだした。

「ハッハッハ！　黄昏《たそがれ》の暁に月光を受けて輝く、我こそは闇の女神の祝福を受けし漆黒の影の剣士、暗黒勇者！　貴様、良い色だな！　我が右目の奥が疼《うず》くぞ……！」

道を塞いだ少女は、いきなりそんな変なことを宣《のたま》いながら手に持った黒い箒《ほうき》の柄で俺を指した。な、なんだこの意味不明なヤツは……!?

「おおっ、君凄くいいセンスしてるわね！　アタシ気に入っちゃったわ！」

そのガキにものすげえ嬉《うれ》しそうに絡んでいくシビラ。いや、そうだよな。お前はこういういかにも突飛なヤツが好きだよな！　何故《なぜ》ならお前が突飛の化身だからな！

「そうそう！　ラセルが真っ黒いの、かっこいいよね！」

「あらあらまあまあ、元気ね～。元気なのはいいことだわ」

そのシビラに乗っかるエミー。いや乗っかるな。大体誰だそいつは。

受け皿の広いフレデリカは、このボケを受け止めた。いやあんた太陽の女神教だろ。今の発言許すのかよ。まあ許すよな、フレデリカだし。

「こんなに若いのに、暗黒勇者なんですか。凄いですね」

マーデリンはここに来て一番変なことを言いだした。

そもそも職業《ジョブ》を授与されている年齢じゃないだろ。この美女天使、まさかの天然ボケだ。

いや、俺は一体いつまで突っ込みを続ければいいんだ……。う……頭痛、が……。

（……《キュア・リンク》）

あまりに一度に考えすぎて、自分の頭が本気で破裂しかかってしまった……。

誰かこの状況を助けてくれ。

「……ああ、今のラセルか、ありがとう」

後を向くと、俺と同じように頭痛を起こしていたであろうジャネットが、こめかみを揉《も》みながら溜息《ためいき》を吐《つ》いていた。それから俺の横に来て、呆れ気味に少女に声をかける。

「黄昏は夕暮れの色で、暁は朝。どちらも月明かりより太陽の方が強い時刻だ。何より、闇の女神だなんて大声で言わない方がいいだろう。……ところで、君。その箒はどこか掃除中なんじゃないのか？」

少女は突如はっとした表情をすると、慌てて建物の中へと走って行った。

……いやいやいや。結局何だったんだ、あの意味不明な自称暗黒勇者の少女は。あまりに今まで出会ってきた人々と何もかもが違いすぎて呆気《あっけ》にとられてしまった。

一方、この意味不明な状況を一発で解消してみせたジャネットは、俺を振り返って肩をすくめた。

「このパーティーってずっとこの調子なの？　ラセルも大変だね」

ああ、ジャネット……。

今日ほどお前の存在を心強いと思ったことはないかもな……。

03 俺はこの子を知らない。それでも今できることはある

王都で最初に話しかけてきたよく分からんガキが駆け込んだのは、歴史の重みを感じる――言い換えれば、かなり古い――建物だった。

「あら……？　孤児院の子なのかしら」

フレデリカは首を傾《かし》げると、黒髪の少女の後を追うように建物の中へと入る。

どうやらこの巨大な建物が、王都セントゴダートの孤児院らしい。

建物の中は、もう入った直後から賑やかなものだった。皆箒や雑巾を持っていたが、フレデリカの姿を見て手を止めていた。

「フレデリカせんせーだ！」

既にフレデリカは顔見知りの子達《たち》と挨拶し、頭を撫《な》でている。子供達の声に気付いたからか、奥から様子を見に来た壮年の男と、近い年齢の女性が現れた。

「おや？　フレデリカではないですか」

「帰って来るの、早かったわねえ」

「こんばんは、マーカスさん、ミラベルさん。ちょっとお願いごとを受けて、今日はこち

らへ戻ってきました。イザベラ様は？」

「はい、部屋にいらっしゃいます」

「ありがとうございます。それと――」

フレデリカが、俺達の方を振り向いた。

「今回はこのアドリアからの五人に護衛も兼ねて、一緒に来ていただきました」

「それはそれは……分かりました。皆様、また挨拶は後ほど。さあ皆さん、真面目に掃除をするように。女神様に感謝の気持ちを持って、綺麗《きれい》にするのです」

「簡単に汚れが取れれば、そこそこで切り上げてもいいですよお」

孤児院を担当する二人の対照的な反応を尻目に、フレデリカとともに二階へと上った。

――途中ふと振り返ると、部屋の隅であの黒髪の少女がぽつんと一人で俺達を見ていた。


フレデリカは二階で一番奥の部屋まで行き、扉をノックする。

「はい」

内側からの返事を聞くと、俺達の方に一度目を向けて、部屋に入っていった。

「失礼します」

「……フレデリカですか!?　一階が妙に賑やかになったように感じましたが、なるほど合点がいきました。予定より随分と早いですが、事情を聞いても？」

「もちろんです、イザベラ様」

イザベラと呼ばれた女性は、齢《よわい》五十ほどに見えた。年齢を感じさせつつも、意志の強さもある上品な雰囲気の人。第一印象はそんなところだろうか。

「いろいろ質問をしたいところですが、フレデリカからの報告を先に聞きましょう」

フレデリカは、俺達がアドリアの孤児院出身であること、セントゴダートに用事があったことを話した。

「なるほど、あなた方が噂《うわさ》の、勇者パーティーですか」

――ああ、そうか。当然王都の女神教なら、そういう認識になるだろうな。

「勇者は今、別行動中だ」

フレデリカが答えにくそうにしていたので、俺が代わりに答えた。エミーやジャネットも含め、驚いた顔をして俺を見たが、まあ勝手に言ってしまっても構わないだろう。

俺の言葉にイザベラは少し言い淀《よど》むと、一つ手を叩《たた》いて俺に聞いてきた。

「確認したいことがあります。――よもや、【勇者】を仲間外れにしている、というわけではありませんね？」

イザベラは、穏やかな雰囲気を変え、張り詰めた空気で俺を視線で射貫《いぬ》く。

仲間外れ、か。確かにいつの間にか、ヴィンスだけが抜けた形になってしまったな。

「いや、そうではない」

「それは、女神に誓って嘘偽《うそいつわ》りないと言えますか？」

女神、という単語を聞いて思わずシビラを見る。シビラの方は、こんな状況でも面白そうに肩をすくめるのみだ。やれやれ、じゃあ勝手に喋《しゃべ》るぞ。

「正直に言っていい、というのなら」

「はい」

「俺が勇者パーティーに追い出された」

「はい。……はい？」

「【勇者】も【聖騎士】も【賢者】も、回復魔法を使えるからな。ただその後、エミーが自主的に抜け出して、ジャネットも抜け出した。女神に誓って真実だと言い切れるぞ」

何故ならそこにいる女神が目撃者だからな。

イザベラが視線を向けると、エミーとジャネットが頷《うなず》いた。

「そう、ですか……分かりました。女神教の孤児院管理メンバーとして、孤児院出身の【勇者】には大変興味がありましたが……」

「俺達も、どこにいるか分からないんだ。今回ここに来たのは、ヴィンスの……勇者の足取りを追うことも目的の一つにしている。フレデリカに来てもらったのもそれが理由だ」

「……フレデリカ、今の話に嘘偽りは？」

「ありません、女神に誓って」

教会の者にとって、女神の名を出すことは非常に重いことだ。俺の場合は……ま、隣の女神に誓って、ってところか？

フレデリカが明確に肯定したことにより、イザベラも納得したらしい。

「分かりました。滞在を許可します」

「ありがとうございます、イザベラ様」

「いいのよ、普段からフレデリカには苦労かけてるんだもの。たまにはわがまま言ってくれないと、こっちの気が休まらないわ」

それまでの緊張を解いて、イザベラは自然に笑った。

緩んだ空気の中で、フレデリカはもう一つ質問をした。

「ところで、掃除をしている中に、以前いなかった長い黒髪の子がいましたよね」

「ああ、あの子ね……」

フレデリカの質問に、イザベラはすぐに思い当たったようだ。

「あの子は、ルナ。先月に来たばかりの子よ」

「ルナちゃん……可愛《かわい》らしい名前ね」

フレデリカが、その名前を自らに刻みつけるように反芻《はんすう》する。

「今日は大掃除の日、あの子は真面目に掃除していたかしら？」

「え？　ええと……そうですね、ちゃんと箒を持っていましたよ」

「していなかったのね」

「その……そうですね」

咄嗟《とっさ》にフレデリカは誤魔化そうとしたが、すぐにイザベラに嘘を見破られた……ってことは、真面目に言うことを聞かないという認識になっているのだろう。

「お祈りにも参加してくれないし、話す内容も変な子なのよね。来た時からずっとその調子で……。フレデリカから見て、どうかしら？」

「元気がいい、それが子供にとっては一番だと思います。昼より夜が好きな子だっているでしょうし、何より考え方は一時的なもの。もう少しあの子のこと、知りたいですね」

フレデリカの返答を聞き、イザベラは少し驚きつつも嬉しそうに数度頷く。

「以前より一層、柔軟になったわね。子供達も私達ぐらい柔軟なら良いのだけど……あの子自身が良くても、他の子と馴染《なじ》めないのは良くないと思っているの。……手が空いてる時で構わないから、気に掛けておいて」

「はい、そういうことでしたら喜んで」

フレデリカが了承したところで、ルナに関する話は以上となった。

それにしても、ルナか。女神教では疎まれがちな黒い闇が好きとは物好きもいたものだ。この年齢になるまで自分の色が嫌いだった俺からしてみれば、実に興味があるな。

「はいはい、アタシから一ついいかしら」

「ええ、何でしょうか」

シビラは俺達をぐるっと見回すと、ニーッと笑ってイザベラに向き直った。

「その大掃除、アタシ達も参加するわ！」


……というわけで、シビラの独断により到着早々仕事が増えた。まあ座りっぱなしだった分、身体《からだ》を動かした方が気分も晴れるか。飛び入り参加なので、担当場所は自由である。

いざセントゴダートの孤児院の中を歩いてみると、外から見た印象通り本当に広い建物だ。アドリアの建物がいくつ入るだろうか。

広さに比例するように、子供の数も多い。賑《にぎ》やかなもので、退屈とは無縁そうな建物だ。

ただ、それは同時にこれだけ『親のいない子』が多いことも意味する。

「さて、何から始めたものか」

俺は肩を回しながら、一階の間取りを見て回る。

入口すぐは大きな礼拝堂で、その奥に住居区が繋《つな》がっている。広い部屋、狭い部屋、遊び道具がある部屋、本がある部屋。

エミーとジャネットは広い寝室の窓を雑巾で、二人仲良く掃除している。フレデリカとマーデリンはキッチン周りを他のシスターと連携しながら掃除しているようだ。

ところで、シビラはというと。

「君もアタシのこと、シビラちゃんとでも呼び捨てでもいいから、気さくに呼んでくれるとと〜っても嬉《うれ》しいわ！」

「えと、分かりました、シビラさん」

「真面目で紳士的！　あなた、とっても素敵なモテモテ美男子になるわよ！　それじゃ、アタシといっぱい遊びましょ！」

来ていきなりコレである。

「てい」

「ひゃん!?」

軽くシビラの首を小突き、溜息《ためいき》交じりに声をかける。

「予想通りの展開だが、掃除するって言いだしたヤツが真っ先に遊ぶ気満々でどうする」

「協力して掃除するつもりだったのよ、そのぐらい分かるでしょ？」

「あれで分かるのなら、俺は今日から回復術士《ヒーラー》を辞めて読心術士と名乗るぞ」

そんな俺達のやり取りは、当然のことながらガキ共にじろじろと見られている。

「ああ、俺はこの無茶振りぽんこつを連れているパーティーのリーダーで、ラセルだ。掃除を手伝うことになったからよろしくな」

返事はないが、俺を見て頷く子が数人。そこまで悪い感触ではないだろうか。

「この黒いお兄ちゃん、仏頂面ですぐ世界一可愛いアタシを叩いてくる暴力リーダーだけど、照れ隠しでアタシにベタ惚《ぼ》れなだけだから、仲良くしてあげてね」

「一言どころじゃないぐらい多い説明どうも。お礼はチョップでいいか？」

「お礼をくれるというのなら、手作りの甘いケーキを希望するわ！」

返事代わりに肩をすくめて無言で流す。こんなやり取りも慣れたものである。

「……仲良し？」

「どの辺りがそう見えたんだ……」

そんなやり取りを見たヤツの斜め上の返答に、シビラは笑顔で「よく分かってるわね！」と頷きその子を抱きしめたり、随分と自由である。

掃除をする前から妙に疲れてきた……精神《こっち》の疲れは【聖者】にとって天敵なんだよ。

「この広い礼拝堂を綺麗にするなんて、立派！　皆のこと、女神様も見てるわ！」

そりゃまあ今見ているからな。

「きっと最後には、みんなのことを女神様が直接！　頭撫《な》でに来てくれるわね！」

なるほど、お前が撫でたいだけなんだな。

「それと――」

シビラが一瞬言葉を止めたが、すぐに目の前の子供に触れながら首を振った。

「――何でもないわ。アタシと一緒に、楽しくお掃除しましょ！　終わったらきっと、フレっち……フレデリカ先生が、おいしい料理作ってくれちゃうぞ～！」

「わあっ、たのしみ！」

子供達《たち》と触れ合いながら、シビラは俺の方に顔を寄せる。……今度は何だよ。

「────」

シビラは耳元で小さく囁《ささや》き、顔を離したと同時に手を叩く。

「じゃ、あんたは別の場所担当ね。アタシは今から可愛い天使ちゃん達と、ここで楽しいひとときを過ごすわ！」

「お前と一緒にいると大量の仕事を押しつけられるからな」

「よく理解してるじゃない！」

背中を一発叩かれ、俺はシビラに言われるままに立てかけてある箒《ほうき》を持って外へと出る。ちらほらと俺の方にも目を向ける子らにも軽く肩をすくめて応え、シビラの方を頭で指しておく。そうそう、お前らがあの気分屋女神の相手をしてやってくれ。

楽しげな声色で、シビラは孤児院の子供達をまとめ始める。泉のように湧き出る子供達の黄色い声を背に受けながら、俺は扉から外に踏み出した。

──外、ルナちゃんが覗《のぞ》き見てた。気に掛けてあげて。

さっきシビラは、そう言った。

あいつは周りの子を構っている中で、この場にいない子のことを捜していたのだ。

「あ……」

シビラの言った通り、その少女は扉を出てすぐ見つかった。

「いい場所だな、俺も一緒にいていいか？」

俺はルナの返事を待つことなく、彼女と同じように箒を置いて壁に背を預ける。

「黒い人ではないか！……なんで箒持ってるの？」

「シビラ——あの銀髪のお調子者のことだが、独断でいきなり手伝うって決めてしまってな。あと俺は黒い人じゃなくてラセルだ」

「フフフ、やはり闇の勇者には雑用など似合わぬ！　しかし、それならばこんなところで油を売っていたら、さぞ怒られるかもしれんな！」

「それはお前もだろ」

ルナは俺の軽口に視線を少し彷徨《さまよ》わせると、気勢を削《そ》がれたように声色を変えて答えた。

「怒られるのは、いつもだから、いいの」

「いつも、か。こうしてサボっているのは」

「……言いつけを守ってないわけじゃない。でも、同じように合わせるのは嫌。太陽の女神を信仰して、毎日女神に感謝なんて面白くない」

へえ、こういうヤツもいるもんなんだな。

誰もが信仰している宗教。それも、直接的に職業《ジョブ》という恩恵を与える力を持った女神だ。

「そう思った経緯を知りたいものだな」

「……言わない。黒い人でもダメ」

あまり話す気はなさそうだな。しかし話しぶりからすると、どうやら他のヤツよりも『黒い人』の方が心の距離は近いようだ。

「なら構わないさ。そうだな、その代わり――」

そうだな、やはりここであれを聞いておきたい。

こいつを気に掛けるというより、俺が個人的に興味がある、という意味でな。

「――『暗黒勇者』といったか？　そいつの話を聞かせてくれないか？」

その単語を出した瞬間、目を見開いて勢い良く俺の方を向く。

長い黒髪の間から右目が見えた。左目は青、右目は金。確か、オッドアイといったか。

「お前、暗黒勇者に興味があるのか！」

「聞いたことがないものでな、実に興味がある」

俺の返答に気を良くしたルナは、「そうか、そんなに知りたいか、なら仕方ないな」と嬉しそうに呟《つぶや》きながら腕を組み頷《うなず》く。

「フッフッフ。では教えてやろう黒き者よ。暗黒勇者とは、この世にいる影の英雄だ！」

ルナの語り口調が、熱を帯び始める。

目は爛々《らんらん》と輝き、その金の瞳が光っているかのように錯覚するほどだ。

「昼は誰もその存在に気付かぬ、平凡なる者。しかしそれは、世を忍ぶ仮の姿なり。闇の英雄は日中には活動しないのだ」

「ということは、夜か」

「然《しか》り！」

ぐっと拳を胸の前で握り、上気した顔で口角を上げる。

「秘密なんだろ、あまり大きな声では言えないな」

「あっ」

ルナは俺の突っ込みにはっとし、誰にも聞かれていないか周囲を確認する。

「危なかった……そう、漆黒の英雄は人に知られるわけにはいかない」

その英雄、影になったり闇になったり漆黒になったり忙しいな。

「世界では様々なダンジョンが自然発生している。しかし表の勇者の数は、ダンジョンの数に比べて決して多くない。が、魔物が野に溢《あふ》れていることは少ないのだ。何故《なぜ》か？」

「つまり、その暗黒勇者が魔王を倒していると」

「その通りだ。光を通さぬ闇の力で人々を影から救う、決して目立たないが誰よりも活躍する者。真の英雄であり、影の実力者である」

面白半分で聞いてみたが……なかなか、驚いた。影の英雄のくだりは、間違いなく俺達の活動そのものだった。……こいつが俺のことを言っているわけではないと頭で分かっていても、少し照れるものがあるな。

「だが……。だけど……」

と思ったら、ルナは急にトーンダウンして顔を伏せた。先ほどまで太陽の光に負けないほど輝いていた瞳は、長い前髪に隠されて見えづらくなっている。

「……本当は、そんな人なんていないのかもしれない。ううん、多分いない」

「急に、どうした？　信じているんじゃないのか、闇の英雄を」

「だって――」

ルナは、顔を上げて俺の目を見ながら、絞り出すように呟いた。

「――そんな英雄がいたら、きっと私のこと、助けてくれるはずだもん」

その小さな声に、心臓を摑《つか》まれたような感覚に襲われる。

俺は、この子のことを全く知らない。だが、それでもいくつか分かることがある。

暗黒勇者を信じていること。孤児院では周りと馴染《なじ》めていないこと。

そして――親がこの子を捨てたこと、だ。

気丈に振る舞い、調子に乗っているかのように見えるが、それはもしかしたら不安の裏返しなのかもしれない。恐らく、この子が今のような考えに至った理由は……。

太陽の女神を信仰していない。この国では、その考えは異端のそれでしかない。

だが、そういうことなら俺ぐらいは味方になってもいいだろう。

「いる」

「……え?」

「暗黒勇者はいる。俺も聞いたことがあるし、実際に勇者の来なかったダンジョンが攻略された話を聞いたことがある」

俺の言葉に、先ほどまで弱気になっていたルナの目が大きく見開かれた。

「確かに、女神教の勇者だけにダンジョン攻略を一任している」

『太陽の女神教』は、そのダンジョン攻略の能力を全ての人間に与える。ただし、ギルドからは『なるべく中層まで』と教えられている。

下層に潜るベテランも僅かにいるが、それはあくまで自己責任。現在、【勇者】及びそれに関連する職業《ジョブ》以外が魔王を討伐した記録はない。

そういった無謀な挑戦は、女神教においての基本思想『命を何よりも最優先』という教えからはあまり好まれない行為。故に、ダンジョン下層まで潜る者は僅かだ。ま、教義じゃなかろうと、死と隣り合わせの環境に進んで潜りたいと思う者はまずいないだろう。

「だから、力を持つ勇者パーティーだけがダンジョンの魔王を討伐する。そうして、ダンジョンの外の平和が守られているわけだ。……にしては、攻略し終わったダンジョンの数が、一世代に一人の勇者に比べて妙に多いんだよ」

「じゃ、じゃあ暗黒勇者は……!」

俺は、ルナに視線を合わせてしっかりと頷く。

「――絶対に、いる。影の英雄は、今もどこかでダンジョンを攻略している」

俺の言葉に、ルナはようやく表情を戻した。

「ふ、ふははは！　やはり我の考えは合っていたのだ！　黒い人、お主もそう考えていたのだな！」

「黒い人じゃなくて、ラセルな」

「え、えっと、うん！　ラセル！　その……あんた、いいヤツだな！」

ようやく俺の名前も覚えてもらえたようだ。

すっかり明るくなったルナは、俺の身体《からだ》をばしばしと叩《たた》く。

「あっ……そういえば、ずっとサボりっぱなしだけど、ラセルはいいの？　私はもう、慣れっこなんだけど」

ちょっとは気にしているんじゃねーか、やっぱ根は真面目だな。

じゃあ、こいつの味方でいると決めた俺の答えはこうだ。

「良くはねえな。ま、その時は一緒に怒られようぜ」

俺の返答に、ルナは白い歯を見せながら満面の笑みで頷いた。

04 太陽の女神に会う日まで、王都を見て回る

「――それで、結局君は外の掃除をしていたというわけか」

普段表情の薄いジャネットが、それでも明確に口元を緩めて頷いた。

あれからイザベラ達《たち》に掃除箇所の点検をしてもらい、大掃除は終了となった。孤児達には、俺達のことはフレデリカの友人ということで簡単に紹介してもらった。

ちなみにシビラは既にガキ共に呼び捨てで絡まれるほど仲良くなっていた。はえーよ。

「確かにああいう子は、下手に他の子と交ぜるよりは誰でもいいから心を許した方がいい。しかしあの真面目一辺倒のラセルが、サボりを持ちかけるとはね」

「なんだ、悪いか」

「いいや？　むしろ嬉《うれ》しいんだよ」

ジャネットからは、俺の対応に意外な感想をもらった。

「今の方がいい。むしろ、今までが真面目すぎたからね。心の負担を全部押しつけていないかと心配になったこともあるよ」

「お、生意気にも知識の負担を全部押しつけられてきたヤツがなんか言ってるぞ。自分が

心配されたことも知らんって顔だな」

　俺が言葉を返すと、面白いほど目を見開いて絶句するジャネット。

　我ながら、いい返しだったと思う。

「ふふ、ラセルは本当に変わったね。そういうのも含めて、今の方がいい。だけど——」

　ジャネットは身を乗り出して、俺の額を軽くつつく。

「そんな生意気なことを言うのなら、せめて僕に知識量で勝ってから言うことだね」

「じゃ、一生そっちの心配はできそうにないな」

「それは実に結構。知識に関して負担に思ったことは本当に一度もない。趣味というか、僕にとっては遊びみたいなものだからね」

　一歩踏み込んだと思いきや、もう一歩返されたな。

　ま、こういう軽い返しをしてくれるようになってくれただけで今は何よりだ。

「話を戻そう。ラセルがルナに心を許してもらえているのは、いい傾向だと思う。どうしても『太陽の女神教』中心地であるここで、ルナの考えは異端だ」

「ああ。とはいえ、話した限りでは普通の会話も十分できるし、根はいいヤツだ」

　そうでなければ、掃除の手伝いなんて最初からするはずないからな。

　俺が箒《ほうき》で落ち葉を集め始めたのを見て、最初驚いていた。だが『じっとしている方が疲れないか？』と声をかけると、すんなり頷いて一緒に掃除を始めたのだ。

「俺の初見の印象だが、暗黒勇者とやらを信じている部分も、太陽の女神教が自分を幸せにしてくれなかったことへの反発心があるのかもな」

「ラセル……」

エミーが心配そうに俺を見る。……そうだな、エミーには俺が太陽の女神を信じなくなった話はしている。ジャネットも、恐らく感じ取っているだろう。

「だから、なんて言うかな……あいつの気持ち、多分誰よりも俺が分かると思うんだよ。つーわけでシビラ」

「ええ」

きっと俺の考えなど理解しているであろう、相棒に提案する。

「ルナは任せろ。ルナ以外は任せた、お前なら全員に相手してもらうぐらい余裕だろ」

「サービスタイムね！　楽しんじゃうわ！」

実に頼もしい笑顔とともに、シビラは親指を立てた。

これで、ルナの懸念はある程度解消されたな。

「って、それじゃまるでアタシが子供に遊ばれてるみたいなんだけど!?」

「……ただの事実だよな？」

「そんな真顔で返さなくても!?」

「エミーとジャネットも、シビラの面倒を見てくれよな」

「いつの間にかアタシが面倒を見られる子供側になってるんだけど!?」

苦笑するエミーと、当然のように頷《うなず》くジャネット。ま、普段の行いってやつだな。

「そういえば」

俺は王都来訪への切っ掛けとなった、緑の【賢者】のことを思い浮かべた。

「マーデリンはどうしている？」

ここで問うても答えは得られないかと思ったが、意外にもエミーが答えた。

「マーデリンさんはね、フレデリカさんのお手伝いをするって聞いたよ」

「そうか。可能ならばダンジョン探索で協力できればと思ったが――」

「いや、無理だろう」

俺の何気ない言葉に、ジャネットが否定の言葉を被《かぶ》せた。

「僕の隣にいるのが、気まずいのだと思う。彼女はきっと、『気にするな』と言っても気にしてしまう真面目なタイプだ。僕が悪いわけでも、彼女が悪いわけでもないけど……」

「お互い、少し落ち着くまで距離を置いた方がいい、というところか」

少し気落ちした様子でジャネットが頷き、シビラはやや呆《あき》れ気味に頭を掻《か》く。

「彼女の内面は彼女しか解決できない。まずはこちらの予定を決めましょう」

シビラの言葉に、俺達は姿勢を正す。ここに来た目的は、孤児の世話ではない。

俺達は、太陽の女神に会うためにここまで来たのだ。

「一応事前に行くわよーって伝えておいたけど、順番待ちなのよね」

「太陽の女神とやらは、随分と人気なんだな」

「そりゃまーね。他の人だって前々からその日って決めて動いてるわけだし、早い方よ」

「早い方ということは、具体的な日時は決まっているんだな？」

「そこは明示されているわ。来週の昼よ」

来週の、昼……！

『太陽の女神への面会』という大きな舞台が目前に迫ってきていることを、改めて意識する。会って何を話すか、相手がどういう反応を示すか、それに……俺が冷静でいられるか、今から覚悟を決めなくてはなるまい。

女神教では、太陽の女神によって俺達に職業《ジョブ》が授与されている、と教えられている。

ならば、俺が【聖者】になったのも……ヴィンスが【勇者】になったのも。

シャーロットという女神の采配によるものなのだろう。

俺も以前は、女神がもっと概念的なものかと思っていた。

だが、そんなものは目の前の人間味たっぷりの女神の存在で覆った。

——女神は今も、自我を持ってこの世界にいる。

恐らく他の女神もそうなのだろう。

何故《なぜ》、俺が追放されるような事態になったのか。

何故、ヴィンスが愛の女神に攫《さら》われるような事態になっているのか。

全てを直接、問い糾《ただ》す日は近い。

「……しかしそうなると、来週までは予定ナシか」

「んー、そうね。明日以降、どこか行きたい所でもある？」

エミーとジャネットにも視線を向ける。行きたい所と言われたところでな。

「前提として、俺達三人とも王都は初めてなんだ。何があるかということ自体分からん」

「そりゃそーね。基本的に何でもあるわ。武具や服飾の店舗、大通りには露店。レストランも酒場も充実している。劇、演奏会、美術館。後は――闘技会はない、ぐらいかしら」

「闘技会？」

「文字通り、大勢で対戦を観戦するというものよ。ただ木剣だろうと勝ち負けを大勢の前で決めるような、いわば男の意地みたいなのが出る大会は命の危険もあるからって理由で、女王命令で禁止となったわ。未《いま》だにあるのは、隣の皇帝が治める東のバート帝国ね」

なるほどな、確かに勝ち負けにこだわるとなると、意地になることはあるだろう。第一、職業《ジョブ》を得てまで戦いたければ、魔物と戦えばいい。

隣の帝国にはあるということだが……きっとこの国とは違う雰囲気の場所なんだろうな。

話を聞いて、エミーが遠慮がちに手を挙げた。

「え～っと……服とアクセサリーと、レストランに興味がありまぁす……」

実にエミーらしいチョイスであった。が、こういう時は素直に自分の希望を言ってくれる人がいてくれる方が助かるものだ。

「俺はそれで構わないが、ジャネットはどうだ？」

「ん、僕もそれで。空いた時間でぶらぶら露店でも見て回ろう」

というわけで、明日は王都の店を見て回ることとなった。


セントゴダートの街は、本当にどこを歩いても発展している。

古びた孤児院の周りにも年代物の住宅街が並んでいるし、日常生活に必要な店も十分ある。

空き地もない。なぜなら遊ぶ場所には、整備された公園が既にあるからだ。

見たこともない遊具で遊ぶ親子連れを横目に、次の区画を目指す。

「完成された街、という感じだな」

「その表現は少し違うわね」

シビラは店の看板を眺めながら、俺の呟《つぶや》きを否定した。

「城壁内部の未完成部分を全て埋めた街であり、現在進行形で新しく変わっていってる街よ。完成形なんてない……常に新しいものを求めて絶えず変化していくの」

常に新しいものを求め、それ故に変わり続ける。だから皆がこの街の『新しい何か』を求めて移住を希望するってわけか。

「アタシは完成とか、完璧とか、そういうのって一長一短だと思うのよね」

「つまり、完成したらそこから発展しないんだな」

「よく分かってるじゃない」

そりゃあそんな表現されたらな。

シビラにとって、この発展した街はきっと『完成されていないから良い街』なのだろう。

目当ての店に入る途中、看板を取り付けている真《ま》っ只中《ただなか》の新規店舗と、その店をチェックしているのであろう若い女性グループを見かける。

どうやら服屋の新規店舗らしく、エミーとジャネットも店内を覗《のぞ》き込んでいた。

発展する街の需要と供給か。なるほどな、これは移住する人も増えるというわけだ。

セントゴダートのレストランは、俺にはあまり馴染《なじ》みのないタイプの店だった。

高級感漂う静かな店で、客のグループごとにきっちり部屋が区切られている。

「いらっしゃいませ」

「四名よ。二階の窓側の席、空いてる？」

「少々お待ちください」

シビラは慣れた様子でやり取りをし、店員の首肯を確認して階段へ向かった。

店内は外の喧噪《けんそう》が一切聞こえず静かで、比喩ではなく実際に暖かい空気に包まれていた。

ジャネットは帽子を脱ぎ、俺もローブを脱いで店内を見渡す。

「随分と居心地がいい店だ。ハモンドのレストランに比べて静かなのは不思議だな。外はむしろセントゴダートの方が賑《にぎ》やかなぐらいなのに」

「あら、気付いた？」

シビラは席に座り、脱いだ手袋で窓を叩《たた》く。

「この窓よ。普通のガラス戸に見えるだろうけど」

「普通より厚いのか？」

「はいラセル外れ、回答権一回休みね」

何だよその回答権ってのは……と俺が突っ込む前に、ジャネットが目をこらして呟く。

「これは、もしかしてガラス板が二枚？」

「当たり！　観察力もあるわねー」

へえ、窓一つでも他の街では見たことのない仕組みだ。正直、テーブルに並んでいる調味料の数々も異様に種類が多いし、形も独特のものが多い。

何もかもが目新しく、その上で最新のものが更に最新のものに次々と変わっていく。

この街に住んでいるかどうかで、まるで過ごす時代そのものが違うような錯覚を覚える。

それこそ、常識の水準が変わってしまうほどに。

「あっ、店員さんフルコースのAを四人ね。後ワインを……そうね、じゃあコレ。ボトルで、グラスは一つ」

シビラは俺達《たち》の代わりに注文した……いやお前、昼から一人で呑《の》む気満々かよ。

そんなシビラに突っ込みつつも、すぐに最初の料理が運ばれて来た。

葉物野菜に、形も色も違うチーズがいくつも並んでいる。店員が配膳の際に軽く説明をしていたが、どうやら他国のもののようだ。

一つフォークに刺して口に含むと……。

「……へえ、美味《うま》いな」

さすがにシビラが薦めただけあって、格段に美味い。これなら期待ができそうだ。

最初のサラダも、次に出てきたスープも、まるで食べたことのない味だ。フレデリカも料理に凝っていたが、ここの料理はそもそも使っている材料が違う、という感じだろうか。

籠に盛られた焼きたてのパンと、テーブルに並んだ色とりどりのジャムをエミーが嬉《うれ》しそうに味わうのを眺めながら、俺は一つ質問をする。

「こんな時の話題ではないだろうが、セントゴダートのダンジョンもあるんだよな」

「雑談も食事の醍醐味《だいごみ》よ。セントゴダートのダンジョンは、特別大きいのが一つと、小さめなのが二つ。それから既に埋められて現在は跡地となっているものが三つね。当然、全ての魔王が討伐されているわ」

だろうな。勇者パーティーも王都は当然滞在する確率が高いだろうし、その間にこの王都のダンジョンが攻略されていないというのは有り得ないだろう。

俺達は最初アドリアに近いハモンドを拠点に選んだが、選択肢としてはセントゴダートでも構わなかった。ただ、最初にハモンドの街の広さを実感し、わざわざ故郷から遠い王都まで行こうと思わなかっただけだ。

「あ、パンおかわりいる？　ここっていくら食べても無料《タダ》よ」

「嘘《うそ》っ!?　やった！」

考え事をしているうちに、目の前からパンの山が一度消えて再び現れたんだが……。やれやれ、考えるのは食べ終わってからにするか。

それから、見たことのない食材と味に舌鼓を打ちつつ、調味料の類いにも触れていく。指で軽く押さえるだけで、魔力で自動的に動くミル。シビラが驚いていたようなので、どうやらかなり新しいものらしい。

最後のスペシャルスイーツ六種盛りという怪物を一口ずつ食べてエミーに渡し、満足のいく食事となった。

「あのー、パンってまだおかわりできますか？」

「可能ですが……その、大丈夫ですか？」

「とってもおいしかったです！」

店員とエミーの今ひとつ噛《か》み合っていない会話を聞きながら、シビラはその勢いに笑い、ジャネットは慣れた様子でブラックコーヒーを口にしている。

「もう少し居るよな。支払いは俺がしておく」

「おっ、気前いいわね！　高いわよ〜？」

ワインの空瓶を指で揺らすシビラに少し後悔を覚えつつも、マデーラでの素材回収譲渡金を思い出して考え直す。

支払えるぐらいの追加報酬分は、あのちゃっかりしてる強欲女神にもらっているんだよな。ま、これも貸し借りの一つとしておくか。

——皆と離れて一人になったからか、少し考える時間ができた。

セントゴダート孤児院。俺も孤児院で育ったから、あいつらにも近いものを感じられる。

ルナ。綺麗《きれい》な黒髪と、左右色違いの瞳。中身はどうにも癖があるが、話してみれば素直な心があると分かる子だった。

太陽の女神教。女神に与えられたもの。女神に感謝する世界中の人々。それに疑問を持つ者同士として、俺はルナの側に立つと宣言することを厭《いと》わない。

きっとあの子には、そうなったであろうバックボーンがある。俺がそうだったように。

あの子の中にある太陽の女神教への反骨は、俺と源流が近いと思えるのだ。だから誰よりも、俺はルナの気持ちに……うわっシビラのワイン、フルコースより高ぇじゃねーか！

ああもう……ルナもあのわがまま駄女神ぐらいふてぶてしく生きることを覚えた方がいいと思うぞ、割とマジで。

なんつーか、こんなところでちまちま考えていても仕方ないな。一応方向だけ決めて、後は行動で示していくか。

支払いを終えて席に戻ると、見事にパンはなくなっていた。

「エミー、もう満足か？」

「さすがにお腹《なか》いっぱい。おいしかったぁ」

エミーが立ち上がった姿を、ジャネットが何とも言えない驚愕《きょうがく》の表情で見ている。いやエミーの大食いは見慣れているだろ？

俺の疑問を察してか、シビラが苦笑しながら近づいてきた。

「あのパン籠、あれから二回来たのよね」

マジかよ。エミー、明らかに胃袋伸びたよな……。

昼食後も時間はある……というより、太陽の女神に会う以外の用事がない。

「なあシビラ、セントゴダートのダンジョンは今も使われているんだよな」

「そりゃもちろんよ。特に大きい第二は元の規模が半端ないもの。入ってみる？」

「今日すぐってわけじゃないが、さすがに目的の日まで長いからな。身体《からだ》もなまりそうだ」

個人的に、王都のダンジョンというものに興味もあるというのが一つ。

もう一つは、模擬戦しようにも広く立ち回れる空き地が少ないのだ。

全ての土地が開発し尽くされた街の、思わぬ弱点だな。

「二人はどうする？」

「ラセルがダンジョンに行くなら、私も行くよ！」

エミーが同行を示したのに対して、ジャネットは首を振った。

「僕は待機しておこうと思う。ダンジョンに潜るとなると一日がかりになる、緊急時でない限り誰かしら孤児院に残っていた方がいい」

「分かった。ジャネットが残ってくれるのなら俺達も安心できるな」

「ん」

とりあえず後日の予定ができたところで、今日は今から何をするか。

「シビラから見て、おすすめの店みたいなものはあるのか？」

「あるといえばあるけど、ないといえばないわ」

何だその曖昧な答えは。

「別に変なこと言ってるわけじゃないわよ。要するに、アタシが以前来た時に最新だった店が、もう最新じゃなくなってるってこと」

ああ、その視点はなかったな。アドリアなんて服屋も武器屋も家具屋も村に一つしかなかったし、それで十分だった。店に選択肢があるという時点で都会だと思っていた俺達からしたら、良い店選びの起点すら違うわけか。

もちろんシビラの言ったことに、女子二人はすっかり興味津々だ。

「じゃあじゃあ、ぶらぶらっと歩いて回る感じですね！」

「ええ、それで行きましょ」

思えばセイリスでもマデーラでも、それなりに街に詳しかったシビラに街の案内や紹介は任せていた。そんなシビラでも知識が古くなるほど発展の著しい都、セントゴダート。

こうして明確な目的地がない状態で歩き回るというのも、なかなかいいものだな。


王都はどこを歩いても気になる店だらけで、いざ入ろうと思っても『どこでもアリ』だからか逆にどこにも入れずに困ってしまうな。嬉しい悲鳴というやつか、エミーもジャネットも特定の店を選ばず複数の店内を見比べる贅沢《ぜいたく》を一番楽しんでいそうだ。

外から眺めるままにぶらぶらと歩いていると、ふと一つの店が目に留まった。

「楽器の店か」

ハモンドの街中にも、楽器ケースを受け皿にして演奏を披露する吟遊詩人がいた。彼らの奏でる楽曲はどれも良いものだったが、王都に専門の店があったんだな。

店内には見慣れた形はもちろんのこと、不思議な形の楽器や、全く音の想像できない複雑な形のものまで様々な楽器があった。

「……ふむ」

ここでジャネットが興味を示して店内に入り、小さな竪琴《ハープ》を一つ手に取って座る。

弦は、十本ぐらいだろうか。円弧の内側に白い糸が張ってある。

ジャネットは手に取った楽器の弦を一つずつ順番に弾《はじ》いた後に、黒い弦を二つ同時に弾き、最後に黒と赤の弦を同時に弾いた。音を確認して頷《うなず》いた後……驚くべき行動に出た。

「……うっそぉ……」

なんと、ジャネットはその場で明確に曲と分かるものを演奏し始めたのだ。最初の方をかなりゆっくり繰り返すのみだが、確かにハモンドで吟遊詩人が鳴らしていた。

ジャネットの行動に驚いて声を上げたのは、シビラだ。

「なあジャネット、楽器は誰かから触らせてもらったことがあるのか？」

「いいや？　今初めて触った」

いやおい嘘だろ？　お前、せめて頭の良さは人間の範疇《はんちゆう》にしてくれ。

エミーの方を見ると、向こうも口を半開きにして俺の方を見ていた。再々ジャネットには驚かされている俺達だが、今日のコレはもう顔を見合わせるしかない。

「――絶対音感」

そんな俺達の反応を見て、シビラは聞き慣れない単語を呟《つぶや》いた。

「何だ、その絶対音感って」

「あら？　ラセルは知らないの？」

「えっ待って、ラセルは知らないの？」

シビラの返答に、ジャネットが同じ反応を被《かぶ》せてきた。いや、何でお前が驚くんだよ。

「絶対音感は、『音程』を判別する能力よ。例えばアタシの声は高い、ラセルは低い。それがどれぐらいの高さかを正確に判別できるの。音を記憶してるってことね」

それは初めて聞いたな。……ん？　ということはジャネットには絶対音感があるのか。

俺の疑問に、ジャネットは楽器を置いて額を押さえ唸《うな》る。

「……ああ、完全に僕のミスだ。ラセルには、あの本を紹介し忘れていたのか」

「それが、絶対音感に関する本なのか？」

「専門、というわけではないけどね。ただ、本を開いたら中が空洞になっていて、音叉《おんさ》という正確な音程を発する道具が入っているギミックブックがあったんだよ」

「それもう本じゃねーだろ」

「一応本もセットだったから便宜上本と言ったけど、正しくは本の形をした木箱だね」

やっぱりあの地下図書室、普通の図書室から逸脱しすぎているよな。誰だよそんなもの作ったヤツは。第一そんな面白いモノ、間違いなく本屋にはないだろ。

「ああ、思い出すと……昼間に外で鳴らすのは目立つし、夜に鳴らすのは迷惑だろうから、昼間に僕一人で使っていたんだった……」

昼間、俺はヴィンスとエミーとともに外で遊んでいる。ジャネットと本を読むのは夜だ。

ジャネットは、皆が寝静まった時間帯には俺とともに静かに本を読む。音を鳴らすようなことはしない。確かに俺が自力で探し当てないと、その本に辿《たど》り着ける可能性は皆無だ。

「絶対音感は、後天的に習得することが難しいんだ……」

「じゃあ俺が今から学んでも、その音感ってのは手に入らないんだな」

「伝え忘れてしまった、知識を独占してしまってすまない」

「謝るな謝るな。別に金払って教師になってもらってるわけじゃないしな。俺のために時間を取ってもらえたこと、感謝こそすれ才の欠落程度で恨みはしないさ」

かつてのジャネットの本心を聞いた後だと、むしろ圧倒的上位者として知識を独占せずに俺に教えてくれる時点で有り難すぎるんだよ。

色々と助けられてきた。何故《なぜ》こんなに俺との時間を取ってくれるのか、ってぐらいにな。

「……いてっ。何だ、シビラ」

「今アタシは、あんたにツッコミを入れなければならない電波を受け取ったわ」

何だよ電波って、相も変わらず唐突女神が意味不明なことを言っているな。そんな変なものは受け取り拒否しろ、拾い食いしすぎて腹壊すぞ。

「話を戻すけど、とんでもない才よ。実際演奏者でも幼少期から音程に慣れ親しんだ上で習得には生まれ持った才の有無が必須。シスターでも歌ならともかく楽器を演奏となると憧れる人は多いんじゃないかしら」

「そうなのですね。……こういう趣味も、いいな……ずっと触ってられる」

ジャネットは、抱えた竪琴《ハープ》の輪郭を指でなぞり、弦を一音鳴らしては目を閉じる。

再び何かを演奏しようとして……何故か、二つの隣接する弦を繰り返し弾いた。直後、店を見渡すと……近い大きさの、少し見た目が豪華な竪琴《ハープ》が目に入った。

物欲しそうに手を伸ばしかけ……苦笑しながら首を振って、手を腿《もも》の上に落とした。

「楽器によって転調なしでは演奏できない音階《スケール》も分かるのね。せっかくだから――」

シビラは店の奥にある、妙に金属部品の多い一つを手に取った。

「これ一つ。タグ払いね」

即決購入すると、ケースに入ったそれを「はい」とジャネットにいきなり渡した。

「……え、僕にですか?」

「そーよ。アタシから、救援に来てくれてあのキャスリーン……ケイティを圧倒してみせたジャネットちゃんへ、個人的に贈りたいからプレゼント」

「あ、ありがとうございます。でもこれ、一番高い型では?」

「いーのよ。もう一つの理由は……明日辺りアタシ達《たち》みんなダンジョン潜るでしょ?

ジャネットちゃんにとってもこの街に本がない以上、退屈かもしれない。だからその楽器で時間を潰してもらってもいいし、何だったら子供達の前で披露してくれるとアタシとしてもすっごくすっごく嬉《うれ》しいし、助かるわ」

そうか、シビラはジャネットへのお礼代わりに、あの孤児院で一人でいる時間を潰すものを買ったのか。同時に、自分がいない間に世話ができるような道具を用意したと。

「とはいえ、ジャネットに助けてもらったのは俺もだぞ。そういうことなら、俺もいくらか出したものを」

「ラセル。シビラさんのワイン、かなり高かったでしょ」

うっ、ジャネットは相も変わらずよく見抜いているな……！　あれはマジで高かった。シビラを半目で睨《にら》むと、両手の指を二本立てて満面の笑みを浮かべていた。実にいい笑顔だよ、やれやれ。

俺達のやり取りを見て、ジャネットはおかしそうに静かに笑う。

「ふふっ、息の合っていること。……僕としてはね、あのフルコース払ってもらえただけで、十分すぎるほど嬉しかったんだよ」

「そういうものなのか？」

「そういうものなの。……そんなことより、助けに入ったのは僕だけだったかい？」

ジャネットに目で指された場所を見てみると、そこには期待に目を輝かせまくったエミーがいた。あまりに目がきらきら輝いていて気圧《けお》されそうなほど、実に眩《まぶ》しい顔だ……。

結局、今日チェックを入れた服屋に後日一緒に行くことで話が一致した。ざっと見ているようで、ちゃんと気に入った場所を選んでいた辺り、女子組の観察眼は凄《すご》いものだ。

「そろそろいい時間になったな」

今日はこの辺りで戻るとするか。明日からは、セントゴダートのダンジョンだ。


翌朝、竪琴《ハープ》を抱えたジャネットの変わらぬ返事を聞き、俺達は孤児院を出る。

「それじゃ行ってくる」

「ん」

ダンジョンへ向かう俺達の見送りをするためか、ジャネットの後ろから、こちらに顔を覗《のぞ》かせる子供達がわらわらと出てきた。

「シビラ、今日はどこいくの?」

「ふっふっふ、今日のアタシは格好良くダンジョンで活躍するのよ！　この天才美少女魔道士シビラちゃんにラセルもエミーちゃんも夢中ってわけ！」

「ほんとー?　後ろで上手《うま》いサボり方だけ考えてるんじゃないのー?」

「うぐっ!?」

おお、凄いじゃないか少年。実にシビラのことをよく見ている。つーかなんでそれが見抜かれているんだろうな、お前は一体あいつらとどんな遊びをしているんだよ。

「……あ、ラセルも行くんだ」

小さくともよく通る少女の声がしたと同時に、それまでシビラに話しかけていた子らが口を噤《つぐ》んだ。皆が道を開けるように横に避《よ》けると、俺の視線の先にルナの姿が現れる。

ルナの質問に黙して頷くが……やはり、あまり皆とは馴染《なじ》めていないようだな。

「ほらほら！　みんなアタシとの約束忘れちゃった!?」

そこで声をかけたのは、やはりシビラだった。

「みんな仲良くよ！」

「でも……イザベラ先生は、太陽の女神様を信仰できるようになるべきだって……」

……ここでも太陽の女神、か。

確かに皆と馴染むためにはこのままでは難しいだろうが、ここまで信仰が強い力を持つと、本来の意味から外れてしまっているとシビラが危惧している気持ちも分かるな。

以前シビラは、『女神の書』も人間のために考えられたものだと言っていた。

それが今では、むしろ『女神の書』のために人間の行動を制限している。

「俺は別に構わないと思うがな」

だからか、自然と言葉が出た。ルナを含めて皆の注目が集まる中、改めて皆の前で言わせてもらう。……これで他の連中から避けられても、まあその時はその時だ。

「俺は【聖者】だが、正直に言わせてもらうと太陽の女神はあまり信仰していない」

俺の宣言に、当然皆が驚く。これにはルナも驚いていた。

「えっ……ラセルさん、聖者？　女神教の聖者なの？」

「ああ。だが――」

ルナに答えながら、俺は鞘《さや》に入った剣を抜く。黒い刃が朝日を受けて光る、俺の剣だ。

「――見ての通り、俺は前衛で剣を使う。これでもSランクのパーティーリーダーだ」

俺の言葉に乗るように、シビラは「『宵闇の誓約』よ！」と満面の笑みで宣言した。

「女神の教えも大事だが、その型に嵌《は》める義務もない。選択するのは、自分だからな」

そう説明するが、ルナはどこか不安げに俺を見上げる。

「もしかして、ラセル、かなり光属性？　高貴な身分系なの……？」

しまったな、【聖者】というのは思った以上に暗黒勇者とはかけ離れた存在感だったようだ。

「断じて違うぞ。そもそも俺はお前達と同じ、孤児だ」

これは、自分を【聖者】と言った時以上に皆に驚かれた。

「えっ、本当に……！」

「そうだ。エミーやジャネットもそうだからな。だからこそ、皆のことはよく分かっているつもりだ。決して村の皆全員と仲が良かったとは限らないが、それでも孤児院の中だけはみんな仲間だった。それは忘れないでいてくれ」

俺の言葉を肯定するように、エミーとジャネットが頷いた。

シビラもこの流れに乗って、皆を諭す。

「アタシからも。教義を守るのはいいけど、教義を守るために自分達が正しいと思うことを歪《ゆが》めちゃダメよ。女神様はね、みんな仲良しならそれが一番って思ってるもの！」

「……ほんとにー？」

「本当よ。女神本人に聞いても、絶対そう答えるわ！」

そりゃそうだろうな、その言葉自体が答えみたいなもんだし。

「ってわけで、ジャネットちゃん。アタシらはもう行くけど、みんなのことよろしくね」

「はい」

最後に振り返り、俺の方を見るルナに軽く肩をすくめてシビラの後を追う。

後は頼んだぞ、ジャネット。


王都セントゴダートの、第二ダンジョン。

その規模と設備は世界最大と事前には聞いていたが……。

「これほど、とはな……」

山へ面した部分に向けて街の壁が門になっており、鉄柵でその全面を覆っている。僅かでも魔物が溢《あふ》れる可能性すら感じさせない、厳重な作りだ。

手前側の列では、タグを提示して数グループずつ入場している。反対側は、門番がいるものの比較的自由に出られるようになっていた。

後ろを振り返ると、何階建てか分からないような武具屋の建物、外観からして金がかかっていそうなポーション専売の建物、更には食料や魔道具の巨大店舗が建ち並ぶ。

――入場門だけで、規模が違いすぎる。

「セントゴダートが王都でいられるのは、ここの存在が大きいのよね」

入口まで来たが、仕組み自体が他の街とも全く違った。セントゴダートに入る時にタグを載せたプレートが、ここにもあるのだ。

シビラがタグを載せ、俺とエミーも載せる。三つのタグが載った状態でシビラがパネル上部の『登録』と書かれた場所を押し、タグを取る。

「今ので登録が完了してるわ。探索時間も分かるので、日没時にはお出迎えがあるのよ。帰りは素材回収もやってるから、みんな手ぶら。ここから直接、材の卸売りをしてるわ」

「マジかよ、至れり尽くせりだな」

「ふえー、めっちゃいい環境だあ」

冒険者は安全第一とはいえ、基本的には探索中は自己責任。しかしここセントゴダートでは、魔物が弱い上に安全の保障まで徹底されているのだ。

「だから、ここで育ったら自分の子供も、と考える人が多いのよね」

「納得だ」

鉄柵をくぐりながら、シビラは辺りを見回す。

「全ての町や村に、これと同等レベルの安全を導入したいって王都側は考えてるの」

この規模を、アドリアにも……。

実に気の遠くなる話だが、王都はそれをいずれ実現するのだろう。自分の知らない職の人が支えている仕組みのことも想像し、シビラの後を追う。

セントゴダートのダンジョンは規模だけでなく、周りも似たようなパーティーが溢れていて実に賑《にぎ》やかな辺りも違う。

魔王も今はなく、簡単なダンジョンと聞いているので気負わずに向かわせてもらおう。


第二ダンジョンに入って驚いたのは、そのガイドの異様なまでの多さだ。

まず、ダンジョンの道脇に光の魔石が一定間隔で置かれている。ハッキリ言って、昼間のセントゴダート中心街の方が迷子になりやすそうだ。

同じようにダンジョンへと朝一で潜る冒険者パーティーに囲まれながら、縦にも横にも広い洞窟を真《ま》っ直《す》ぐ歩く。

分岐点まで来ると壁や天井部分の広い範囲がほのかに明るく光っている。

壁には数字が書かれてあり、天井には複雑に入り組んだ蜘蛛《くも》の糸のようなものがある。

その一番下に赤い点があり、隣には壁と同じ数字。

「……地図、だよな」

「見ての通りね」

今来た道から計算すると、この第一層が途轍《とてつ》もなく広いことが分かる。

同時に、どれほど適当に入口から離れても、絶対に迷うことがないということも。

「このダンジョン、ずっとこの調子なのか？」

「ええ。ダンジョン観光楽しんじゃいましょ」

セイリスの時と同じような言葉だ。あの時は随分と気楽な言葉に感じたものだが……。

「ふえー、ほんとに観光ですねー。これ第一層に魔物とかいるのかなあ」

先頭を歩いているエミーも、既に警戒を解いている。

「その心配はないわよ」

「シビラは何かアテがあるのか？」

「そもそも、殆《ほとん》どのパーティーは第五層までしか降りないもの。とはいえセントゴダート
には中層にも潜れるパーティーは結構いるわ。みんな頻繁には行かないけど」

上層の魔物は、初心者でも戦える。それでも、何もせずに棒立ちしていたら当然負ける
のだ。人間より弱いとはいえ、敵意がある恐ろしい相手であることに違いはない。

俺は、自分が『何があっても絶対に回復できる』という【聖者】の保証があるから戦え

ている部分が大きい。もし【宵闇の魔卿《まきょう》】のみなら黒ゴブリンのような毒使いの魔物相手に相当警戒しなければいけないだろう。

死とは、ほんの僅かな確率でも避けるもの。それが普通だ。

「その未知と死の恐怖を徹底的に取り除き、更にサポート万全にしたのがこの第二ダンジョン。王都《このまち》の第二《ここ》を選ぶ時点で、人生のメインはみんなダンジョンより街にあるのよ」

なるほどな。安定して毎日を送る人々にとっての、第二ダンジョンってわけか。

田舎《アドリア》にいた時では、ジャネットの本の知識でもない限り変わり映えのしない毎日だった。ダンジョンに潜れば、何らかの変化がある。ダンジョン探索に憧れたのだ。

だが、セントゴダートの民にとってダンジョン以上に変化を感じられるものが、街に溢れているのだ。俺達《たち》とは考え方の起点が全く違う。

「そんなダンジョンであるが故に」

喋《しゃべ》りながらも着々と進んでいたシビラの先に、下へと続く階段が現れる。

「下の方は狩り放題、ってね」

俺達はその巨大な階段の前に燦然《さんぜん》と光る『1』の数字を見ながら、シビラの後を追った。

地図を見ながら、ダンジョン二つ目の階段を降りる。次のフロアに到着したことを、上り階段の上に表示されてある『3』という数字が俺達に教えた。

出てくる敵は膝までの大きさしかないスライムのみで、遅い身体《からだ》の中心にある核を剣で突けばそれだけで終わる。多少ゴブリンも出るが、本当にその程度だ。

安全なダンジョン探索は第四層、第五層と変わることなく続いた。

驚いたことに、第五層のフロアボス前には簡易的な建物があり、そこには入口と同じようにダンジョンの管理を行う職員がいたのだ。

こんなところまで徹底制限しているらしい。

「ここから先は、フロアボスとなっています。現在、最低でも【剣士】や【魔道士】等の15が必要となります」

「あら、上がったのね」

ここまで来ると、あまりの手厚さに笑うしかない。セントゴダートのダンジョンは、誰でもフロアボスには挑めないようになっている。

「失礼ですが、タグを確認させていただいてもよろしいでしょうか？」

「ほい」

シビラはタグに触れると、自分の数字を軽く表示させた。

アドリア──【魔道士】レベル39。

無論、余裕でクリアだ。つーか最近活躍してなかった割にちゃっかり上がってんじゃねーか。しかし男は少し目を見開くのみで、納得したように小さく頷《うなず》く。

驚きはするが、全くいないというほどではないのだろう。俺とエミーもタグを載せる。

「後ろの二人、アタシより強いわよ」

「ならば安心ですね。……シビラ様は通過者ですね」

「そういうこと」

「了解しました。それでは開放します、ご武運を」

丁寧な対応とともに男が下がり、フロアボス前を封鎖していた扉が開く。

エミーが前に出て盾を構え、俺とシビラは後ろから順に入る。

さて、何が出るか――。


セントゴダートでの、最初のフロアボス。それは……やや、やや巨大なスライムだった。

「……こいつがフロアボス、か？」

「ええ。ジャイアントスライム（弱《かっこじゃく》）ってところ。攻撃は体当たりだけど、見ての通り大きさは首元まで。さすがに無防備なら痛いけど……エミーちゃん、体当たりしてみて」

「へ？　えっと分かりました。……えーいっ！」

エミーがかけ声を上げて、盾を構えたままフロアボスにぶつかる。相手もエミーに向かって、勢い良く突っ込んで来るが……。

「……あれ？」

ジャイアントスライムはエミーに衝突した瞬間、天井付近まで超高速で吹っ飛び……そのまま破裂した。

その視線の先にある扉の魔力壁が消え、フロアボスの討伐完了を表す。

「なあ……あれに【魔道士】レベル15も要らないよな？」

「アタシもそう思う」

「私もそーおもいまーす……」

頭を掻《か》きながら、エミーが戻ってくる。わざわざダンジョン上層の最奥《さいおう》に門を建てておいて、こんな肩透かしな内容なのか？

「やれやれ、過保護すぎるダンジョンだな。……シビラ？」

「……ん？　何かしら」

「いや、何でもない」

何故《なぜ》だろう。シビラはこの楽勝フロアボスに対して、妙に考え込むようにしていた。

何かが気がかりなのだろうか。

「中層からは、多少マシな敵が現れるんだろうな？」

「毒を持ってるスライムが現れるけど、黒ゴブリン未満だしラセルならすぐ治せるわね」

「……走り抜けていいか？」

俺は二人の了承を得ると、第六層から第十層までを一気に走り抜けた。

全く危機感も湧かない上に、神官がいたらレベル10でも余裕で進めそうな中層だ。

「次も許可を取られそうだな。……ん？」

俺は、そこら中で確認できるダンジョン内の地図を見ながら、中層フロアボスの前まで来た――はずだった。

「……何だ、これは？」

俺の呟《つぶや》きに、シビラは目頭を押さえて溜息《ためいき》を大きく吐《つ》いた。

エミーは口を開けて、ぽかーんと目の前の文字を見ている。


上層フロアボス前と同じ設備だが、誰かが来ることを全く想定されていないのか、小屋もなく門の前は無人である。フロアボスへの扉を封鎖している門に書かれた文字はこうだ。

『セントゴダートギルドの職員以外、この先への立ち入りを禁止します』

俺は、今日の探索が終わってしまったことを、隣の「過保護すぎでしょ……」という呟きとともに理解した。

幕間《まくあい》　ジャネット：音は感情を、詩は記憶を繋《つな》ぐ

竪琴《ハープ》の音は、妖精の色。

優美なる楽器を森精《エルフ》や海精《セイレーン》が好んで弾き、その透明感溢《あふ》れる音色は人々を魅了する――という謂《いわ》れがある。

この細い弦が何故これほど豊かな中音域を膨らませるのか。魔法でなければそれこそ妖精の祝福でもかかっているのか、若しくは人間を魅了して止《や》まない音を究め続けた人間の叡智《えいち》の結晶なのか――。

(――いい、音色だ)

僕は今、竪琴《ハープ》の弦を一つ一つ弾《はじ》きながら、かつて鳴らした音叉《おんさ》の甲高くも涼やかな音色と相違ない音程《ピッチ》を確認しつつ、頭の中にある知識を一つ一つ復習していく。

七弦一セット。六つ置きに赤く塗られた弦が、同音一オクターブ正確に調整されている。黒は音階の四番目の音。その色で、他の弦が大体どの辺りか分かるようになっている。

かつて読んだ本の知識が正しければ、赤い弦から一つずつ弾き始めれば優しき陽光の『長調』に、六つ目の弦から弾き始めれば暗き森の『短調』になる。

特筆すべきは、この竪琴《ハープ》の複雑なレバーの仕組みだ。

短調は長調に比べ、半音階の扱いが複雑になる。旋律が上昇する時は六度と七度を半音上げ、下降する時は上げない。和音では七度だけ上げる。普通、七弦では弾けない。

その複雑な短調の仕組みに、この竪琴《ハープ》は対応しているのだ。

弦を張った上側にある金属のレバーを操作すると、正確に半音階分上がる。この高精度なレバーが、竪琴《ハープ》に張られた二十五弦全てにある姿は、壮観だ。

僕が物欲しそうに見つめていたこれを、シビラさんは一括即払いしてくれた。

「……とんでもない高級品、もらっちゃったな」

この楽器がどれほど凄《すさ》まじい技術と入念な確認調整の果てに店頭に並んだのか、分からないわけがない。高いのも当然だ、ハモンドの酒場で小さな竪琴《ハープ》を弾いていた奏者のものより圧倒的に高機能だろう。

全く、こんな僕にシビラさんは期待しすぎだよ。いきなりこんなもの渡されて、演奏できるようになると思っているのかな。思っているんだろうなあ。

でも、その期待、悪い気はしないね。

「本当に、いい音色だ」

中心の方に触れた方が、丸い音が出る。特に弦中央を弾いた時の、まるで別の楽器に変わったかのような音は筆舌に尽くしがたい美しさだ。いつまでも弾いていられる……。

おっと、シビラさんから任されたことも、ちゃんとこなしていかないとね。

「歓楽街の中心地みたいに賑《にぎ》やかだね……」

僕はその部屋の隅に腰掛けながら、竪琴《ハープ》を爪で弾く。

さすがに子供の声には負けるとはいえ、近くにいた子には十分に聞こえる音量。

まあそもそも、この竪琴《ハープ》の見た目そのものがかなり目立つのだけどね。

「なにそれ、凄《すご》い凄い！」

一人が興味を持てば、日々の変化に乏しい子供達《たち》にはすぐに好奇心の火が広がる。気がつけば、目を輝かせた子供達が僕を囲んでいた。

「前の子は触れないようにね。高価なものだから」

「えーっ、ちょっとぐらいいいじゃん」

一人二人ならいいけど、全員となるときっと取り合いになるだろう。

「この楽器は、頂き物。僕の判断ミスで壊してしまうと、買ってくれた人が悲しむ」

「誰に買ってもらったの？」

「シビラさんだよ」

子供達は、その名前を出すと互いの顔を見て「そうなんだ」と呟き、一歩引いて座った。

さすがシビラさん、軽口を叩《たた》かれつつも、心から好かれているようだね。

シビラさんが落ち込む姿は、子供達にとってもあまりいい気がしないもののようだ。

僕だってそうだ、明るい人が沈んでいるのを見ると、一緒に気分が沈んでしまう。

……つい先日まで、幼馴染《おさなな じ》みを巻き込んで沈んでいた僕が言える立場じゃなかったね。

大人しくなりつつも僕に注目している子供達に向けて、軽く覚えている曲を演奏する。

長調の、シンプルな曲。伴奏は凝ったものは無理でも、この曲なら左手三音だけで済む。

……実際の曲は吟遊詩人の歌があるのだけれど、男の歌なので音程的に自信がない。

絶対音感を持つ僕は正確に記憶しているため、歌いやすい音域に変更するのが実は苦手だ。

「……～♪」

そう思っていると、どこからともなく温かなハミングが聞こえてきた。

間違いなく、この曲の歌だ。驚き手を止め、声のした方を向く。

「……あっ、すみません。驚かせてしまいましたね」

「いえ、お構いなく。マーカスさんはこの歌をご存じなのですね」

僕の竪琴《ハープ》に歌を重ねたのは、セントゴダート孤児院の神父であるマーカスさんだ。

フレデリカさんの同僚でもある、壮年の男性である。

目つきの鋭い人で、普段から指導には厳しいのか何人か子供達が後ろに移動した。

「ええ。昔行きつけの食堂に、好んで弾き語りをする男がいましてね。オーツウォールのものだったと思うのですが」

「もしかして、麦の絵が描かれた白いリュートを持った、赤い髪の男ですか？　ハモンドの酒場にいましたが」

「なんと、ご存じですか。ええ、ええ。大層な酒飲みでしたから、その人で間違いありません。そうか、彼はハモンドに行ったのか……」

僕にこの曲を覚えさせた人が、マーカスさんに覚えさせた人と同じだった。面白い繋《つな》がりだと思うし、こうして民謡は知らず知らずのうちに口伝《くでん》されていくのだろう。

「もしよろしければ、歌っても？」

「拙い伴奏でよろしければ」

「こちらこそ、素人の歌声でよろしければ」

マーカスさんはそう返すと、一人分空けて僕の方を見ないように座った。こういうところの線の引き方は、さすが女神教の神父だなと思う。

弦を弾き、前奏の和音展開を四小節。最後に弱起のリズムを正確に感じ取り、マーカスさんは朗々と歌い出した。

――オーツウォールは、【戦士】の職業《ジョブ》を持った青年がその力で毎日大地を耕し、固い土の大地を一面の農作地に変えた場所だ。

謳《うた》われる伝説は戦士の功績でありつつ、謡《うた》われる民謡は優しさを感じさせるもの。

その理由は、この詩《うた》が『大地の女神』と『太陽の女神』を讃《たた》えるものであるからだろう。植物は、栄養があるだけでは育たない。太陽の光を緑の葉が受け取らなければ、栄養にならない。大地の女神にとっても、やはり太陽の女神は大きな存在なのだ。

太陽と、大地と、最後に海を含めた三人の女神は、人々を優しく包み込む『恵み』の象徴とされて人気がある。

マーカスさんの詩には、壮年の男性ならではの肉体を楽器として響かせているような豊かさがあり、同時に気持ちが歌に入っているように感じる。

あの吟遊詩人が純粋に曲を気に入ったとしたら、マーカスさんはその女神を祝福する詩に入れ込んでいるのだろうか。そんな想像をしてしまうような、内面の表れた歌声だった。

日脚が屋内に伸びる、悠揚な時間。どんな店でも聴けない、ここだけの特別な演奏会が始まった。

――短い曲を歌い終えると、マーカスさんは厳しそうな顔をふっと緩めて微笑《ほほえ》んだ。

「良い音色でした、歌っていて気持ち良いものでした」

「こちらこそ、弾き甲斐《がい》があります。深く響くいい声ですよ。あの吟遊詩人、演奏は上手《うま》いけど火酒《ウイスキー》の飲み過ぎで声は嗄《か》れ気味でしたから」

僕の軽い冗談にマーカスさんは瞠目《どうもく》すると、天を仰ぎながら大声で笑い出した。

初見では厳しそうな人かと思ったのだけど、人は見た目じゃ分からないものだね。

「いやはや、恐縮です。彼の、あの曲の山場で裏返る歌声が懐かしくなりますな」

明るく話すマーカスさんの周りに、先ほどまで様子を窺《うかが》っていた子供達が堰《せき》を切ったように集まった。

「すげー！　マーカス先生、めっちゃ歌うまいじゃん！」

「どこかで歌ってたの？　ねえ、ねえ～」

「お、おや……」

あまり子供達に懐かれ慣れていないのか、頭を掻《か》きながらも「子供の頃、合唱団に」と話すマーカスさんに、皆が沸き立つ。それから何度か質問に答えていくうちに、子供達は子供達で別に集まって、調子外れの鼻歌を披露し始めた。

格好良いと思える姿を見たなら、その真似《まね》をしたくなるのは子供の道理だね。

「……」

ふと視線を扉の方に向けると、こちらを覗《のぞ》き見るような姿が見えた——かと思ったら、すぐに身体《からだ》を引っ込めた少女。あれは……。

「……ルナ、か」

僕の小さな呟きにマーカスさんが気付く。誰も居ない、開け放たれた扉の方に視線を向けながら、その少女が何をしていたかを察したのだろう。

「あの子も交ざりに来ればいいものを……。太陽の恩恵を受ける我々にとって、女神様は共有できる仲間意識でもあります。なるべく一緒に信仰していただきたいのですが」

「無理矢理にでも、とは言わないのですね」

「太陽の女神様は、教義を守るように言いながらも『教義を守らない者を排除してはならない』と明確に書いています。それに反することはできません」

その章は、確かにある。それも物語形式で神々の話が始まる前ではなく、教義として人に教えを説く前に書かれてある。

しかも、教義を一通り説いた後に、もう一度書かれているという念の入れ様だ。

シビラさんを知った今なら、その理由も分かる。

人が協力し合うように、しかし神を理由に人を排除しないように。

女神教に準じているだけで、偉くなるわけではない。

自分を、誰かを見下げるための道具として使うような真似は絶対に嫌——というのが、あの人の考えなのだろう。

つくづく、人間以上に人間味に溢れた女神様である。マーカスさんの内面を考究すると、決して表面的に厳しいだけではなく、ルナの将来性を見据えてそう言っているのだろう。

「——私は、そういう子がいてもいいと思うけどねえ」

僕とマーカスさんの会話に、ミラベルさんが交ざってきた。

ミラベルさんはマーカスさんと同年代のようで、いつも目は細く閉じられている。

「ミラベル、そうは言いますが彼女もずっと今のままとはいかないでしょう。いずれ大人になった時、苦労するのはあの子です」

「受け入れてもらえる人のところへ行けばいいだけと思うのよお。誰とも係《かか》わらなくても、許してくれる有力者が一人でもいればねえ」

ミラベルさんは比較的容認派か。どちらの主張にも、それなりの道理があるように思う。

現実の問題は、計算問題のようにはいかない。知識があっても正解に辿《たど》り着けない問題は、いくらでもあるのだ。

「ちょうどその話なら、一つ実例があります」

「ん？　何かしら」

「ラセルは、ルナを受け入れて仲良くなっています。ほら、黒い髪の」

ラセルの存在が意外だったのか、ミラベルさんは、細い目を見開いて数秒無言で驚く。

「どうかなさいましたか？」

マーカスさんが、何故《なぜ》か反応しなくなったミラベルさんに疑問を投げかける。

「……あ、ああいえ、いえ……何でもないわ。ルナを受け入れた人がいたなんて……」

「受け入れる人が現れたら、と言ったのはミラベルでしょうに」

「そうだったわねえ」

ミラベルさんは、きっと希望的観測だったんだろう。ミラベルさん自身、本心では『暗黒勇者』という主張を受け入れる人が現れることを、全く考えていなかったのかも。

ラセルの真実を知ったら、どう思うかな?

——正解のない問いを考えるのも、面白い。

既存曲の楽譜を再現するのには正解があるが、楽曲を作る人にとって楽曲の優劣に確実な答えはないように。人の在り方も、正解というものはやっぱり分からない。

そういった、正解のないものを求めることは、知識を重ねた先にあるものだ。

その世界は、きっと面白い。

再び、僕は竪琴《ハープ》を指で鳴らしていく。音楽に興味を持った幾人かの子が、再び黙して僕の前に座る。まだ練習段階だから観客を取るにはほど遠い僕の演奏だけど。

案外、この子達のうちの誰かが将来吟遊詩人になるなんてこともあるかもね——。

「食事ができたわよ〜」

外の庭で走り回っていた少年達にフレデリカさんが声をかけると、賑やかな声が止《や》んで、程なくして建物の中に足音が聞こえてきた。

集中して練習しているうちに、時間を忘れてしまったようだ。

久々に読書以外で集中した。竪琴《ハープ》、奥が深くて実に面白い。外の子をマーカスさんが、部屋の子をミラベルさんが先導して食堂へ向かう。

走る男の子達を窘《たしな》めながら、フレデリカさんがこちらの部屋にも来た。

「料理中にずっと聞こえていたわ。いつの間にそんな特技を？」

「昨日初めて触ったばかりです。敢《あ》えて言うなら、本の知識による特技ですね」

「……ジャネットちゃんを見ていると、『実践や経験は、知識に勝る』という考え方の一つにも、ちょっと疑問を持っちゃうわ～……」

「いえ、その考え方自体は間違っていませんよ」

僕は確かに無知な人よりは竪琴《ハープ》に詳しいし、吟遊詩人より音感があるかもしれない。

それでも、スムーズに演奏するのは、本当に難しい。どこを弾《はじ》けば何の音が出るか、分かっていても反応できないのだ。

逆に、楽譜も読めず音程も取れなくても、順番さえ暗記すれば誰でも演奏できる。それは、反復練習が知識よりも演奏という分野において優れていることを意味する。

……まあ、ある意味この暗記こそが『知識を覚えた』とも言えるわけだけど。

「実際、とても難しいですね。皆が出ている間は、しばらく練習してみようと思います」

「ふふっ、料理中の楽しみができたわね」

フレデリカさんが嬉《うれ》しそうに笑うと、マーデリンが食卓からフレデリカさんを呼んだ。

そうだね、話し込んでいないでそろそろ食事に行こう。

フレデリカさんの料理は、王都に来てから種類も味も豊富になった。アドリアでは見なかった食材を「旬のこれを料理するのが楽しみなの」と嬉しそうに話す姿を見ると、彼女が王都の出身者なのだなと実感できて新鮮だ。

改めてフレデリカさんがここ王都で育った人なのだなと実感する。

食事中、少しマーデリンと目が合ったが、結局会話をすることはなかった。

何か言いたいことがあるなら遠慮なく言ってくれてもいいんだけれど……あちらの気持ちを想像すると、そう簡単にはいかないか。

いずれ、向こうから積極的に話してくれるようになる……といいな。


折角だし、昼からも集中して竪琴《ハープ》の練習をしよう。そう思って一旦ケースにしまった楽器を持って、朝と同じ部屋に移動したのだけれど――。

「あら熱心！　アタシも、ジャネットちゃんの練習を見てた方が有意義だったかしら？」

そこには何故か、シビラさんがいた。というか、ラセルとエミーも帰ってきていた。

王都のダンジョンに潜ったにしては、二人ともあまり表情が良くない。シビラさんの、先ほどの言動も気になる。

どうやらあまり面白い探索ではなかったようだけど……それはそれで、理由が気になる。

これは、少し話を聞いてみる必要がありそうだね。

05 何が興味を惹《ひ》くかは、案外分からないもの

どこかもやもやとしたものを抱えながらも、孤児院へと帰ってきた。悪態をついていたシビラは真っ先に機嫌を直してジャネットに声をかけている。

「あら熱心！　アタシも、ジャネットちゃんの練習を見てた方が有意義だったかしら？」

全く、あのダンジョンを見た後だと本気でそう思ってしまうな。

「とりあえず、部屋で話を聞かせてもらっても？」

「ええ！　もちろん情報は共有しておきたいし、それにラセルやエミーちゃんにも説明しておきたいことがあるからね」

シビラはこちらに振り返る。俺は溜息《ためいき》一つ、エミーは苦笑い。シビラが部屋の方にさっさと歩き始め、入れ換わりでジャネットが俺達《たち》の前に来た。

「おかえり、お疲れ」

「ああ、ただいま……とはいうものの」

「疲れてはないよねー……」

お疲れと言われることにすら、実感が湧かず微妙な気持ちになってしまうな。

「何やら事情がありそうだけど、その辺りも含めて聞かせてもらうよ」

「面白い話ではないぞ」

「そういう時ほど興味深い話だから、実に楽しみだ」

妙に含蓄のある言い方で小さく口角を緩め、ジャネットはシビラを追って歩き出した。

……そういうものなのか？　俺はエミーと目を合わせて肩をすくめ、二人の後を追った。

「まずは、ジャネットちゃんにアタシ達の今日の出来事を説明すると――」

部屋の中に皆で集まり、シビラはダンジョンでの話を始めた。

入場チェック。地図。スライム、巨大スライム、毒スライム。最後に下層の入場禁止。

「つまり俺達は、ずっとスライムを倒していただけだった」

「なるほどね……。じゃあそちらはもういいとして、ダンジョンの設備の方が気になる。

壁や天井に地図があるの？」

ジャネットはスライムの方を流して、ダンジョンの設備の方を聞いてきた。

「そうだな。入場チェックはタグの提出義務があり、全ての位置を誰でも把握できるように徹底して地図と印が描かれてある。ハモンドにも欲しいところだ」

ジャネットは顎に手を当て、シビラの方を向く。

「元々女神教でも『命を大事に』が最優先事項と定義されていますね」

「そうね。だから、中層より下はよっぽど腕に自信がない限りはおすすめしていない」

「地図を作成する資金源は、冒険者ギルドの運営母体である王室でしょう。ある意味女神の教えに忠実で、この国を象徴するようです」

確かに、そういう意味でも実に王都らしいダンジョンとも言えるな。

安全だが、非常に戦い甲斐《がい》のない簡単なダンジョンでもある。技術の向上にもなかなか繋《つな》がらないだろうし、レベルも上がりにくいだろう。

こういうダンジョンの運営が『太陽の女神教』の理想というのなら、何を目指しているかも自《おの》ずと見えてくる。

「セントゴダートに住む人にとっての楽しみは街の中にあり、ダンジョンの中にはない。それはこの街に住んでいると十分に分かる」

「そうよね」

「――そうなってほしいから、この街はそうなっている。そういうことだな？」

俺の言葉にシビラは目を見開くと、ふっと笑って頷《うなず》いた。

「ええ、そうよ。ダンジョンにまつわる全てよりも、人々が作る街の全て。料理の数々、お洒落《しやれ》な服。そちらに人類の優先順位を置いてほしいと思っているの」

この全てが新しい街で新たにできたものが、他の街へ向かう商人や生まれ故郷に戻る人の手で広まり、徐々に王国民全員の生活水準が引き上げられる。

その急先鋒《きゆうせんぽう》を担うのが、この街なのだろう。

「衣食住、明日に不安なく生活ができる。全てクリアした上で、更に上を目指すの」

「更に、上？」

「ええ。食を豊かにする数々のお酒、女の子なら誰もが憧れて止まない宝飾品、姿留《とど》めの魔道具以上に臨場感のある美術、感涙せずにはいられない歌劇、演劇、音楽……」

シビラは、ジャネットの持つ竪琴《ハープ》に目を向ける。視線を受けてジャネットは軽く弦を弾き、その音を楽しむようにシビラは目を細めた。

「……心に余裕がなければ、娯楽を楽しむことができない。その娯楽を楽しむためには、ダンジョン探索に向いていない人でも活動できる体制を整えたり、親に捨てられた子供が明日の食料に不安にならないようにしなければいけないわ」

そうか、孤児院の運営費用も王国から捻出されているんだったな。

思えば俺達も、セントゴダートの王族には随分と世話になっているようなものだ。

ガキの頃は何とも思わなかったが、今の俺達を形作る礎《いしずえ》があの城の中にあるのなら。

「一言、礼ぐらいは言っておきたいものだな」

「私も！　それ言いたい！」

「僕も同感だけど、王族に孤児が直接礼なんて言えるはずもないだろうね」

ジャネットは小さく首を振ると、竪琴《ハープ》の弦を続けて弾き始めた。

まあ、実際その通りだよな。ただでさえ王族など全ての街の領主よりも偉い存在なのに、そもそも孤児の俺達が会えるようなものでもないだろう。

シビラは俺の方を——明確に俺だけを——見ると、驚いたように首を傾《かし》げた。

「あら、孤児院運営者にお礼とか言いたいの？　意外」

「お前は俺を何だと思ってるんだよ」

「アタシに惚《ほ》れてるのを絶対言わないぐらいの朴念仁《ぼくねんじん》」

「惚れてない。どこからその自信が湧いてくるんだ」

「アタシに惚れてないとすると、男色家ぐらいしか有り得ないわよね」

「どこからその自信が湧いてくるんだ……」

俺はあと何度この言葉を言えばいい？　何だか締まらない感じになってしまったな……。

「ところで、ジャネットは今日一日何かあったか？」

「僕の話かい？　面白いことはないよ」

「なるほど、それは実に楽しみだ」

俺の返しにジャネットが一瞬言葉を失った。よし、ジャネットに軽口を返しきったぞ。

「……やれやれ、仕方ない」

それからジャネットは、自分がずっと楽器の練習をしていたことを話した。

珍しい物のため悪ガキ共が集まったが、ジャネットが『竪琴《ハープ》はシビラの贈り物』という
ことを話したら子供達が触れないように一歩引いた。

その話を聞いて、シビラは実に嬉しそうに「ん〜〜〜！」と声にならない声を上げ、自分の身体《からだ》を抱いてくねくねと妙な動きをしていた。はいはい、良かったな。

「後は、僕の演奏を聴いたマーカスさんが僕の伴奏で歌ったぐらいか」

超特大の面白い話じゃねーか。

「マーカスって、あのガキ共みんな苦手そうにしていた厳しいおっさんで合ってるか？」

「合ってる。元少年合唱団のようで、ハモンドの吟遊詩人より歌が上手《うま》かった」

マジかよおい、人の過去や能力って分からないもんだな。

「そういえば酒場で情報収集していたのは僕だったから、曲を知らないかもしれないね」

そう言いながら、竪琴《ハープ》の弦を弾く。ゆっくりと鼻歌でメインの歌部分を再現しながら、両手の指を計三本使って同時に鳴らした。

ほんの数秒ほどだが、聞きやすい音楽だったように思う。

「……いやいや、マジで？」

「何だシビラ」

「何って、今のは『語り弾き』という歌と演奏を別々に行う高度な演奏で、慣れが必要なものなのよ。その上で同時に弦を弾く『和音』まで習得してる」

「今ひとつ凄《すご》さが分からないが、そんなに難しい技術なのか」

シビラは、ジャネットの持つ竪琴《ハープ》の弦をいくつか同時に弾いた。

何度も同時に音を鳴らしたが——正直に言おう。聞くに堪えない変な音だった。

「ま、聞いての通りわざと不協……つまり汚い音を鳴らしたんだけど、和音って間違えるとこうなりやすいわ。曲を知らなくても『ああ間違えたな』って誰でも分かるぐらいに」

なるほど、ようやく言っている意味が分かった。今のジャネットは、一度でも間違えると俺達に下手と分かる弾き方をやってのけて、それを完璧にやってみせたと。

……本格的にダンジョン探索が落ち着いたら演奏家にでもなれそうだな？

「簡単な曲の、単純な伴奏でしたから。旋律を奏でるまでにはなっていませんし、最終的に和音の伴奏に旋律を合わせたいところです」

「もう極める気満々なの、頼もしすぎて笑うんだけど」

本当それな。ある意味こいつにとっての本と同じなのだろう、やり始めたらとことん突き詰めてしまうというのがジャネットらしさというか。

「値段分は使わないと、勿体《もったい》ないからね。それに、女神様からのプレゼントだし」

その言葉にシビラは驚き、満面の笑みでこちらを振り返る。

「この子アタシがもらってもいい!?」

「ダメに決まってんだろーが」

「やぁんラセルは将来ジャネットちゃん狙いね？」

「えっそうなのラセル!?」

シビラの変な振りに、エミーが妙な乗っかり方をした。いや乗っかるな、じゃなくてシビラは分かってて振るな。ああもう、話がまとまらなくなってきたぞ……。

「……ラセル、このパーティーはツッコミ不在なのか？」

「ツッコミ不在の全員ボケ担当だ」

「君も大変だね……」

最後にジャネットから一日ぶりの同情をもらって、ここで話はお開きとなった。

部屋に来た子供がシビラを呼んで、あいつがそれはもう嬉《うれ》しそうに飛んで行っての自然解散みたいな形だが。ま、そういう日常を楽しんでいる方がお前らしいよ。

他のダンジョンも、下層には行けないのだろうな。安全第一で、平和な日常が最優先。

女神の理想を体現したような王都は、ダンジョンの危険性には世界一縁のない場所だ。


——そんな考えが、まさか翌日に覆ることになるとは思っていなかった。

シビラは、朝一番に孤児院へ来た女性に対し、念入りに再確認する。

「……間違いないのね」

「はい、全ての第一層で先発隊が魔物を確認したとの報告です。セントゴダートの街壁の外に————第七、第八、第九ダンジョンが同時出現しました」

幕間《まくあい》　マーデリン：地上で芽生えた、意思の存在証明

――常に誰かから見られているような、そんな錯覚がつきまとう。

気のせいであると言い切るには重すぎる圧迫感。あの日から、緩和することなく。

私達《たち》天使は、神々を世話しながらずっと地上を夢見てきた。とはいえ、指示される内容をこなすだけで十分に幸せなのが天使というもの。文字通り、天界の歯車。自らの意思で選択したり、安定した生活を離れようとする同族はいない。

天界の店を訪れる女神様は、頻繁に人間のことを話題にしていた。私も機会があれば、地上に降りてみたい――その憧れを叶《かな》える機会が、最悪の形で訪れた。

常連客であり、私自身も来ていただけるのを楽しみにしていたキャスリーン様とプリシラ様。そのお二方が店に来なくなり、幾星霜。その間も、来店する他の神々との交流は続いた。心の中に、自分でも気付かないほど小さな穴を抱えて。

そんなある日、突然同僚のアリアが消えた。そのことに困惑し、心の整理が付く前に私の目の前に現れたのが、懐かしい顔。

『会いたかったわぁ』

キャスリーン様。『愛の女神』である、天界一の美貌を持った女神。

ただ、太陽の女神シャーロット様しかしていない金髪を燦《きら》めかせる旧知の顔は、魔物以上に得体の知れない怪物を見ているようで……果たしてその勘は、正解であった。

無意識に後ずさった僅かな一歩を、旧知の顔が一瞬で詰める。

目の前にその男女共々虜《とりこ》にする美貌が迫り——気付けば自分の身体は、自分の心から完全に離れていた。

そこからは……思い出したくもない。

あれだけシャーロット様が大切に大切に見守り育ててきた人間を、自らの手で昏睡《こんすい》同然の状態に陥れる感覚。それを見て下瞼《したまぶた》を上げる自分の表情筋の感触。

そして——そんな非道が当人に許されてしまった、負い目。

私は今、彼女達とともにいる。少しずつ、以前の自分の感覚を取り戻しながら。

セントゴダート孤児院では、フレデリカさんとともに子供達の世話をしている。

直《じか》に見る子供達の無邪気な姿。どんな色にも変化するポテンシャルを秘めた、あまりにも眩《まぶ》しい真っ白なキャンバス。

あの子達を見ていると、シャーロット様があれほどまで熱心に人間の将来性を説いた気持ちが分かる。お世話をしている時間は、唯一の癒やしの時間だ。

院にいる先生方は、それぞれ特色がある。

イザベラ院長。厳しくも優しい、王都の孤児院を守る柱。

マーカス先生。子供達を育てるため、間違ったことをしないよう指導する人。

ミラベル先生。マーカス先生とはまるで正反対の、どんな子供の行動も許す人。

フレデリカ先生。基本的に優しいけど、何かを教える時には厳しい人。

この中に、今は私が『マーデリン先生』として参加している。本当に、後ろめたさすら感じるほど光栄な限りである。

「何故《なぜ》、ランド君のパンを横から取ったのですか？」

マーカス先生は、厳しい先生。間違ったことは一つ一つ丁寧に指摘し、子供達からも恐れられている。やや奔放なベック君も、マーカス先生の前では小さくなっている。

「まあまあ、いいではないですかぁ」

一方ミラベル先生はまるで正反対で、基本的に流す性格。全部許す温厚な人……ではあるものの。

「ミラベル先生、間違っていることは教えないと。……で、どうなのですか。ベック君」

「それは……えっと、好きじゃないから食べないと思って」

「ふむ。ランド君、もしかして昼食は多かったですか？」

マーカス先生は、ベック君からランド君に視線を移す。

「……違います、最後に残しておきたくて」

「えーっ!?」

その答えに、ベック君は大げさなほど衝撃を受けている。

ここで交ざってきたのが、年配のイザベラ院長。

「ベック。あなたは好きな食べ物があったらいつ食べますか?」

「最初!」

「そうですか。――絶対に食べ残しはしないように」

最後の言葉に鋭い視線を載せて釘《くぎ》を刺すと、ベック君はマーカス先生の時以上に縮み上がった。イザベラ院長も厳しい人で、その声色には指導者としての鋭さが乗る。

「ランド。あなたは最後に食べるのですね」

「あ……はい」

「このように、食べ方一つでも人によって違います。これは食べ方だけでなく、勉強と遊び、掃除や休憩など、あらゆる状況で起こることです。相手を勝手に理解して、話し合う前に行動をしてはなりません。……ランドには私からパンを与えます」

院長のまとめに、子供達は「はーい」と答える。

マーカス先生はイザベラ院長に小さく頭を下げて謝意を示し、ミラベル先生は窓の外を見ていた。

イザベラ院長は、凄い。二人の事情をすぐに察し、どちらも悪くないようまとめ上げた。私達天界の住人では、こうしたトラブルはまず起こらない。だから子供の対応となると、私ではどうすればいいのかさえ分からない。

イザベラ院長は年配とはいえ、実年齢自体は遥《はる》かに私より下。それなのに……。


ルナという少女も、不思議な子。

太陽の女神シャーロット様の恩恵を受けて、太陽の女神を疑っている女の子。

最初は私も本気で信じてしまったけど、さすがにこの年齢の子が勇者なんてないわよね。

人間は、安定を好む。だからダンジョンも安全と安定を考えられている。故にこういう異端の子が近くにいると、仲間外れになってしまうのは必然……と思ったら。

『ルナは俺に任せてくれ』

なんと、【聖者】のラセルさんが真っ先に庇《かば》った。

ラセルさんは、【宵闇の魔卿《まきょう》】の中でも群を抜いて前を向いた方。一度何かしらの絶望から立ち直ったから、今のあの人がいる。

常識を基準に物事を決めていた自分の矮小《わいしょう》さを、否応《いやおう》なく見せつけられるようだった。

ジャネットさんは、新たに竪琴《ハープ》を始めた。既に十分な能力のある【賢者】が、能力の至らなさを晒《さら》すように下手な演奏を子供達に聴かせている。

新たな一歩を踏み出す姿。一日一歩の進行速度で大陸を目指すような、果てしなき旅路。

その挑戦をする眩しさ……。

未《いま》だ、あの人には後ろめたい気持ちがある。直接、私が魔法をかけ続けていたのだ。その眠りに落ちる姿を、魔法で意識を蹂躙《じゅうりん》する感触を……。

どれほど後悔しようとも、この忸怩《じくじ》たる記憶は私の心から離れることはないだろう。


自分には、何ができるのだろう……そう考えることが多くなってきた。天界にいた頃は、考えようともしなかったこと。同じような毎日でも、周りも似たようなものだったから。

かつて人間も、そうだったという。

生まれ出《い》でては、領主の下で農耕するのみ。徒歩で移動できる範囲から外には出歩かず、生涯を終える……という生活だったようだ。

とても狭い生活範囲。だけどそれは、かつての私と何が違っただろうか。

観測範囲が広いだけで、生活範囲の狭かった私。その上、新しい一歩を踏み出せない私。

それはある意味、選択肢を与えられなかった人々より余程怖がりに思える。

かつて桃色の髪をしたキャスリーン様は、お店でこう仰《おつしや》った。

――自分にしかできない活躍の瞬間が訪れたら、それはきっと幸せなことね。

本当に、私にそんなものが訪れるのだろうか。

自分にできること。自分にしかできないこと。

未だに私は、それを見極められずにいる。


分かっている。

私を後ろから見ているこの視線は、私自身。

私が私に、圧をかけているのだ。


その日の報告は、慌ただしいものだった。

セントゴダートの新規ダンジョン。それはここ数十年訪れなかった、明確な王都の危機。

当然のことながら、『宵闇の誓約』は有力パーティーとして呼び出しがかかった。

私の出番は、ない。

同じ【賢者】でも、私は奸計《かんけい》専門。僅かな補助魔法の他は、妨害工作にばかり特化している。……上級天使だというのに、あまり表に出しにくい能力だ。

一応、回復魔法もあるにはあるけど……戦うには不向きなものばかり。

そう思っていると、出発直前にジャネットさんが私の所まで来た。

わざわざ、私の所まで……。身体《からだ》が緊張で固まる。

「突然すまない。マーデリンの扱える魔法を一通り教えてくれ」

「わ、私が使えるものは――」

一通り、話せる内容は全て話した。ジャネットさんは一通り把握し、私に告げた。

「なら、孤児院の留守を頼んでもいいだろうか？　現状、あなたしかお任せできない」

……！

ジャネットさんは、私に……こんな私に、役目を与えてくれるというのか。

何もかもが受け身で、どう動けばいいか迷ってばかりの私に……。

「ありがとうございます、私に役目を与えてくれて」

「いや、別に君を救済したいとかそういうノリじゃないんだけど……。とはいえ気合い入れて仕事してくれるのなら助かる。フレデリカさんは『経験値』に過敏らしく、レベル1であることに負い目があるみたいで。僕達にとって家族同然の人だから、守ってほしい」

あの穏やかで優秀なフレデリカさんも、そういうものを抱えているんだ。過剰に持ち上げて超人のように扱うのも、本人に対して失礼なのだろう。

「分かりました。ジャネットさんとの約束、必ず守ります」

「ん」

自分に、役目が与えられた。他ならぬ、ジャネットさんから。
さっきまで沈み気味だった心に、一気に活力が漲《みなぎ》るのが分かる。

——自分にしかできない活躍の瞬間が訪れたら、それはきっと幸せなことね。

まだ、私がこの世界に必要な存在だという自信はない。
それでも、与えられた役目は私自ら全うしたいと思えるものだった。
いずれ私にも、『自分しかいない』瞬間が来るのだろうか。
自分だけの役目、自分の意思による選択の瞬間が。

その瞬間、歯車だった私に正しい答えが選べるか。
そもそも正しい答えなどあるのか。
もし、その正解がなかったとしても、私は考え、何らかの答えを選ぶだろう。
それがきっと、天界から離れた私の、意思の存在証明になるはずだから。

06 シビラがかつていた街には、当然知り合いも多いようで

王都セントゴダートに、新規ダンジョン出現。太陽の女神に会いに行くまで退屈な日々かと思いきや、随分と大きな事件が起こったものだ。

マーデリンに孤児院を任せ、俺達《たち》『宵闇の誓約』の四人は、ギルドからの遣いとともに冒険者ギルドへと向かうことになった。

「これはまた、凄《すご》いな」

ダンジョンの規模から予想できていたが、冒険者ギルドは今まで見た中でもぶっちぎりで巨大だった。建物内の店は武器防具や魔道具、食事や酒など何でもありだ。

そんな巨大ギルド本部だが、今日は当然のように人で溢《あふ》れかえっている。

『定期連絡。出現したダンジョンには、ギルド職員が向かっています。一般の冒険者の方は、決して近づかないようにしてください』

各所に配置されている魔道具から、建物全体に女性の声が響き渡る。声を大きくする魔道具なら見たことはあったが、これは離れた場所で声を出しているのか。便利なものだな。

案内の女性は最上階の五階まで上り、シビラはその後をついていく。

到着した部屋に入ると、そこには妙に不気味なマスクで顔面を隠した青い髪の人がいた。

「ご苦労。下がっているように」

「はい」

案内の女性が部屋から出て行ったと同時に、シビラは向かい合わせになっているソファへ遠慮なく座った。

「相も変わらずアンタの美的センス壊滅的ね！」

開口一番、シビラはマジで遠慮のない態度で遠慮のない言葉を叩《たた》き付けた。とはいえ、シビラの言う通り仮面はかなり妙な存在感があるな……。

俺が何かを言及する前に、仮面の人は溜息《ためいき》を大きく吐《つ》くと、その異様なマスクを外した。

中から現れたのは、鋭い目をした若い女性だった。

「シビラ、君はもっと芸術センスを磨くべきだ。アートが分からないようでは——」

「南の島の木彫りでしょ。いくら現代アート《シュルレアリスム》の元ネタ『二面《ダブルフェイス》』とはいえ、その民族趣味《エスニック》かなりアク強いわよ。もっと初心者向けの近現代美術《アーリーモダン》か、無地で出迎えるべきだわ」

「——……。……はぁ、分かったよ。これは壁に飾るとしよう」

難しそうな会話とともに中性的な女性は仮面を一撫《ひとな》ですると、俺達の方に目を向けた。

「おっと、すまない。皆が『宵闇の誓約』のメンバーで相違ないね？」

「ああ、それで間違いない」

「シビラのせいで挨拶が遅れてしまい申し訳ない。私はエマ、ここセントゴダートで冒険者ギルドのとりまとめを……女王からの指名で行っている者だ」

「挨拶が遅れたのは主にあんたが原因でしょ」

「やめてくれないか、私の美術品が挨拶の邪魔みたいに言うのは」

「自己紹介おっつかれー」

ギルドマスター、つまり俺達みたいな連中の頭だな。シビラとの仲の良さもさることながら、趣味の内容で口論できるのは、それだけ互いのことをよく知っているのだろう。

同時に、個性の強すぎる趣味もシビラの知人と言われると納得するものがあるな……。

「では俺から。ラセルだ、『宵闇の誓約』のリーダーをしている」

「おお、いいねいいねー。君が【聖者】か。よろしく」

「私はエミーです。職業《ジョブ》は」

「待て。君はもっと砕けてくれ。君もだ」

俺に次いで丁寧に喋《しゃべ》ろうとしたエミーをエマは止めた。更に、ジャネットにも。

「皆にはもっと気さくに話してほしくてね。友人のつもりで喋ってくれないかな？」

「は、はあ……えっと、えっとじゃあ……エミーですだよ！」

「ハッハハハハ！」

不意打ち気味に放たれた言葉に、エマとシビラは思いっきり笑った。

俺も、思わず顔を覆って笑いを堪《こら》える。なんとか途中で気さくにしようと軌道修正しようとして、随分と変な合体をしてしまったなおい。

ジャネットも声を殺しながら、顔を覆って肩を震わせている。一人しゃがみ込んで「あぁ～……」とうめき声を上げるエミーの肩を叩き、なんとか起き上がらせた。

「あ、改めまして私は【聖騎士】のエミー。ラセルとパーティー組ませてもらってるの」

「うんうん、無茶を振ってしまったね、ありがとう」

「僕はジャネット、パーティーの【賢者】だ。よろしく頼むよ、エマ」

「ああ、よろしくな！」

一通り紹介を終えて、俺達もシビラの隣に座った。

気さくに笑っていたエマだが、すぐに表情を真剣なものへと変える。

「聞いての通り、ダンジョンが三つ現れた。今まで起こったことのないペースだ」

「調査を出していると聞いたが」

「便宜上番号を振った『第七』と『第八』には人を向かわせたが、『第九』にはまだ誰も派遣できていない」

さっきギルド内にあった連絡では確かに調査に出ていると言っていたはずだが。

「あれは、混乱を避けるためにね。同時に混乱や不安を更に抑えるためには、日常がいつも通りに過ごせなくてはならない。故に職員が足りないのだけど」

日常……この街の人にとって、最も日常を平和に送れるための基盤となると。

「皆が下手な動きをしないよう第二ダンジョンに職員を割いている、ということか」

「ご明察だね、ラセル」

指を鳴らしてウインクしながら、エマは足を組み直して笑う。

「この街の人は『安定』という大きな地面に立っているが故、落ち着いて生活できている。それは何よりも重要なことであり、また女王の願いでもある。同時に、それが長く続くと『不安』という魔物が何よりも恐ろしいものになる」

冒険者ギルドは国営であり、街の第二ダンジョンは『絶対安全』を徹底している。ダンジョン以外の娯楽を発展させることが女王の願いで、更に孤児院の運営まで担当している。

俺がこの街の運営に頷《うなず》いていると、扉がノックされる。

「誰だ」

「私」

シビラがその声に「えっ」と驚いて振り返ると、視線の先にはローブ姿の女性らしき人が部屋の中に入ってきた。口元はマスクをしており、青い目以外は何も見えない。

「エマ、それに……シビラ？　ダンジョンの様子は？」

「ちょうどシビラ達に頼もうと思っていたところだ。心配は――」

エマが喋っている途中で、何故《なぜ》かシビラが苛立《いらだ》ちを隠せないような表情で立ち上がり、ローブの胸元を指でつつく。

「あんた！　ね！　心配なのは分かるけど！　任せるとかできないわけ!?」

「でも……」

「こっちは大丈夫だから！　自分の仕事してなさい！」

「……わ、分かった」

そのまま指先でドアの向こうまでつつきながら、部屋の外まで後退させられるローブ姿の女。一瞬俺と目が合ったが、すぐにシビラが押し出してしまった。

シビラは最後にドアを閉めてから、溜息を吐いてドカッとソファに座り直した。

「今のは誰だ？　セントゴダートの冒険者仲間か何かか？」

「……そんなところよ。全く、心配性なんだから」

普段は機嫌のいいこいつがこれだけ呆《あき》れるということは、気に入らない……というよりも、それだけ気を許した相手であるように感じる。こうして見ると、元々シビラはこの街にいたというのも納得するぐらい知り合いが多いんだな。

エマはシビラの様子に何故か苦笑をしながら、俺達の方へと向き直る。

「話が前後してしまうが、君達には第九ダンジョンの上層を調べてきてほしい。後日に別パーティーと組んでもいいし、もちろん断ってくれてもいい」

この危機的状況においてギルドマスターが『断ってくれてもいい』と来たか。

こいつもこいつで、随分と腰の低いヤツだな。ならば、こう返そう。

「受けるつもりでいるが、一つ質問をしてもいいか？」

「ありがとう！　もちろん何でも聞いてくれ」

「――魔王に会ったら、討伐しても構わないよな？」

エマは驚きに目を見開き、シビラに視線を向ける。シビラはニヤニヤとその顔を見返しながら、親指を俺の方に向けた。

「報告したと思うけど、ラセルは倒した魔王も一人二人じゃないわよ。しかもマジで『女神の祈りの章』やってのけたもの。ほんっと人は見かけによらないわよね！」

「どういう意味だ」

「いや～ん眉間の皺《しわ》が回復魔法でも取れないぐらい刻まれちゃうわよ～」

ギルドマスターの前だが思いっきり叩《はた》いてやろうかなこいつ。

俺達のそんな様子を見て、エマは天井を見上げて大きく笑い出した。

「ハッハハハ！　久々だね、これほど気持ちのいい青年は。王都《ここ》に住んでいると、皆安定志向だからさ。それが悪いとは言わないけど、物足りないと感じることもあるんだよ」

エマは笑いながら、俺に右手を差し出した。

「もちろん、やってくれて構わないとも。よろしく頼むよ、【聖者】ラセル」

「ああ、任された」

俺はその手を握り返し、頷いた。

久々の、誰も攻略していない魔王のダンジョンだ。

腕が錆《さ》び付かないうちに、思いっきりやらせてもらうとするか。


巨大なギルドを後にした俺達《たち》は、再び職員に連れられてダンジョン方面へと向かう。道具がギルドの費用で買えるとのことで、シビラとジャネットがいくつか見繕っていた。

「さーて、久々の……ってほどでもない新規ダンジョンの探索ね！」

「思えば、俺達にとって半数ぐらいが初ダンジョンだな」

アドリアの村に現れた第二層で即『魔界』だったダンジョンに始まり、次のセイリスでは海岸に現れた第四ダンジョン。

マデーラに行けば『赤い救済の会』の裏口から魔神のいるダンジョンがあった。

セントゴダートに来て退屈の極みのような安定ダンジョンを見たと思ったら、お次はこの第九ダンジョンである。忙しいことこの上ないが、退屈よりは遥《はる》かにいい。

「ラセルはこういうの、慣れてるんだ」

「そういえばジャネットと探索前のダンジョンに入るのは初めてか。そうだな……」

未知のダンジョン。最初にアドリアの攻略に挑んだ時の、シビラの言葉。

「初めての時よりも慣れたが、可能な限り慣れすぎないように気をつけている」

「なるほど、慣れた時ほど油断が危険を呼ぶか。経験者の意見は、本の知識より重いね」

ジャネットは主旨を理解し、頷いた。

シビラでさえ、魔王が次に取ってくる戦略は予測しきれないのだ。

女神は万能の予言者ではない。だが、それ故に俺でも隣に立って戦うことができる。

「シビラ、まずは俺達の今までの経験則からいくつか予想できることがあるな」

「ええ、順を追って説明するわ。セントゴダートでは毎日ダンジョン周囲の探索依頼が冒険者に出てる。ダンジョンに潜らなくても報酬は出るから、人気の仕事なの」

毎日巡回している……となると、その時点でも分かることがあるな。

「報告に来たダンジョン三つは、全部現れたばかり。つまり、アドリアの時のように第二層が最下層である可能性が高い」

「そういうこと。アタシからギルド側に一通りのことを報告してるから、出現直後のダンジョンが危険なことをエマも把握してるわ」

第一層の調査のみという指示だったのは、シビラからの情報によるものか。

ベテラン冒険者だろうと、ドラゴンと出会えば危険が大きいからな。

会話しながら歩き、セントゴダート東門を出た辺りでシビラは街壁を振り返った。

「それに、アタシ達は知っている」

「何をだ？」

「今回の調査には、絶対【勇者】がいないこと」

……ああ、そりゃ当然だな。俺達は、勇者が今どういう状況にいるのか知っている。

あいつが参加していたら、それを周知されていないはずがないだろう。

同時に、思う。

今、俺が引き受けたのは、本来【勇者】が引き受けるはずだったもの。戦う力を得た【聖者】の俺が、英雄譚《たん》の主役である【勇者】と同等の扱いになっている。

それ自体は嬉《うれ》しいものだと素直に思うが……同時に、張り合いがないものだとも思う。

今代の勇者、ヴィンス。

ライバルにすらなり得なかった勇者と、全く勝った感触のない愛の女神。

ヴィンス。俺は今、お前の道を先に進んでいるぞ。お前は、こんなものじゃないだろう。

もうあの頃のように、勝ち越した俺を上回ろうと、ジャネットから剣術を学んでいた頃の記憶も、気概もないのかよ。

……考えても仕方がない。今は目の前のことに集中しよう。

「【勇者】がいない以上、魔王の討伐に適任であるほどの冒険者はいない」

「そういうこと。エマが今回ラセルの探索に乗り気だったのは、冒険者が安全重視という方針であることを、不満……ってほどじゃないけど、退屈に感じているのよね」

「ああ、そんな感じだったな。俺も近い気分だったから有り難い」

「あんたはエマと気が合いそうね。まあアタシほどじゃないと思うけど」

「何でそこで対抗したがるんだよ」

真面目な話からいつも通りのお調子者に戻った辺りで、待機している他の職員が見えた。

「お疲れ様です、どうでしたか？」

「問題はなかったです。今のところバットの一体も飛び出していないですね」

ギルドの職員がダンジョン前に待機していた四人と軽く会話をして、俺達に向き直った。

「それでは『宵闇の誓約』の皆様に調査をお任せします。どうかお気をつけて」

五人の職員が頭を下げ、シビラが明るく「任せなさい！」と両手の親指を立てた。

目の前に広がるのは、地図も何もない、正真正銘の未知のダンジョンだ。セントゴダートでの安穏とした日々は、一旦終わりだな。

「よし、行くか」

俺の言葉に、シビラ、エミー、ジャネットが同時に頷く。

初の四人での、ダンジョン探索開始だ。

大盾を構えたエミーを先頭に、ジャネットとシビラが並び、俺が剣を抜いて後ろを守る。

――セントゴダート、第九ダンジョン。ここ王都で新たに出現した三つのダンジョンのうちの一つだ。

「シビラ。ダンジョンってのは、こんな勢いで増えるものなのか?」

「んなわけないでしょ、そもそも一度に二つ以上の出現も初めてだと思うわよ。それでも年月積もっていけば相当な数になる。【勇者】だって代によって攻略ペースも違うし、現役から退いた期間は新規ダンジョンも増える一方よ。だから大変なの」

そうだよな。いくら何でも勇者パーティーだってジェマ婆《ばあ》さんぐらいの年齢になったら下層で魔物の攻撃を受け止めるなんてできるものじゃない。

次の世代が担当するのは、その期間に増えたダンジョンの攻略もある。

「それにしても――」

俺は、後ろを振り返る。先ほどの冒険者ギルド職員……只者《ただもの》ではなかった。あれがセントゴダートでダンジョンの管理をしている人達か。

正直スライムダンジョンを潜った後だと、過剰戦力に感じるほどだな。

「ん? ああ、ラセルはあの人達の実力に気付いたのね」

「中層に潜れるぐらいの強さは余裕であったな。あの職員達は探索側に回らないのか?」

「ラセルは紅茶好き?」

今日の意味不明シビラはまた一段と話が天高く飛躍したな。視力に自信はあるが、雲の上は観測範囲外だ。どこに話があるか視認できんぞ。

ジャネットがぽかーんとしている。おお、珍しい表情だな。

ちなみにエミーは笑顔だ。無論これは『最初から諦めてます！』という顔だな。

俺は呆れつつも、話を促すように首肯する。シビラは実に愉《たの》しそうに指を立てた。

「もう一度質問。その紅茶は数千回のうち、必ず一度は毒が出るものが混ざってしまう。ラセルはその紅茶、頼む？」

「……なるほど、ダンジョン探索の、数千回や数万回のうちの一回。その悲劇が起こるかもしれない一回をあの人らは警戒しているんだな」

「よろしい」

シビラが満足げに頷《うなず》いたところで、ジャネットが視線を俺の方に向けた。

「ラセル。シビラさんとの会話はいつもこんな感じなの？」

「こいつの話の飛躍っぷりは割と頻繁にこんな感じだな」

「君も大変だね……」

全くだ。その台詞《せりふ》を連日聞いている気がする辺り、本当に大変だなと思う。

「でも、そんな彼らにも重要な任務があるわ。入口でなければできない三つのことよ」

「ダンジョンから溢《あふ》れてくる可能性のある、魔物への対処と連絡だろ？　他の冒険者が間違って入って来られないようにすることも」

「うんうん、いいわよ。残り一つは二つ目とやってること自体は変わらないわね」

俺が考えているうちに、ジャネットが「あ」と何かに気付いたように声を上げた。

「はいジャネットちゃん」

「もしかして、エマさんはラセルのことを知っている？」

「……いきなりそこに着地できるんだから、ホント凄《すご》いわよね」

ジャネットは、どうやら雲の上に飛んでいった話のパスを摑《つか》んでしまったらしい。

エマが俺のことを知っている？　それが影響することといえば――。

「そうか、エマは俺の職業《ジョブ》を知っているんだな」

シビラが俺の答えを、ニッと笑って肯定した。

ここでの職業《ジョブ》とは【聖者】ではなく【宵闇の魔卿《まきょう》】のことだ。その闇魔法を使う俺を、他の冒険者に見られないように見張ってくれているんだな。

「理解できたわね。今日は『闇魔法』、後ろを気にせず使い放題。さあ仕事の時間よ」

シビラの言葉と視線に、話を聞き流していたエミーが頷き、盾を前に剣を構える。何かが来た、と思ったと同時にエミーが盾を黒く光らせ、同時に地面に叩《たた》き付ける。

今のエミーに備わった【宵闇の騎士】の能力は、黒い盾の力で相手を寄せ付けること。

恐らく、何かを捉えて地面に挟み込んだのだろう。

「あっ、これ見たことある魔物……じゃない……？」

エミーの口から出たのは、今ひとつ要領を得ない言い方だった。

ジャネットとシビラが覗《のぞ》き込み、後ろの俺は最後となる。

「ニードルラビットか。……いや、何だこれは」

ジャネットが呟《つぶや》いたと同時に、俺の視界にも魔物の姿が見えてきた。

シビラがセイリス海岸で丸焼きにして、近くの串焼き屋に売り払った魔物。だが、こいつは明らかにニードルラビットではなかった。

「羽……か？」

ニードルラビットには、何故《なぜ》か背中に鳥の羽が生えていた。意味が分からない。

シビラは何かに気付いたのかはっと目を見開き、ダンジョンの奥と入口を交互に見た。

「アタシ達、分岐路は通ってないわよね」

「ああ、一本道だったな。ここらは多少広くなっているが、横道はなかったはずだ」

何故そんな分かりきったことを……何故、か。

ニードルラビット。羽が生えているニードルラビット……。羽……。

──羽が生えている、だと？

「シビラ。この羽は一体、何に使うんだ？」

俺が思った疑問は、そこだった。ダンジョンスカーレットバットは決して強くないが、ダンジョンの外にも出て来られるが故に面倒で恐れられている魔物だ。

同時に、ダンジョンの中であれば、あまり恐れられることはない。理由は簡単、ダンジョンには『空』がないからだ。それ故、羽の生えた魔物はそもそも数が少ない。

羽の生えた、バット。羽の生えた、兎《うさぎ》。

「ラセル、分かったわね」

「ああ」

シビラは、顔を魔物の死体から奥へと向ける。

視線の先には、夥《おびただ》しい数のニードルラビットが、こちらに狙いを定めて赤い目を光らせていた。セイリスと基本が同個体なら弱い相手だが、如何《いかん》せん数が多いな……！

「全員、一匹たりとも外へ逃がすなよ！」

「了解！」

「ん」

このダンジョンは、こういう方向で攻めてくるか……！　全く、魔王ってやつはマジでどいつもこいつもいい性格しているな！

ダンジョンが育ち切る前から、ここの魔王は街の住人を襲うつもりだ！


「やあーっ！」

エミーは魔物を盾に引きつけ、大剣を振り下ろした。まだ上層では不要と思ったが、一応闇属性【エンチャント・ダーク】を重ねがけしてある。

「……ふむ」

エミーの後方で、ジャネットが杖《つえ》を両手で持つ。

「ちょっと熱いよ。でも気にしないで」

「えっ？」

ジャネットは無言で、あの巨大な火球を出現させた。エミーの頭上と、その左右。

魔物の群れに投げ込む……かと思いきや、そのままの位置で火球は止まる。

「──計三個のフレアスター維持。なるほどね」

シビラが感心したように頷いたと同時に、フレアスターの光が何度か揺れる。

エミーの攻撃の合間を縫って左右と、頭上を飛び越えようとした魔物が火球に呑《の》まれた。

「えっ!?　これ私大丈夫!?　あれっ!?」

「大丈夫大丈夫。今日は冷えるから、温かいのはいいね」

「そういう問題かなあ!?」

淡々と喋《しゃべ》るジャネットと、忙《せわ》しなく動くエミー。対照的で楽しげなやり取りだが、どちらも熟練した動きで効率的に魔物を仕留めている。

「ッ……！　ジャネットちゃんはそのままね！　ラセル、後ろに下がるわ！」

唐突にシビラが叫び、シビラとともに後ろへと下がる。

「セイリスの時同様、魔物の動きを操作してるわ。一応これも報告済みだけど……」

ジャネットが左右に展開したフレアスター。その上側の隙間をシビラは指した。

「ラセル、両方スフィア！」

「《ダークスフィア》……」

（……《ダークスフィア》）

　俺は時間差で闇の球を放ち、シビラが指定した二つの空間に投げた。僅かな隙間にダークスフィアが到着した瞬間、魔法が爆発し広がる——魔物と衝突した！

　こいつら完全にダンジョンから抜け出すことしか考えていないぞ！

「ふむ」

　ジャネットが深呼吸し、エミーの横から杖を差し込む。エミーが「え？」と突如現れた杖の宝珠に驚く間もなく、ジャネットはここで初めて口頭詠唱した。

「——《フレアスター》」

　小さく呟かれた声とともに、今までより一回り大きい火球がエミーの前に現れる。ジャネットはそれを、攻めあぐねている集団へ遠慮なく投げ放った！

　熱の塊が集団を襲い、奥が燃え上がる。同時に夥《おびただ》しい数の魔物が一気に溢れてきた。

「サーチ範囲外、想定より多かった。順序を間違えたかも。《フレアストーム》」

　次の魔法は、ケイティもやっていた広範囲の炎の嵐だ。一斉に魔物が弱っていくが、あまりに規模が大きい魔法であるが故に、威力はフレアスターに比べて控え目らしい。

　正面で宵闇の騎士エミーによる、引きつけ攻撃。そのスキルの範囲外を通れなくした、ジャネットの魔法。隙間を埋めるように闇魔法で塗りつぶした、俺の魔法。

ほぼ全ての隙間が埋まった。

「うっし、ここまで弱ればあとはアタシね！」

その様子を見て、シビラがナイフを構える。

シビラは的確に、魔物が飛び出してきた所に陣取って、ナイフで一閃《いっせん》して魔物を倒した。

そうか、シビラも索敵魔法で敵がどこから来るのか正確に掴めるわけだな。

「やっぱり……」

シビラはぶつぶつ呟きながらも的確に魔物を倒していく。

「……ッ！　これが最後の三、体……!?」

シビラは更に右手でナイフを振り、左手で魔法を放ち反対側の兎を燃やす。

上手《うま》い同時攻撃だったが、魔物も最後の作戦を練っていた。シビラが斬った魔物の影からもう一匹現れ、首なしの死体を蹴って羽を大きく動かした。

「ラセル！」

「問題ない」

シビラが叫んだと同時に――闇の罠《わな》が、入口で轟音《ごうおん》を立てて魔物の体力を奪い尽くした。

俺は、魔物の死体を確認すると皆の様子を確認した。

「《エクストラヒール・リンク》、《キュア・リンク》。まあただの疲れ取りだ」

この空間からの出口が一つだと分かっていたので、俺は敵が通り抜けた際のことを考えて《アビストラップ》を仕込んでいた。踏み抜いて、一撃だ。

「【聖女伝説】の究極魔法が服のゴミ取りにぽんぽん使われるの、気分いいわねー。あ、二人ともおっつかれー」

シビラは楽しげに二人の方へと向き直る。

「今日はもちろん、ジャネットちゃんね！」

「私ももちろんジャネット！」

「俺もジャネットに一票」

「え？　何なのさ」

そりゃ功労者だな。いくら相手が弱いとはいえ、あの数を一人でほとんど……全く、頼もしいことこの上ないよ、お前は。

「ジャネット」

「……今度は何」

俺はジャネットの前で、手の甲を見せた。ジャネットは一瞬目を見開くと、すぐに小さく──同時に、皆にも分かるほど明確に──口角を上げて、軽く打ち合わせた。

第九ダンジョン、まずは第一関門突破か。

「さーて、ここからどう行動するべきか……ラセルの判断に任せるわ」

どうって、シビラも魔王を倒しに行くと思っているんじゃないのか……と思ったが、シビラがそう聞くということは、何かしらその選択に問題があるのではないだろうか。

魔王を倒しに行くことによる問題といえば、『今、俺達《たち》がダンジョンに潜っている』ことに関して……まあ、考えられることは一つだけだな。

「残り二つのダンジョン及びパーティーか。二つのダンジョンの魔物が、上手く処理されていなかった場合、今頃は……」

魔物が、セントゴダートの森に溢《あふ》れている可能性が高い。

少なくとも、この新規ダンジョン三つが同時に現れたのは偶然とは考えにくいだろう。

魔王討伐をギルドマスターのエマに堂々と宣言した。実際に、倒す能力もある。

だが……ルナが襲われそうな状況で、魔王討伐を優先する存在は本当に『影の英雄』か。

考えるまでもないよな。

「ここで魔王を倒す利点はあるが、それで街に被害が出てしまっては意味がないだろう」

俺の出した答えを理解し、シビラは嬉《うれ》しそうに頷《うなず》いた。

「シビラ、俺達は元々第一層の探索を任されていたな。第二層まで降りた後、そこが魔界でなかった場合はすぐにダンジョン外まで戻る！」

「分かったわ！　ラセルはエクストラヒール・リンクを常時使い続けて。エミーちゃんとジャネットちゃんも、それでいいわね」

「はいっ！」

「ん」

俺達は方針を決めると、ダンジョンの奥へと進んでいった。


結論から言うと、広い第一層を探索して降りた先の第二層は、まだ『上層』の色だった。

これ以上の探索は時間がかかる、地上の無事を確認してからだ。

「地上の無事を優先する、シビラを先頭にダンジョンを出るぞ！」

俺は複雑なダンジョン構造を記憶しているであろうシビラに任せ、第一層を走り抜ける。

途中、ジャネットが俺の方を振り向いた。

「ラセル。今も常時回復魔法を使っているのは分かるけど……魔力、大丈夫？」

「基本的に一切尽きないので問題ない。疲れないだろ？」

「運動不足の身としては、これほど有り難いことはないね」

「ああ。……ところで」

ジャネットに、折角なのでふと気になることを聞いてみる。

「どこが運動不足なんだというぐらい、走りについていけてるよな。隠れて体力でもつけてたのか？」

冗談半分で言ってみたが、ジャネットはなんと、淡々と頷いた。

「本の知識に継続が必要とあったから、続けている」

マジかよ、本の知識なら何でもアリだな……。

「一時期体力が落ちてたけど、もう回復した。後は、ラセルもそうだと思うんだけど、術士のレベルでも体力はつくでしょ」

「……ああ、そういえばジャネットは」

俺と同じ術士だが、【賢者】レベル55だ。

俺だってエミーほどではないが、女神の職業《ジョブ》を得てから僅かながら身体能力が全体的に上がったことは感じている。ならば当然、ジャネットは相当上がっているのだろう。

「今腕相撲をしたら、僕が勝ったりして」

「エミーならともかく、ジャネットに腕力で負けるとか悪夢でしかないぞ……」

「さすがにないと思うけどね。でも、負けず嫌いなラセルはすぐに僕を追い抜くよ」

そりゃ褒められているということでいいんだよな……。

「僕からも、もう一つ質問」

「何だ？」

「僕と会話しながらも、頭の中で魔法使ってるの？」

「まあ、一応な」

「……練習しておく」

「すぐにそう返す辺り、お前も大概負けず嫌いだと思うぞ」

俺の返答に、面食らったように首を引いて目を見開くと、口を尖《とが》らせて俺をじーっと見た後、シビラの隣まで行ってしまった。

「はいはい、いちゃついてないでそろそろ出口よ！」

シビラの声とともに、ダンジョン外からの光が視界に入ってくる。

そうだな、俺達はここからが本番だ。

剣の柄《つか》に手をかけ、俺はもう一度回復魔法を皆に使った。

ダンジョンから出た直後、ギルドの職員達が武器を手に構えていた。

案内をしてきていた女性は一瞬瞠目《どうもく》し、すぐに確認に入った。

「皆様、もうお戻りに！　いえ、今はそれよりも」

「分かってるわ！　連絡事項、第一層のみ全討伐！　他のダンジョンから魔物は——」

シビラが返答した直後、他の職員の視線を追ってセントゴダート方面に目を向ける。

「あれは……！」

そこにあったのは、セントゴダート城壁をバットの群れが囲い込むという、悪夢のような光景だった。

「『宵闇の誓約』、次の目標はヤツらだ！　行くぞ！」

目の前の光景に俺が叫び、全員が一斉に動き出した。

いくら高い壁で厳重に街を守っているとはいえ、セントゴダートは太陽の光まで遮ってはいない。空からの攻撃を防ぐことは不可能だ。

向こうのギルド職員も対応しているようだが、魔物の数が多い！

特に、空にいる魔物は狙いが定まりにくいのが問題だ。ダンジョン内で戦う場合とは、全く勝手が違ってくる。セイリスのトンボ野郎を思い出すな……！

「僕の番だね。《サンダーショット》」

ジャネットは魔物を確認して小さく呟《つぶや》くと、雷の魔法を相手に向かって撃ち込んだ！

放たれた雷撃は魔物まで高速で飛び、バチッと火花を散らしてバットが落ちていく。

「溢れてるのは第七方面ね。第八は成功したのかしら」

空に溢れるのは、一種類の魔物。

「こっちと一緒。ダンジョン内部に誘い込んだ状態で、一斉に魔物を溢れさせたのね」

「やり方がいやらしいな……」

会話しながら走っていた俺達だったが、街に近づくにつれ様子がおかしいことに気付く。

「何だ、あれは……魔物が弾《はじ》き飛ばされているのか？」

バットは街壁から街の中に入ろうとしているのは見えるが、幾度となく弾き飛ばされているのだ。ここからでは見えないが、街の中から攻撃を受けているのか？

「ああ、あれはセントゴダートの魔道具ね」

……魔道具？　あの魔物を全て弾き飛ばしているのが、魔道具の力だというのか？

「ほら、壁の上に綺麗《きれい》な宝珠がずらっと並んで光ってたじゃない。あれは面白イルミネーションじゃなくて、街を守るための機能よ」

そういえば、ダンジョンに潜る前に街壁の宝珠が光っているのを見たな。あれは魔道具としての機能を発現していたが故の光だったのか。

ダンジョンスカーレットバットに、それを理解する知能はない。結果的に、何度も上空から体当たりを仕掛けて、弾き飛ばされ続けている。

ジャネットが一旦個別撃破を諦め、街の様子を見て考える。

「……点攻撃ではキリがない。シビラさん。僕の風魔法、あの宝珠は防げますか？」

「おっ、なるほどね。街壁は風には特に強いし、魔道具は魔法を吸収するわよアレ」

「重畳。《トルネード》」

ジャネットがシビラの返答を聞いた直後、巨大な竜巻を出した。羽をやられたバットが次々に落ちていく。いいお膳立てをしてもらった、これは張り切らないとな！

「エミー！」

「うんっ！」

俺はエミーとともに剣を抜くと、地面に落ちたバットを次々に切り伏せていく。

地面に落ちたこいつら程度なら、闇魔法を持つ前から余裕だ。

「……ん？」

十体ほど倒したところで、街の中からも剣や杖《つえ》を持った冒険者が現れた。

「よっしゃ全部落ちてるぞ！」

「うちらも稼ぐで～！」

どうやら、他のパーティーが追加で討伐に参加するようだ。

広い範囲に落ちていった夥《おびただ》しい数の魔物も、これで残らず一掃できそうだな。

「溢れた魔物の報酬を独占しちゃいたい気持ちもあるけど、アタシが見るに多分出てきているのはBかCランク辺りだと思うわ。追加報酬のために立候補した人達ね」

「なるほどな。ジャネットはどうだ？　報酬のためにもう少し倒していくか？」

「今更あれがレベルへの足しにはならない。今すぐ欲しいものはないし、欲しかったものはもうもらっちゃったし……彼らに任せよう」

その返答に、シビラは「いい子すぎる……アタシの娘にしたいわ」など変なことを言いながらジャネットを抱きしめている。

ジャネットは無表情でシビラに翻弄されていた。振り払っていいからな、そこの駄女神。

「ま、確かに言う通りだな。俺達も帰るか、エミー……エミー？」

振り返って呼びかけた時、エミーは声も届かないほど遠くで魔物を切り伏せていた。

俺と視線が合ったと同時に、文字通り瞬く間に俺の隣にやってきた。

相も変わらず尋常ではない身体能力だな……。

「ん、なになに？　どったの？」

「街の冒険者が出てきたから活躍を譲って戻ろうかと相談していたところだ」

「あ、そうなんだね。もう向こうの一角は全部倒しちゃったから、悪いことしたかも？」

いや、別に構わないぞ。元々第七ダンジョンは別の担当だしな。

それにしても、剣一つであれだけの範囲を一人で片付けたか。先ほどの移動速度といい、彼女の身体能力の高さはさすがとしか言いようがないな。

剣だけでは、エミーと討伐数を競うなんて無理そうだ。

……分かっている。

ここは、王国で最も人が集まる場所。冒険者ギルドの職員もいる。

本来【聖者】である俺は、皆を回復させるだけで十分なのだ。

剣を持って魔物を倒しているだけでも、明らかに回復術士《ヒーラー》としての役目以上のことをして十分に働いている。

そんなことは、俺が一番分かっている。

分かっていても——闇魔法を使えないのは、もどかしいな。

07 世界の秘密と、目の前の人物の秘密を知る

「――以上が、第九ダンジョンの現状ってところね」

とりあえず、見てきたことを早い段階で話して情報共有した方がいい。

シビラはすぐエマの所まで行き、一通りの出来事を話した。

「なるほど、ダンジョンスカーレットバットの羽がニードルラビットに生えていたと。シビラはどう見る？」

「バットの特性である『神域破り』を、下級の魔物に合成した……のだけど、けっこーヤバいわね。ラセルはバット優先の話は知ってる？」

それは無論な。

ダンジョンスカーレットバットは、ダンジョンの飽和とは関係なく外に出てくる魔物。それ故に、優先討伐対象となっている。

アドリアの村にも戦える年齢の人もいるが、あの村には命を張ってまで中層を目指したようなヤツはいなかった。女神の職業《ジョブ》はもらうが、十も上がればいい方だっただろう。

故にヴィクトリアの強さは浮いていたが……あの時は、まだ治療した直後だったからな。

「ええ。だから、バットが確認できたダンジョンは集中して攻略するのが常識だった――今日まで、ね」

シビラは腕を組んで唸《うな》り、問題の種に頭を悩ませる。

「魔物としては……キメラ、としか言いようがないわよね」

「そうだろうなあ」

エマも渋い顔で同意する。二人の様子を見て、ジャネットが前に出て質問した。

「キメラ、というのは種族名ではなく『合成した魔物』という意味でのキメラ、ということで合っている？　もう一つ、先ほどの『神域破り』という言葉についても質問したい」

「ああ、そうだねジャネット君。まずダンジョンスカーレットバットの特性が、ダンジョンの外に出てきやすい、ということは皆が知っていることと思う」

この知識に関しては、エミーも頷《うなず》いた。

「だが、そもそも何故《なぜ》魔物はダンジョンから出て来ないのだと思う？」

それは、そういうものだからじゃないのか？　わざわざ人間のいる世界にまで出てくるのは、よっぽど倒されたいと思っているヤツぐらいだろう。

……いや、待て。ならば何故、下層の魔物は上層に来ない？

討伐されたくないからか？　だが、そんな自我が存在するなら、そもそも上層の魔物は何故強い魔物のいる下へと潜らないんだ？

その理由は……。

「――『神域』」

俺の口から、自然とその単語が出た。この話の流れからすると、恐らくそれが鍵なのだろう。

「上層の魔物が中層に潜らないのは、常に魔物が上を目指しているから。魔物が第一層と比べても第五層の方が強いのは、階層が上になるに従って、魔物そのものがこの地上……つまり、『神域』に入るために、変質している……？」

まずは思いついたものを一通り出し、そこから内容を考える。こういった仮説を立てる議論は、ジャネットと何度かやったからな。

ジャネットもまた、俺の考えに頷きながら考察の続きを話した。

「神域……文字通り『神々の領域』という意味だろう。空間全てに作用するようにも感じるけど、羽が特徴となっているバットのことを考えると……地面、例えば『大地の女神』の能力が、魔物を魔界に押し込める役目を担っているかもしれない」

「大地か、確かに名前から女神の能力と考えるのが妥当か」

ダンジョンの壁は、地上のただの洞窟とは全く違う性質だ。

ただでさえ奥に潜っても灯《あか》りを必要としないほど光っているからな。一旦答えを聞こうとシビラの方を見ると、シビラは両手の親指を立てて笑い、エマの方を見た。

そちらを見ると、エマは俺とジャネットを見比べながら驚き、シビラに顔を寄せる。

「……先に喋《しゃべ》った？」

「これが全然喋ってないのよね」

シビラの実に愉《たの》しげな返しに、エマは引きつった笑みを浮かべている。

「ああ、なるほど。これは確かに格別『賢者』な【賢者】だ。【聖者】も凄《すご》いな、議論は同じレベルの者でないと成り立たないからね」

ギルドマスターから見ても、ジャネットの考察は見事なものなのだろう。誇らしいものがあるな。いや何薄ら寒い目で見てるんだよシビラ。

「はー、帰ったらちょっとそこのソレにはもう何度か突っ込むとして……まあ話の通り、神域ってのは地面に広がる神の見えざる魔力のようなもの。それが最も相性の悪いダンジョンの入口の所で、集まり集まり……そこで止まる」

「地面に広がり、入口に留《とど》まる……なるほど、だからバットはそれを越えてくるのか」

俺の言葉にシビラが頷き、エマの方に話を振った。

「そうそう。でも君達《たち》、神域に関して理解が早い……本当に勘がいいよ」

「そりゃどうも」

「他言無用で頼むよ、君達を信頼してシビラも喋っただろうからね」

こんな話とてもじゃないが言えねーよ。そもそも信じてもらえるか分からないし、気体の質量の話から始めないと通じないだろうしな。

「それを踏まえた上で、これから対策を練っていかないといけないね。第八は未確認だが、そこも羽付きキメラの巣窟かもしれない」

思わぬタイミングで、この世界のとんでもない秘密に触れてしまったな。地上は俺達が思っている以上に、女神によって守られているらしい。

その『神域』の力がなければ、魔物は地上に現れ放題ってことかよ。

……更に。

エマは今『他言無用』と念を押した。ならば、表に出せる情報じゃないのは確実だろう。この『神域』に関する情報は、逆に言えば『宵闇の誓約』には話せる内容ということ。

これが、シビラによる神々の事情を俺に話すいつものパターンなら理解はできる。だが今回は、その話がギルドマスターのエマと自然に行われているのだ。

いくら何でもギルドマスターとはいえ、当たり前のように『神域』などという神の力によるものを知っているものだろうか。

何より……その事実を何事もなく受け入れているシビラも、だ。

ただ、ここまで考えた内容も、一つの事実さえあれば、全て整合性が取れる。

——即《すなわ》ち、こういうことだ。

「なあ、エマ」

「何だい？」

「エマは、もしかすると女神のうちの一人なんじゃないか？」

俺の問いに、エマはシビラと同じように両手の親指を上げて笑った。

「君は本当に話が早くて助かるよ。改めて自己紹介しよう、『水の女神』エマだ」

やはり、そうだ。この目の前の人物は、シビラと同様に地上に現れた女神らしい。

「『水の女神』か。失礼ながら、あまり水という感じはしないな」

「ハハハ、よく言われるよ。だがシビラの宵闇っぽくなさに比べたらマシだろ？」

「それは言えてる、宵闇は宵闇でも、酒盛りの準備をする時間帯の女神だな」

「こんなに清楚《せいそ》な美少女に向かって何て言い様！」

「ハハハハハ！」

いやほんとお前、薄暗い青空とか全く似合わないからな。そのうち『宵闇の女神』ってのが嘘《うそ》だと言われても俺は疑いなく信じるぞ。

それにしても、エマが女神か。シビラとケイティに続いて、三人目だな。

「仲が良くて実に結構。さて、まずは何より――」

違う、と否定しようとしたが、それより先にエマは机に両手の平を力強く叩《たた》き付けて大きな音を出す。

急な動きに気勢を削《そ》がれると、エマは俺達に向かって大きく頭を下げた。

「冒険者ギルドの管理を任された女神として、人間である貴殿達の尽力に感謝を述べたい。ありがとう」

その姿に、きっと俺達全員が驚いただろう。

元々かなり軽薄とまではいかなくとも、気さくな人柄であった。それが女神であることを公言したと同時に、益々《ますます》胸を張るどころか頭を下げたのだ。

十秒ほど下げた頭を上げ、エマは真《ま》っ直《す》ぐ俺達を見た。それにしても、立場上は上司に当たるであろう人にここまで感謝されるとはな。

「ラセル。君は【聖者】という立場そのものに大変苦労をしたと聞く。他の冒険者の命を守るため魔王討伐の任に就くことで、不満があればどうか遠慮なく伝えてほしい」

気さくな第一印象すらも配慮なのだろうか、今や却《かえ》って生真面目さが際立つほどだ。

「もし俺が何かしらの負担になっているとか、義務感に我慢していると思い込んでいるのなら、気にしなくていい。今の環境は、子供の頃の理想に近いし満足しているからな」

勇者ではないが、自分だけの特別な力があり、その力で魔王を倒せる。

その役目を担えた理由が、自分自身が回復術士《ヒーラー》だからというのは皮肉な話だ。

「そう言ってくれるか……ありがとう。二人はどうかな、魔王討伐をする身として大変なことや嫌なことなどあれば、この場で伝えてほしい」

俺の返事に安堵《あんど》の表情を浮かべたエマは、続いて隣の二人に話を振る。

「あっ私？　えーっと、大変なことは沢山あるよ。でも私もラセルと一緒で、今がとっても満足だから。本当に……こんなに良くていいのかな、ってぐらい」

明るく無邪気だったエミーは、絶望の果てにその全てを失いかけた。今こうして彼女がここにいるのは、俺が【聖者】であったからこそそのもの。

彼女は、様々なものを乗り越えて大人になった。今では誰よりも頼りになる、パーティーの大きな盾だ。

「だから、これ以上は望めないよ。今の環境で、どこまでも上を目指したいの」

「希望の中に憂いもあり……美術的な目だ。回答ありがとう。ジャネット君は？」

「……楽な人生などないし、思い通りの人生もない」

そう、だな。

ジャネットが憧れたのは『聖女』だった。だからこそ、俺がいなくなった後も回復術士《ヒーラー》としてパーティーの立場を固めようとしていたのだから。

「だけど」

それでもジャネットは、言葉を続けた。

「今はそれで良かったと思っている。将来の夢が正解の道に繫《つな》がっているとは限らない。道を外れたことで、結果的に苦労しなかったこともあった。だから……『大変か』と聞かれたら『楽』とでも答えておこうか」

そのジャネットらしからぬ長い言葉と、ジャネットらしいなんとも理屈っぽい回答に思わず頬が緩む。エマは、嬉《うれ》しさを隠しきれない表情のままシビラの方に視線を向けた。

「士気の高さの彩度が濃い。それでいて、順風満帆ではなかった色もあり、油断の濁りが少ない。実に色鮮やかで良いね」

「イケてるでしょ。ホント今回凄いのよ。それだけに、唯一取られてる知己が【勇者】ってのが痛いんだけど」

言うまでもなくヴィンスのことだな。俺達は、勇者パーティーの勇者抜きという状況だ。

「それを補って余りあるほど優秀なのが、ラセル君というわけだ」

と、そこで俺の考えを先回りするようにエマが言葉を重ねる。

「ギルド職員を入口に待たせている時にシビラも言っていたが、俺が闇魔法を使っていることも元々知っているんだよな」

「もちろん。歴代【宵闇の魔卿《まきょう》】には毎度会う度に緊張するけど、君は一番話しやすい」

俺より話しづらいヤツしかいないのか……いないんだろうな。

「魔王を打ち倒す闇魔法と、勇者を凌駕《りょうが》する剣。これで聖者というのだから、『太陽の女神』も過労で判断を誤ったかな？」

「へえ、太陽の女神のことを悪く言ったりもするんだな」

「同期の友人だからね！　君がシビラに選ばれて、本当に良かった、魔王討伐者、ラセル。

頼りにしているよ」

「ああ、任せてくれ」

「さて早速だが……ダンジョンの件についてだ」

新情報の大きさに驚いて話が横道に逸《そ》れたが、話を今の状況の解決に戻さないとな。

今回集まったのは、三つの新規ダンジョン攻略の件だ。

「防衛は職員を中心にしつつ、弱い相手になるだろうから街の冒険者に任せたい。攻略は……前回の魔王討伐経験者である前勇者パーティーは、もう引退して長い」

「前の代は確か、公爵家だったよな」

さすがに勇者の話となると、俺はもちろん本を読まないヴィンスも知っている。俺達がその名を知った頃には、現役を退いた後で既に伝説上の人物だった。

「前勇者は引退後事務仕事ばかりで、とてももう一度戦ってもらうわけにはいかない。現在、深い場所まで潜れる者は限られている。安全第一であるが故の悩みだねえ」

仮にジェマ婆《ばあ》さんぐらいの年齢だと、さすがに最上位職といえどもドラゴンとの戦いに出向かせるわけにはいかないからな。

「ま、いざとなったら私も動かせてもらうよ」

シビラもそうだが、エマも大概俺の想像していた女神っぽさみたいなものとは無縁だな。ノリやフットワークが軽いというか、軽すぎるというか。

「とりあえず、昼でも食べておいてくれ。その後、こちらの職員と予定を合わせよう」

エマは話を終えると、改めて立ち上がり俺達に頭を下げた。

「重ね重ねになるが、君達が来てくれて感謝している。本当にありがとう」

頭を下げる女神の姿。何が彼女をここまでさせるのかは分からないが、それだけ人間に協力してもらっている事実がエマにとって大きなことなのだろう。

感謝というよりも、責任感か、それとも罪悪感のようにすら感じる。

俺達からしてみれば、女神がいなければ戦う力すらないのにな。そもそも人間を危険に晒《さら》しているのは魔王側だ。神々には、この状況に対する責任など最初から何もない。

だからだろうか。こうも頭を下げられるのは……何か、違う気がするんだよな。

大体、似合わないんだよ。

「その感謝は、魔王討伐できた時まで受け取り拒否する。第一気さくに接しろと言ったのはあんただろ？　エマもシビラぐらい、世界一ふてぶてしくなった方がいいぞ」

「ちょっとそれどういう意味よ！」

そんな会話をしながら出る準備をする俺達を、エマは優しい目でじっと見つめていた。

慈愛に満ちた目は全てを包み込む海のようで、初めて俺は水の女神っぽいところもあるんだな、と思えた。シビラと違って。

「あんたまた変なこと考えてないでしょーね」

「シビラは本当に女神っぽくないよな」

「こういう時って口に出さないものじゃないの⁉」

部屋を出る際、ギルドマスターの楽しげな笑い声が聞こえた。

そうそう、それでいいんだよ。


朝の緊急依頼と報告を終えたところで、太陽は昼を告げる高さになっていた。

次の目的を考えていたところで、元気な腹の虫が隣から聞こえてくる。注目を集めた本人は、顔を赤くしてばつが悪そうに頭を掻《か》いた。

「うんうん、エミーちゃんは特に頑張ったものね。それじゃアタシ達《たち》も、そろそろお昼にしましょうか。エミーちゃんは何が食べたい？」

「えへへ……えーっと、前みたいなおいしいお店もいいんですけど、セイリスみたいに沢山食べられるお店がいいなーって」

そうだな、俺もさすがに腹が減った。

「んー、あの手のバイキングじゃないとしても、そうね……歩きながら決めましょうか」

シビラが恐らくレストランの多い通りへと歩き始め、俺達も街中をぶらぶらと見て回ることになった。

それにしても、水の女神エマか……。最初の印象こそ変な仮面を着けている変な女だったが、内面には抱える物が多いのだろう。仮面は本当に変だったが。

「シビラはエマとも付き合いが長いんだろうな」

「そりゃもう。とはいっても、アタシが冒険者として出向くようになってからの方が多いわね。姉とはよく喋《しゃべ》ってたけど」

「プリシラと一緒になって喋ってたわけではないのか」

「……あら、アタシの過去に興味津々ね！」

「やっぱり聞かなかったことにしてくれ……」

迂闊《うかつ》に質問するとすぐこれなのを忘れていた。

溜息《ためいき》を吐《つ》いていると、よりにもよってエミーが「興味津々です！」なんて聞いたものだから、益々シビラは嬉しそうに調子に乗って喋り始めた。

「昔のアタシはそれはもう大人しい淑女でね、その静謐《せいひつ》さと美しさから『美の女神』とも形容され――」

うん、聞く価値ねえなコレ。

隣ではもうジャネットが完全に周りの街並みに目を向けていた。正しい判断だ。

「――そうして他の女神からも着せ替え人形のように愛されまくってね。ラセルもアタシの着替えに興味津々……ってちょっとぉ、聞いてる～？」

はいはい、聞いてる聞いてる。

庭で丸まった猫の声ぐらいには一生懸命に聞いているよ。

シビラが選んだのは、二時間食べ放題の焼肉専門店。エミーが実にいい食べっぷりを披露してくれたお陰で、きっちり元が取れた。俺も一気に食べたが、俺とシビラとジャネットを合わせた量よりエミーの方が多かった。元々こんなに食うヤツだったか……？

ちなみにシビラは、昼からシングルのダブルとかいうよく分からん頼み方をして琥珀色《こはくいろ》の液体を呷《あお》っていた。もしかしたら本当に酒の女神なんじゃないかなこいつ。

気を取り直して——事前に四日後はダンジョン攻略に参加しないことをエマに伝え、俺達は孤児院へと戻った。

帰ってきた俺達は、子供達からの激しい質問攻めを受けることになった。

「にいちゃん強いん？」

「エミーさん、すてき……」

「ジャネットさんって、凄《すご》いなあ」

「シビラぜってー寝てたって」

思い思いに口を開く子らに、順番に回答していく。

俺の活躍をエミーが全力で肯定し、エミーの強さを俺が保証し、ジャネットの圧倒的な強さと器用さを俺とエミーが讃《たた》える。

こいつらにも街に入ろうとしてきた魔物は見えたわけか。ならば不安もあっただろうな。

「でも、セントゴダートって強い人が世界一多いから安全ってイザベラ先生が言ってた」

年長らしき少年が、そのことを指摘する。確かに街を守る冒険者の数も質も、このセントゴダートは圧倒的に一番だろう。

「ああ、俺が見た限りでも職員は優秀そうだし、街壁も高い。皆も大人になったら、街を守る戦士になれるさ」

「へへっ……！」

俺の言葉に気恥ずかしそうに笑う少年を微笑《ほほえ》ましく思うと、視界の隅にルナが見えた。よく見ると……へえ、話相手がいるじゃないか。

ルナは俺と目が合うと、周りの子らと一緒に俺のところに来た。

「ラセル、えっと……よく帰ったな！」

「ああ」

「なあ、ラセルは強いんだよな？　な？」

その回答は、俺自身より他の皆に任せた方がいいだろう。エミーの方を向くと、エミーはルナに向かって元気良く頷《うなず》いた。

「もうほんと凄いんだよ！　ラセルは宵、よ、良い感じの動きで、とにかく【聖騎士】の私より剣使うの上手《うま》いぐらいなんだから！」

「そ、そうなんだ……！　き、聞いたか!?　黒いのはやはりかっこいいのだ！」

「でも【聖者】なんだよね？」

「もしかしたら……」

何やら他の子らとひそひそ話をしている。……なんだ、もう友達ができそうだな。

ルナの様子に、シビラが笑顔で頷いている。皆仲良くという約束、守れそうだな。

果たして太陽の女神教の孤児院としてこれでいいのかは分からないが、仲良くできるのなら存分にこの『黒い人』を使ってくれ。

子供達の様子を、シスターのミラベルがじっと見ていた。ルナの方を見ていたようだが、俺と目が合うと無表情のまま院の奥へと向かった。

仲良くできるか心配していた、というところだろうか。何だったら話しかけても良かったと思うが……あまり話していない人なのでよく分からないんだよな。

「ラセルちゃん！」

ミラベルと入れ替わる形で、フレデリカが玄関まで迎えに来ていた。

「大丈夫だった？　朝からギルドの招集って言ってたから気になって……」

「大丈夫……と言ってしまえば油断になるかもしれないが、慣れたものだ。それに——」

俺は、隣にいる皆に目を向けた。

「──今は、頼りになりすぎるぐらい仲間が多いからな」

その言葉に、エミーとジャネットが笑顔を向けた。

「なになに、好感度青天井ラセルとアタシの挙式の話？　太陽の女神の前でやる？」

「お前は今日一番活躍してなかったよな」

「あっマジで辛辣ゥ！　でもそれも照れ隠しね！」

シビラの実にらしい返答を聞き流し、フレデリカに向き直って肩をすくめる。

フレデリカはシビラの調子に、心配そうな顔をすっかり崩してクスクス笑っていた。

そんな反応に、何とも形容しがたい悪戯《いたずら》成功みたいな表情でニーッと笑うと、両手の親指をグッと立てた。こいつがこんな調子だから、待つ方も心配するのすら難しそうなのは良いことだと思うよほんんと。


──四日後の予定。

ギルドでも探索参加不可を伝えたが、その日はここセントゴダート本来の目的である『太陽の女神』シャーロットに会う日だ。

運命の日は、確実に近づいている。その前に心配事は、全て片付けてしまおう。

幕間《まくあい》　ジャネット：夜の王都は、帷《とばり》に複雑な模様を縫い付ける

夜、それは多くの人にとって眠りの時間。

太陽の女神教だから……というわけではなく、人は夜に活動をやめて眠りにつく。月明かりだけでは、僕達人間が陽《ひ》の下と同様に日常生活を送ることなどとてもできないから。

手を伸ばした先に光がなければ、何があるのかすら分からない。

世界そのものが、閉め切った屋内へと変貌を遂げてしまうのだ。

動物や虫は、夜に活動をするものも多いという。

こんな暗闇で一体何を頼りに……と最初は思ったけど、本の中には人間には聞こえない音の跳ね返り、匂いによる位置把握、熱による感知など、様々な方法が載っていた。

確かに、手を叩《たた》いた音の跳ね返りで、地下室の広さを感じ取ることはできる。

目を閉じても、近くに手が来ると熱を感じることも可能だ。

ま、自分が虫になったことはないので、どこまで本当かは分からないけどね。

他にも、虫にとっては『月以外の光が眩《まぶ》しすぎるから』昼間は目印がなく動けない……即《すなわ》ち、『月だけが光る時間だから目印になる』から夜に動くという仮説もある。

人間とは正反対で、明るいものが多いと動けなくなってしまうということだ。言われてみると、虫は眩しい火の中にも飛び込んで来るからね。彼らにとって、焚《た》き火《び》は月なのだろう。

――ならば、虫達はこの街を見てどう思うのだろうか。

人は、眠りにつくための時間である『夜』の帷《とばり》を克服した。

ハモンドの酒場では、部屋を明るくする魔道具を灯《とも》して夜通し飲み明かす人がいる。迫る暗闇の恐怖など一分一厘も感じさせないその姿に、これが人間による技術の行き着いた先なのだと思っていた。……思い込んでいた。

僕は今、孤児院二階の中心部分、共同休憩部屋にいる。その窓から、夜の街を見下ろす。

――セントゴダート城下町。この国で、最も発展している王都。

ここからの眺めは、村《アドリア》から街《ハモンド》に出てきて眠らない夜の街をそわそわと見ていた四人組の僕達を、完全に過去にしてしまった。

窓の先に見えるのは、少し遠い場所にある冒険者ギルド。

この距離からも視認できるのは、看板の文字自体が光っている上、目を鋭く刺すような窓の明かりが見えるから。

そんな眩しいギルドすら、この街ではまるで目立たない。

他の建物も、大差ないほどに窓から明かりが漏れているから。

ギルドよりも遥《はる》か向こう側にある王城なんて、ギルドより眩しいぐらい。

昼間に馬車が通っていた道には街灯が徹底的に並べられており、窓からでも通行人の顔や服装が識別できるほど明るい。

道の脇には歩行者専用の段差があり、その境目はびっしりと光る魔石が並んでいる。夜でも僅かな段差に躓《つまず》くことすらない、徹底した安全第一の街並み。

建物の陰に隠れるまで不規則に延びる様は、さながら光で描かれたアート。街そのものが、魔道具で描かれた塗り残しのない一つの絵画と言っていい。

ここに住んでいる人にとっては、アドリアどころかハモンドも、セイリスやマデーラも平等に発展途上に見えていることだろう。

太陽の女神の恩恵が、地上を眩しく照らす日中に動けない羽虫達《たち》。本来月を目指して飛び立つ彼等《ら》は、この街をどう感じるのだろうか。

もしかしたら、この巨大な城塞都市そのものを、目の前に現れた月かと錯覚しているのかもしれないね。

「おおっ、黄昏《たそがれ》女子発見！　絵になるわねー」

「……あれ、シビラさん？」

明るい窓の外から、その建物の明かりの一つである室内に目を向けると、シビラさんが片手にコップ、もう片方に肉を載せたパンを持っていた。

シビラさんが夜食を口にしながら、僕の隣まで来た。

「いやーさっすが都会、あんな大きくて高性能な冷蔵・冷凍器が孤児院にもあるんだもの。最高ね」

「確かにあの規模のものは、お店でもなかなか見ないですね……」

街灯だけでこれほど潤沢に使えるのだから、太陽の女神教が管理運営する王都の孤児院も立派な魔道具を用意するだけの余裕があるのだろう。

本当に、別世界だ。

ところで、あの肉はちゃんとフレデリカさんに許可を取ったのだろうか。さすがに勝手に食べている、なんてことはないと思うけど。

「……ハッ!?　ジャネットちゃんが疑いの目でアタシを見ている!?」

「まさか。シビラさんが勝手に肉を取っているだなんてことは……。まあ、そうですね。半分ぐらいしか疑ってないですよ」

「あっマジで疑われてるパターン」

もちろん、半分どころか全く疑っていないんだけどね。

でも、こういう交流をしてみたくなるのがシビラさんの持つ魅力だ。

最初にエミーがシビラさんのことを『気易《きやす》くて愉快な人』と呼んでいたのも分かる。

なるほどね、こりゃほんっとーに不敬だ。

去年の僕、見ているかい？　今の僕、女神様に軽口叩いているよ。

素直に懺悔《ざんげ》させてもらうと――今とても楽しい。

「フレっちには一応許可取ったし、お酒は自前よ。ジャネットちゃんも飲む？」

「飲めないの分かっていて振ってますよね」

「……あっ、本気でイケる精神年齢のつもりで誘ってたわ」

それは、褒めているつもり……もなく、自然に褒めているのかな？

ならばその評価は有り難く受け取らせてもらおう。

「そういうことでしたら、飲めるようになった暁には是非ご一緒しましょう」

「おっ、楽しみが増えたわね！」

シビラさんはからっと笑うと、一気に酒を呷《あお》った。

ラセルが言いたいことも分かる気がする。これが実際に存在する本物の女神様って、本当に知識だけの狭い世界じゃ、分かったつもりになっていただけだったね。

「……ん？」

ふと、僕はシビラさんが入ってきた先、入口方面を見る。

そこには、最近ラセルと一緒にいる少女、ルナがいた。

ルナは、黒髪を揺らしてこちらを向く。

「こんばんは。そろそろ眠った方がいいよ」

「イエーイ！　暗黒してるー？」

ルナは僕とシビラさんを交互に見ると——。

「はい、おやすみなさい」

小さく綺麗《きれい》な声色で、丁寧に一礼してから廊下を歩いて行った。

あれ、凄《すご》く礼儀正しいじゃないか。

僕はあまり喋《しゃべ》っていないので、分からないのだけれど……あんな子だったかな。

シビラさんも疑問に思ったようで、僕と無言で目を合わせると、互いに鏡映しのように首を傾《かし》げた。

ルナが去った部屋の入口に視線を戻すと、そこにミラベルさんが入れ替わりで現れた。

ミラベルさんは僕達を見ると、少し驚きつつも声をかける。

「もう夜も遅いですよ、そろそろお休みになっては？」

「ちょうど、先ほどルナにその話をしました。ただ、様子が……」

僕の言葉を予測してか、ミラベルさんは頷《うなず》いて言葉を被《かぶ》せた。

「ええ、驚いたでしょう？　せめて夜だけでも、大人しい挨拶をできるように教えているのですよぉ。まだまだ子供達の前では、苦手ですけどね」

「そうでしたか。昼の様子から考えると、頑張っているのですね」

「はい、それはもう……ふふ……」

ミラベルさんはもう一度黙礼をすると、ルナを追って入口から離れた。

ポケットに手を入れて、ジャラジャラと音を立てている。銀貨か何かだろうか。

夜に買い物にでも行くのかな……とはいえ、気にしても仕方ない。

「僕達も寝ましょうか」

「んー、そうね」

返事が僅かに遅かったシビラさんは、やっぱり暗黒勇者ごっこするルナの方が好きなのかな?

気持ちは分かるし、シビラさんならそう思うのも分かる。

「最終的に決めるのは、あの子だと思います」

僕の言葉に、シビラさんは驚いたように一瞬瞠目《どうもく》すると……直後にニッと笑った。

「そーね! ふふっ、やっぱりジャネットちゃんは可愛《かわい》いだけじゃなくて素敵ねー」

「僕は可愛くはないですよ」

以前もやったような言葉を返す。

さすがに自分の表情筋が世界一死んでいることぐらいは自分が一番よく分かっているので。

ところが、シビラさんは今度は軽口を返さず、耳元で小さく囁《ささや》いた。

「それ、本気で言い続けていたら、割とマジでラセルはジャネットちゃんの隣に落ち着くかもね」

……え？

僕が発言の真意を確かめようにも、シビラさんは食器を返しに行ってしまった。

追いかけて聞くのも今更だ。

い、今のはどういう意味だろう。

僕の隣？　最後はラセルが、僕の隣に……いや、でもエミーが……。

って、そうじゃない。そもそも何故《なぜ》僕が『可愛くないと言い続けると』そうなるんだ？

因果関係がまるで分からない。考えて分かるものなのだろうか。

……ああもう、自分のことになると途端に分からなくなるんだもんなあ。

軽口を叩き合って、楽しい愉快な会話相手みたいに思っていたけど、最後はシビラさんに圧倒されてしまった。

さすがにあの人を会話で手玉に取るのは難しそうだね……。でも、振り回される側になるのって今までなかったから、ちょっと心地良いかも。

ふと窓を見ると、虫が窓の近くを飛んでいた。

そうか、そうだね。

いつまで経《た》っても僕が寝ないと、君はずっと僕を月だと思ってしまうのだったね。

月の女神は、もっと上だよ。宵闇の女神なら、下で追加の夜食を取りに行っているかもしれないけど。

見てきてもいいけど、火には入らないようにね。

部屋の明かりを落とす。

窓にいた虫は、すぐに離れていった。

僕も、そろそろ休もう。

――セントゴダート、ダンジョン出現。

魔王を倒せば、再び平和が戻るはずの問題。

だけど、事態は誰も予想できないほど複雑に動いていた。

そのことを僕達が知るのは、もう少し後のことになる。

第2章

08 その期待に応えられることを俺は知っている

王都セントゴダートでの、幾度目かの朝。窓からの陽光を浴びながら、いつも通り早起きのシビラが楽しげに手を振る。

さて、一旦ここで今の状況を整理しよう。

太陽の女神シャーロットに会いに行くため王都に来た俺達《たち》を待っていたのは、三つ同時に出現した新規ダンジョン。

空を覆うほどの魔物が溢《あふ》れ、王都は街の壁にあった巨大な魔道具によって守られた。

しかし、余談は許さない。冒険者ギルドのマスターであるエマは、攻略の作戦を立てる。

この魔物の種類と、ダンジョンの集中的な出現。

——明らかに魔王側の、地上進出への異常なまでの執着を感じずにはいられない。

最初の攻撃は凌《しの》ぎ切ったのだ。ここからは、俺達が先制攻撃で魔王を仕留めに行く。

「おっ、ビール新作出てんじゃーん！」

「飲むなよ？」

「それは暗に飲めって言っているヤツね！　いや冗談だって、さすがにアタシもそこまで空気読めない女じゃないわ」

それが冗談だと思えないのが昨日のお前だったよな。

「やれやれ……まずは、今日の分担をギルドマスターのエマに尋ねる。後々の予定のことを考えると、魔王は早めに倒しておきたいところだな」

「いいわね！　特に魔王を『さっさと終わらせる仕事』ぐらいに捉えてるところとか！」

「まあ、今更緊張してもな。ただ、道中のことを考えると油断はできない」

何しろ、出てきた魔物の姿が明らかに普通ではないのだ。

魔物と魔物を掛け合わせたものを作れるというのなら、ただ羽が生えただけの合成ばかりではないと考える方がいいだろう。

「合成獣《キメラ》とは厄介なものを出してくれたわけだけど。でも今は、やっぱりジャネットちゃんの加入が大きいわね」

「恐縮です」

ジャネットは、俺達の中でも特に使える魔法の種類が豊富だ。

大量の魔物を厄介に感じる場面では、ジャネットほど向いている者はいないだろう。

「頼りにしてるぞ」

「ん」

相も変わらず表情も返事も淡々としているが、そのいつも通りの姿には『緊張するほどのことはない』という意思が明確に表れているようにも思う。

「一応、俺とシビラが後ろに控える形になる。前の魔物はエミーがドラゴンの突進だろうと受けきれるし、後ろからの攻撃は全て俺が防ぐ」

「それはいいね、ヴィンスよりは守ってくれそうだ」

ジャネットはそんな軽口を叩《たた》きながら、今度は明確に口元を緩めた。

ギルドに到着し、既に顔見知りとなった職員とともにエマの部屋へと向かう。

ギルドマスターの部屋に入ると、エマは俺達の顔を見て一つ頷いた。

「いい顔つきだね！　早速だけど、予定通り第七ダンジョンをお願いしたい」

「ここを選んだ理由を聞いても？」

「第九は対処できそうなので、まだ未知数な第七の不安要素排除を優先したい。後はセイリスの報告にあった通り魔王が三ダンジョン共通ならば、残り二つは出口に力を入れる」

不審者が出て来ないよう見張るということだな。街中に紛れられると厄介だ。

「第八と第九は、それぞれ有力パーティー『獅子《しし》の牙』と『ギルド職員組』に無理のない範囲で魔物を減らしてもらっている。君達はその間に第七を攻略してほしい」

「分かった、任せてくれ」

俺達も後れを取るわけにはいかないな。

セントゴダートに現れた魔王は、明確に王都の中を攻撃するという目的を持っている。

この王都には、世話になっている孤児院がある。

そこにいる珍しくも面白い少女と意気投合したことを思い出しながら、俺は剣の柄《つか》に手を置いて感触を確かめた。

皆から孤立しつつも、影の英雄を信じている少女。暗黒勇者はいないが、彼女の語る『影の英雄』と呼べる者がここにいることを、俺は知っている。

その期待に添えられるかどうかは、俺次第であることも。

——この王都に手は出させない。

次の魔王が生み出した魔物も、俺の糧となってもらおう。

「魔王は俺達が倒す。『宵闇の誓約』、行くぞ」

「いいわね！」

「おーっ！」

「ん」

俺の言葉に皆が思い思いの返事をし、エマが楽しげに俺達を見送った。

今日入る第七ダンジョンの前で、その高い天井を見上げる。中にいる魔物は、今のところ街の外まで出ていたダンジョンスカーレットバットのみ確認済みだ。

「報告は、あるようでないわ。ここの魔物はまだ一切確認してないのよね」

シビラは既に職員から一通りのことを聞いているようで、ダンジョン入口に足を踏み入れながら説明を始めた。

「職員が第七《ここ》に踏み入った瞬間、いきなり第八でバットが一斉に現れたのよ。職員はみんな探索より街の守護が優先順位上だから、それで全員すぐ引き返したってわけ」

なるほどな、ということは文字通り全く分かっていないわけか。慎重に行こう。

とはいえシビラは無論のこと、ジャネットも《サーチフロア》を使っている。二人が何も言っていないということは、まだ魔物が出ていないと考えた方がいい。

「エミー、奥の様子はどうだ？」

「今のところ、脇道はないと思うよー」

広い道を進み、エミーは時々横穴でも隠れていないか盾を光らせて前方を照らす。

「エミーちゃん！　階段が見つかるまで走ってくれるかしら!?」

「分かりましたーっ！」

エミーは大声で返事をすると走り出した。俺達も後を追いながら、周りを見回す。

このダンジョンは、天井も横幅も広めだ……まるで魔物が横からすり抜けられるように。

「騙《だま》し討《う》ちはなさそうな場所だが、魔物がいないのは拍子抜けだな」

オーバーラップ文庫&ノベルス NEWS

処刑された
最強は蘇り、
再び最強に
返り咲く!!
文庫
注目作
反逆者として王国で処刑された隠れ最強騎士1
蘇った真の実力者は帝国ルートで英雄となる
著：相模優斗　イラスト：GreeN

臆病な
最強魔女の
「何でも屋」
ライフ、
スタート！
ノベルス
注目作
暁の魔女レイシーは自由に生きたい1
～魔王討伐を終えたので、のんびりお店を開きます～
著：雨傘ヒョウゴ　イラスト：京一

「昨日一気に出てきたからでしょ。……まあ、だから余計に厄介なのだけれど」

「どういう意味だ？」

俺の問いに、シビラは前を走るエミーにも聞こえるように声を上げる。

「要するに、昨日は短期決戦か全力偵察のつもりで、魔物に自分の作戦を伝達させたということ。それができるということは」

「……ここの魔王、セイリスの魔王と同タイプか」

「全く同じじゃないとは思うけど、近いレベルである可能性は高いわね」

あいつか……あいつは厄介だった。

下層のフロアボスを地上で解き放つという離れ業をやってのけ、自身は三人分の能力を持つ魔王。顔三つと腕三対、人間の限界を遥《はる》かに凌駕《りょうが》した存在だった。

「ありましたー！　階段！」

「オッケー！　第一層、なんもなし！　ジャネットちゃん、どう？」

「レベル分は索敵範囲を広げられるんですが、どれだけ広げても本当に一体もいません」

ジャネットが一体もいないと言うのであれば、この第一層は完全に何もいないのだろう。

「魔王がやる気出してない、とは考えられないわね。自然発生しやすい上層の魔物がいない時点で、上層の魔力を下の方に集めているのかもしれないわ」

それから第二、第三、第四層まで何もなく進んだ。

「走ってばかりだけど、そんなに広くもないし脇道もない。次は第五層。フロアボスぐらいはいてほしいものね」

「ああ、そうだな。神経が緩みそうだからそろそろ何か出てきてほしいところだ」

そう返事しながら軽く剣を振り、第五層へと進んだ俺は——自分の言葉に後悔した。


「うぇえ……」

エミーが苦手そうな声色のまま、盾を前に構える。

襲いかかってきた魔物にエミーの盾が光り、その反撃で魔物は呆気《あっけ》なく絶命した。

「なあ、シビラ。こいつは一体何だ……？」

俺の問いに沈黙し、シビラは魔物の死体を確認するように足を進める。

アドリアで見た顔と、小さな身の丈。近い魔物を挙げるなら、こいつはゴブリンだった。

だが。

「キメラね」

シビラが呟《つぶや》き、死体を蹴っ飛ばす。ごろりと転がったゴブリンが両腕を広げて倒れ込む。

ゴブリンは、両腕がバットの羽になっていた。

……何だ、この姿は。これではもう、このゴブリンは戦えないはずだ。

エミーに襲いかかってきた時、飛べないなりに羽をばたばたと動かして、噛《か》みつこうとしていたが……全く動けていなかった。正直、これならまだ標準的なゴブリンの方が強い。

「次が来たわ」

シビラが視線を向けた先には、マデーラで戦ったオークがいたが……その両腕は例外なく羽になっており、太った身体《からだ》で飛べない羽をズルズルと引き摺《ず》っていた。

魔物は人間を襲うために生まれてきた存在で、普通の生き物と違う。だが、それらと比べても、ここの魔物はあまりにも異常だ。

目的のためなら意味のない実験も厭《いと》わない、何か執念のようなものを感じる。エミーでなくても、これは生理的嫌悪感が勝るな……。

「はぁ～～～……」

シビラは大きく溜息《ためいき》を吐《つ》き、一つの結論を言った。

「とりあえず分かったこと。魔王はどいつも変人だけど、ここのヤツはとびきり悪趣味」

返事する者はいなかったが、間違いなく全員が同意しただろうな。

「……。…………」

あれから何体倒したか。前衛で戦うエミーが黙して戦っているが、無理もないだろう。

この層には、歪《いびつ》に合成された魔物しかいない。大体の敵は近くに来た瞬間にジャネットが倒しているのだが、出合い頭に走ってくる魔物はエミーに負担がかかっている。

「ホント、徹底してるわね。エミーちゃん！　前衛ラセルと変わってもいいわよ？」

「……！　いえ！　だいじょーぶですっ！　前はお任せください！」

エミーは気丈に叫び、再び現れた魔物を光る盾で吹き飛ばしていく。

「前をラセルに譲るぐらいなら自分が、ってところかしら？　ん〜、愛されてるわね〜」

「茶化すな。能力的には心配していないが、精神的な面が気がかりだ」

「じゃ、一区切りついたら全力で褒めてあげて。それが一番の支えになるはずよ」

その程度でいいのなら、お安い御用だ。

「……あっ、ここで終わりかな？」

呟いたエミーの視線は、第五層の大扉を向いていた。

「うっし、第五層もこれで終了ね。一応周りの様子も探ってるけど、残りの魔物もなし……とはいえ、神域破りなんて到底できそうにない実験物だったけど」

羽の生えた魔物が、ダンジョンの入口地面付近に溜《た》まっている神域を飛び越えて地上に現れる。しかし、それには当然『飛び越える』ことが必要不可欠になる。

ジャネットが燃やしたオークのキメラは、太った身体に小さな羽を取りつけた状態で地面に倒れていた。とてもではないが、あれで飛べるとは思えない。

「エミーは、守りに徹してくれ。ジャネットとシビラは、俺とともにとにかく先制攻撃だ。上層のフロアボスなら大したことはないだろう。シビラもそれでいいな？」

「ええ、賛成。相手の考察は、倒した後にでも考えましょ」

シビラから同意を得たところで、エミーは扉を開く。

だが、扉を開け放った先には何もいなかった。……ボス不在か？

「《フレイムストライク》！」

「《フレアスター》」

「——《ダークスフィア》！」

と思ったが、シビラとジャネットが同時に魔法を天井目がけて放った！　上か！

今回の探索では、ダンジョン内の魔物を残すわけにはいかない。だから魔道士系の二人は、どちらも索敵魔法《サーチフロア》を使っている。

故に、入ったと同時に気付いたのだろう。高い天井の奥に、魔物が潜んでいることに。

俺も視認していないうちから、二人の行動を信頼して同じ方向へと魔法を叩き込む！

「えっ!?　あっ……わあーっ！　でっか!?」

更に一歩遅れて事態を把握したエミーが、天井に向けて盾を構える。

燃え尽きた魔物が、衝突の直前にエミーの盾で吹き飛ばされた。

「バットに見えるが……尋常でないサイズだな」

ダンジョンから地上に現れるダンジョンスカーレットバットは、動物としてのバットに比べてかなり大きい。だがこいつはその比ではない。

「前戦ったドラゴン並みのサイズね。というより……これだけ大きくちゃ、狭いフロアで

は羽を広げることができないわ。第一外にも出られないわよ」

確かに、風の力を受けて飛ぶような羽の広げ方ができるようなサイズではないな。

「強くなるように加工したようで、結局弱体化している。飛ばないバットはただの的だ」

ジャネットは小さく呟くと、バットから興味を失ったように目を離した。このフロアボスで見るべき部分はもうないという判断だろう。

……さて。

「エミー、助かった。落ちてきた後のことは考えてなかったからな」

「あっ、ううん！　むしろ今回何もやってないぐらいだよ！」

「俺にとっては、一番役に立ってるさ。ありがとな」

そう伝えると、エミーの髪についた汚れを落とすように軽く撫《な》でた。子供の頃のようで少し気易《きやす》いかと思ったが、今更そこまで遠慮する仲でもないしな。

エミーは一瞬目を見開くと「どういたしまして！」と明るく笑った。

小走りで階段近くまで行くと、盾を持ったまま両腕を上げて静止している。

……何だ？　大丈夫か？　と思ったが、シビラは俺に向かって親指を立てた。

「大変よろしい」

「……本当か？」

「あの子、もう大丈夫そうね」

シビラのこういう時の言葉は外れないので信用してもいいとは思うが……。

ちなみにそれからのエミーは、シビラの宣言通り下層攻略まで安定していた。


現在、第十五層。

残るは下層のフロアボス一体と、その奥の魔王のみだ。

「いやー、それにしても……」

シビラは腰に手を当て、首を回しながら後ろを振り返る。

倒れ伏した、黒い獣。ダンジョンブラックウルフ……ではない。

「カラスの羽が背中についてるけど、全く動かなかったわね」

「そりゃあ脚で走った方が速いだろうからな」

ここまでの魔物は、徹底して『羽』が取り付けられていた。

正直、数は大したことない上に、弱い。この魔物達《たち》が飛べたら、確かに脅威だろう。だが実際は、空を飛ぶなど不可能だ。

身長が二倍になれば体重は八倍に、三倍になれば二十七倍になる。その巨体を支えるには、小さな鳥とは比較にならないほど大きな羽が必要になるだろう。

そんな巨大な羽を持っていたら、狭いダンジョンではとても広げられない。

逆に広げられるサイズの羽しか持てていない魔物は、羽があっても飛べない。

結果、ここにいた魔物は『意味のない合成』としか言えない代物だった。

「動物って、ある程度地上での最適解を元にしているのよ」

シビラが、倒れた魔物を見ながら呟く。

「そこから外れたら当然不整合が起こる。例えば鳥の脚は余計な体重がないように肉がないし、身体は意外なほど小さくて丸いわ」

「こいつらには、その最適解に合わせたバランスがないってことか」

「そういうこと。車輪が四角い馬車みたいなものね。設計センスないわー」

こんな状況だからこそだろうか、肩をすくめてシビラはおどけてみせた。

「次は何が出ると思う？」

「あまり想像したくないんだが……。エミー、大丈夫か？」

「あっ、うん。もちろん大丈夫！　慣れたらなんだか同じようなネタで見慣れちゃったし、むしろ弱いので楽かな？」

エミーの能力は心配していないが、精神的にも大丈夫そうだな。

「《ウィンドバリア》。上層、中層と同じように攻略するが、明らかに異質だった場合は臨機応変に」

「オッケー。順当に無理な羽が生えてる魔物だといいわね。ドラゴンみたいなのじゃなければいいけど。あっ、アタシ変なフラグ立てた？」

何か変なことを言っているが、説明されても分からないので無視。

「それじゃ、行きますね！」

エミーが扉を開け、盾を構えて第十五層のボスフロアへと足を踏み入れる――！


「むりむり、無理無理……」

エミーが盾を両手で構えて、今までになく青い顔をしている。

「これはエマの方が大分マシ、悪趣味は言い直すわ。超悪趣味ね。《ストーンランス》」

シビラが、巨大な空間に鎮座して動かないフロアボスへと魔法を放つ。

その石の槍《やり》は、ボスの身体から生えた羽にたたき落とされた。それと同時に、フロアボスのどこか眠そうに半目になっていた四以上の目が大きく開き、同時にこちらへ向いた。

巨体の足元に魔法陣が現れ、赤い毛皮を被《かぶ》った球体の魔物が不自然に浮かび上がる。

……そう、球体だ。

赤い毛皮に、目と羽が明らかに異様な数ついている、最早《もはや》他の魔物に喩《たと》えることもできないような姿が、ここのフロアボスだった。

「是非とも、こいつを作ったヤツに製作した感想を聞いてみたいところだわ」

その声に心の中で同意を示し、下層フロアボスとの戦いが始まった。

09 相手が異質な存在でも、考えを読めば糸口はある

下層フロアボス、目玉と羽を雑に取り付けた球体の魔物。

その目の一つが薄《うっす》らと光り始める。

「エミーちゃん、吹き飛ばして！」

シビラの指示を瞬時に理解したエミーが、盾を眩《まばゆ》く光らせる。

同時にヤツの目から光線が伸び、横に線を引くようにダンジョンの壁面を俺達ごとなぞった。次の瞬間、フロアの一帯が爆音とともに燃え上がる！

パーティーメンバーを大きめに包み込んでいたウィンドバリアは、僅かに掠《かす》っただけで消し飛ばされてしまった。あれに直撃したらと思うと冷や汗が出る。

何だこいつは、明らかにマトモな能力じゃないぞ……！

「うわっ熱！　くない！」

「ファイアドラゴンの鱗《うろこ》は熱を全く通さないわ、大盾の相性が良かったことに感謝ね。でも今の攻撃が僅かでも当たるとまずいから、頑張って受けて。……それにしても」

シビラは、燃え上がるフロアと上空に浮かび上がった物体を見て溜息を吐《つ》く。

「近接攻撃パーティーだったら、もうこの時点で『詰み』よね。エミーちゃんの後ろからは離れないで撃つわよ」

「了解だ。《ダークスフィア》！」

いくら不気味なボスでも闇魔法が効かないことはないだろうと思い、幾度となく魔物を屠《ほふ》ってきた闇の球を撃ち込む。衝突の瞬間に、大きく爆発し広がる——と予想していたが。

「何だあれは……」

フロアボスは、空中に浮かんだまま横へと高速移動して避《よ》けた。俺の闇魔法は、下層の赤い天井に激突して空《むな》しく広がった。

正面の目玉はこちらを凝視しながら、横にある目玉はダークスフィアの爆風を見届けるとこちらへと視線を向けた。何だよあいつ、あの見た目であんなに機敏に動くのかよ。生き物としてあまりに不自然すぎて、エミーじゃなくても生理的嫌悪感を覚えるぞ……！

攻撃を避《よ》けたフロアボスは、身体《からだ》に複数ある目玉を同時に光らせると、ぐるりと回転し横一文字に何度も何度も俺達ごと壁面へ線を引いた！

赤き魔力の線が幾重にも部屋に走り、室内が火事にでもなったかの如《ごと》く燃え盛る！

「負けっ、る、かあああああああああああああッ！」

一方破壊の限りを尽くす光線に対し、その乱れ飛ぶ赤い光を吹き飛ばす白き光がエミーの盾から迸《ほとばし》り、敵の攻撃を全て四方八方へと弾《はじ》き飛ばした。

中腰になって踏ん張り、足元が沈み込むほどの圧力を受けて尚《なお》、エミーは負けなかった。力と力の応酬。究極の防御を体現した【聖騎士】の力が規格外のフロアボスの力を全て防ぐ。とはいえ、負担は推して知るべしだろう。長期戦は可能な限り避けたい。

「動く敵なら――《ライトニングボルト》」

ジャネットが選んだ魔法は、杖《つえ》から横に落ちる落雷。目にも留まらぬ速度で放たれた鋭い稲光がバチバチと音を立て、避ける間もなく杖と魔物を繋《つな》いだ……が。

「効いてない、か」

ジャネットが呟《つぶや》いた通り、彼女の雷は確かにボスに接触した。

しかし魔法は身体の表面を包み込んで撫でるように走り回ると、特に相手にダメージを与える印象もなく消滅してしまったのだ。

一方、ジャネットが小さく呟いた間にも空中に浮かぶフロアボスは反撃の魔法を絶え間なく撃ってきており、エミーはその攻撃を集中しながら全て防いでくれていた。

「一通り試してみる」

牽制《けんせい》なのか、それとも何か考えがあるのか、ジャネットは炎や氷などの魔法を次々と相手に向かって撃つ。結果はというと……ヤツはその全てを受けても無傷だった。

こちらにダメージが入らないことが癪《しゃく》なのか、光線が集中力を切らしたようにそこら中を雑に薙《な》ぎ払いまくる。辺りはさながら火事を起こした民家の如しだ。

アビスサテライトを考えていたが、これでは即消されて終わりだな。

（負担が集中しているかもしれないな。《エクストラヒール・リンク》）

「エミー、大丈夫か？」

「防ぐ分には全く問題ないんだけど！　攻撃には参加できないかも！　できれば見たくないから！　ごめんね！」

「いや、構わない。飛びかかってもあの動きじゃ避けられるだろう、守りに集中していてくれ。頼りにしている」

「ラセルは怪我《けが》させない！　絶対に！　だけど、それはそれとして早めにお願いッ！」

今の状況でもこちらが瓦解していないのは、エミー一人の頑張りのお陰だ。攻撃担当の俺を始めとした術士側は、情けない限りだが現状何一つ有効打を撃ち出せていない。

「どこまで効かないんだろうね。《フレアスター》」

ジャネットは、並大抵の魔物なら、飲み込まれた時点で消し炭になるであろう魔法を使った。近くにいるだけでも、ジャネットの本気が肌で感じられる。

他に類を見ない天才である【賢者】の五重詠唱。

ある種、ジャネットらしい探究心と実験のような魔法が、フロアボス目がけて飛ぶ！

「……この方向は、止《や》めよう。意味がない」

結果。あの魔物は、その巨大な魔法すらも羽で弾き飛ばしてしまった。

——ん？　今、何か違和感が……。

俺が何か頭の中を整理する前に、シビラが首を振りながらフロアボスの分析を話す。

「恐らく表面にある羽、下層フロアボスの……例えばグリフォンとかから移植してるかもしれないわね。実はこの奥、ハゲちゃった可哀想《かわいそう》なフロアボスちゃんがいるのかも？」

こんな時でも、いやこんな時だからこそか、シビラは冗談も交えて相手の分析をする。

いざ素材になった魔物のことを想像すると、なるほど幾分か笑えてきたな。

ああ、そうだ。緊張しても仕方がない。用があるのは、この先なんだ。

それにしてもこいつを作った魔王は、強くするためいろいろ考えているってわけか。下層になるほど魔道士の魔法は効きにくくなると聞いていたが、ここまで強いとは厄介だな。

まあこちらもファイアドラゴンの鱗を使わせてもらっているのだから、その辺りはお互い様というところか。

「ならばこれなら。《トルネード》」

ジャネットは、ハモンドのダンジョンでも使った竜巻の魔法を選んだ。

防御魔法《ウインドバリア》をかけても、こいつの影響は大きい。身を屈《かが》めて相手の様子を見る。

『――――』

さすがにこの魔法なら、空中に浮かんでいてその場に留《とど》まることはできないだろう。

急な暴風を受けて大きく壁に叩《たた》き付けられた魔物は、その目を見開いてジャネットの方をぎろりと睨《にら》み、羽を畳んで地面へと身を屈《かが》めた。

まさか、踏ん張っているのか？　あの球体に脚という概念があるとは思えないが……確かに何故《なぜ》か風で飛ばされなくなってはいる。同時に身動きも取れなくなっているようだ。

なら、この瞬間は間違いなく大チャンスだ。

ジャネットの竜巻で踏ん張る魔物目がけて、俺は全力で闇魔法を放つ！

「《アビスネイル》！」

──俺の初手と、その後の違和感。

その時はフロアボスの素早い動きと反撃の激しさに衝撃を覚えたが、その後のこいつの動きを考えると、むしろそれが俺の疑問を確信へと変えさせる結果となっていた。

こいつは最初のシビラの石魔法を、片手間に弾いた。

ジャネットの激しい雷撃も、まるで効いていなかった。

あの炎の塊ですら、あっさりとその羽で弾いてしまったのだ。

だから余計に思ったのだ。

まるで見せつけるように魔法を受けて見せたこいつが、初手の俺の闇魔法は回避した。

その理由は一つだろう。

「なるほど、闇魔法だけは羽で弾けないと分かっていたから避けたんだな。自信満々に
ジャネットの魔法を受けていたが……口のないお前の行動は、俺の魔法が有効であること

を雄弁に語っていたというわけだ」

闇の爪が魔物の身体を貫通し、夥《おびただ》しい目の瞳孔が一斉に小さくなる。

明確に効いたな。鼻も口もないが、腹芸は苦手そうで何よりだ。腹もなさそうだからな。

『────！』

声を上げられないフロアボスは、ジャネットの魔法が切れた瞬間に、何と体当たりで反撃してきた！

衝突した瞬間に地震のような揺れがフロア全体を揺らし、エミーの盾が相手を弾き飛ばすも、空中移動と同じ要領ですぐに着地して再びエミーにぶつかる！

「わあああああああ無理無理無理無理〜〜〜ッ！」

エミーは悲鳴を上げながらも両手で盾を握りしめ、目を閉じて吹き飛ばす。

人間三人分はあろうかという不気味な球体が何度も急接近し、何度もエミーが吹き飛ばす。その度に、同じ位置でフロアボスは身を屈めた。────ここだ。

「《シャドウステップ》」

攻撃パターンが光線から怒り任せの体当たりに変わった。

同じように動くならば、俺にもできることがある。

俺はシャドウステップによる瞬間移動で、着地した瞬間のフロアボスの上へと移動した。

剣を深く突き立てて切り開き、その中に左手を勢い良く入れる！

「不気味な見た目に反して、中身は随分と人間味に溢《あふ》れてるなあおい。随分とエミーを怖がらせてくれたが、楽しかったか？　これはその礼だ――《ダークスフィア》！」

二重詠唱による渾身《こんしん》の魔法で、球体のフロアボスの体内へと闇の爆発を叩き込む！

身体の中がどうなっているかは分からないが、表面ほど頑丈ではないだろう。現状をようやく認識し、フロアボスの怒りを感じる目が一斉に俺の方を向いて光り始めた。

だが、遅い。

《シャドウステップ》

攻撃が激しくとも、その向きが直線的であることを考えれば避けるだけなら容易《たやす》い。

怒り任せの熱線が天井に集中したと同時に大爆発を起こすが、その時は既に俺はエミーの盾の後ろ、シビラの隣に戻っている。

「――退却！」

俺がそんなことを考えていると、シビラが指示を叫んで上り階段へと走った。

残る二人と一瞬目を合わせ、俺達《たち》は深く考える前にシビラの後を追う。

階段を塞ぐ魔力の壁はなくなっており、あの不気味なフロアボスを倒せたことだけは明確に分かった。

考えることはまだ多いが、とりあえず今はそれだけで十分だな……。

「あっちゃー、消えちゃったわね」

シビラは、崩落の収まったボスフロアに再び足を踏み入れて、周りを見渡す。

赤い瓦礫《がれき》が広い空間に散乱しており、足場が悪い。

不思議なことに、あの球体キメラのボス本体は消滅してしまったらしい。

あの巨体だ、瓦礫の下敷きになっていても場所ぐらいは分かるだろう。

「それにしても、意図的に脆《もろ》くしていたのか悪趣味キメラちゃんの攻撃力が高かったのか……天井が崩れたのは驚いたわね」

「普通は崩れないものなのか？」

「基本的に、魔王側のダンジョンメイク以外で崩れることって少ないわよ。人間も、太陽の女神側からの『神気』を出してるから、目の前でどんどんダンジョンの形が変わることも基本的にないから、ダンジョンの壁って簡単に削れるものじゃないのよね」

確かに、ダンジョンが突如崩落して生き埋めになったという話は聞いたことがない。

「俺達の身体から、そういうものが出ているのか？」

「出ているというか、『職業《ジョブ》』の能力が神気の加算だから、自然と出てるの」

そんな能力もあるのか。これは職業《ジョブ》なしでダンジョン探索できないわけだ。

これも『太陽の女神』が人間を守るために考えた方法なのか？　俺達人間の冒険者は、自分達が思っているよりも遥《はる》かにダンジョン探索の仕組みを知らないのだな。

「それじゃエミーちゃん、来て」

シビラに呼ばれたエミーは、積み上がった瓦礫を吹き飛ばした。目の前にはダンジョン最下層、別名『魔界』に繋がる階段が現れる。魔王の住む十六層への道だ。

不意打ちも警戒して、俺達は第十六層の『最下層』へと降りた。

何だったか……確か『暗黒勇者』だったか？

ここで魔王を倒すと、ルナの言う影の英雄とやらの通りだな。

ま、俺は【宵闇の魔卿《まきよう》】なんだが。とはいえ、話す機会はないだろう。

結局のところ『黒鳶《くろとび》の聖者』も、闇魔法に関しては伏せている。……皆に話せるようになる日は、来るのだろうか。まだ、分からないな。


——結論から言うと、この最下層はハズレだった。しかも、とびっきりのハズレだ。

「シビラはこれを、何と見る？」

「アタシに聞かなくても、あんたにも想像つくでしょ」

そりゃあ、こんなものを見せられたらな。

地面に散らばる、見慣れたもの。ダンジョンスカーレットバット——の、羽だけだ。

羽だけ取り出されて、部屋の隅に積み上がっている。

「実験の残りだろ。生きている魔物はいないようだ」

「そうね。……エミーちゃん、大丈夫？　一応ここはもう敵らしい敵もいないから、上で待ってもらってもいいわよ」

「うう……すみません、お任せします……」

念のため、再度回復魔法と治療魔法《キュア》も全員に入れておくか。

気分を悪くしたエミーが階段まで下がったのと入れ替わりに、ジャネットが来た。

意外と積極的だな――と思っていると、ジャネットはフロアの中心にあるテーブルらしきものから、一つのものを手に取った。

「……『女神の書』か？」

ジャネットの手の中にあるのは、まさかの『太陽の女神教』の教義を書いた本。

そういえば……。

「思い出した。マデーラの魔王も、『女神の書』を持ってたんだよな」

「マデーラって、あの魔道具の街の？」

ジャネットの言葉に頷《うなず》く。

何の変哲もない『女神の書』は、どこぞの冒険者が落としたものを魔王が回収しただけなのかと気に留めなかったが。

「二冊目となると、偶然とは思いにくいな」

「そうだね。人間の冒険者が死んだのなら剣や鎧《よろい》があってもいいし、ポーションを落としたのなら空瓶もあっていい。宝箱に保管していることもある。だけど」

戦いに必要ない『女神の書』だけが、魔王の住む部屋にある。

ジャネットは置いてある本をめくろうとして、「ん？」と呟《つぶや》くと本を上から覗《のぞ》き込み、後ろ側からページをめくった。

「どうした？」

「少し薄いと思ったんだ。やっぱりそうだった」

ジャネットが『女神の書』の裏表紙を開くと、そこに隣り合っていたのは途中のページだった。後ろの方だけ破った跡がある。

「へえ！　持っただけでよく気付いたわね。『女神の書』を読み込んでいるのかしら、シャーロットが聞いたら喜びそうだわ」

シビラはジャネットが持つ『女神の書』を笑顔で覗き込み……すぐに眉間に皺《しわ》を寄せた。

「おいおい、機嫌の乱高下が秋の空並みだな。何かあったか？」

「あったというか、なかったというか……。この最後のページ、の次が最終章なのよ」

シビラは、最後に書かれたページを指でなぞる。

「『女神の書』は、主に二つの内容が書かれているわ。一つは『神々の戦いの記録』で、もう一つは『人々への道徳共有』よ。人が、お互いの力でより良い生活を営めるように」

それが、女神教での教義に繋《つな》がっているのだったな。

「魔王《まおう》は、セイリス同様に一人でダンジョンを組み立てて潜伏していたんだと思う。恐らく今は、第八か第九にいるわ。ならば、アタシ達が第七《ここ》で見るものはもうなさそうね」

その言葉を最後にシビラは部屋の探索を切り上げ、階段へと戻っていった。

ここセントゴダートのダンジョンに現れた魔王は、誰に見せるでもなく最終章を自分の思うままに破った。……ふと湧いた疑問への答えを求めて、ジャネットへ問う。

「なあ、ジャネット。『女神の書』の最終章はどんな内容だった？」

「ん？　ラセルは『女神の書』を暗記してはいなかったのか」

最後に通して読んだのはまだ子供の頃、フレデリカの授業でだったからな。

あと暗記までしているヤツはあまりいないと思うぞ……。

「『女神の書』最終章はね——」

ジャネットが、不完全な本をテーブルに戻して言う。

「——神々が『地上は人間のためのもの』と宣言して、人々の前から去る話だよ」

ページを失った『女神の書』の背表紙は、その埋まらない溝を補完できないように弛《たる》んでいた。

ダンジョンを出た頃には、さすがに日が傾いていた。

今回の敵は、全て外に出る可能性があった。十六の階層を一階層ずつ満遍なく攻略したのだから、これぐらいの時間にもなるだろう。

——それにしても、恐ろしいフロアボスだった。

剣の届かない場所へ飛び立つ、不気味な目玉の巨体。全ての属性魔法を弾《はじ》く、強力な羽。防御することすら難しい、光線の連発。真っ当な倒し方など考えていないとしか思えない。

いや、魔王が攻略方法をわざわざ残していると考える方がおかしいが……。

「第六ダンジョンまでは、全ての魔王が倒されているので間違いないんだな？」

「ええ、そのはずよ。再利用のパターンは今までないとはいえ、いちおー他の魔王が再利用する可能性とか色々考えて、観測にギルド職員を巡回させているわ」

「そりゃあ想定ぐらいはしているか」

「セイリスの魔王みたいなのがいたものねー」

シビラが言うのだから、本当にあれは特殊な個体だったのだろう。

「でも、ああいうヤツが現れてきたってことは——」

「次も似たような手で来る可能性があるってわけだ」

言葉の続きを拾い、シビラが頷きながら空を見る。

夕暮れの太陽が遠くの丘の上に輝き、街壁の中からは隠れる程度の位置。

赤く染まるセントゴダート。宵闇までは、まだしばらくだ。

ギルドに戻り、第七ダンジョンの攻略を完了したとエマに報告した。

「うん、うん！　君達は実に素晴らしいね！　十六階層まで全部倒して一日かい？」

「今日みたいな相手はもう勘弁願いたいところだ」

「いやはや、シビラが入れ込んでいるから気になっていたが、よもやこれほどとは……。報酬は入れておいたから、次も頼むよ！」

ギルドマスターの満足そうな声を聞き、今日の仕事を終えたと外に出て肩を回す。

「さて、エミーじゃないがさすがに腹が減ったな」

「ラセルって、もしかして私のことといっつもお腹すいてると思ってる!?」

「すいてないか？」

「めっちゃすいてます」

実に素直でよろしい。

シビラはエミーの肩を抱いて嬉《うれ》しそうに頬ずりし、ジャネットは二人の様子を見て俺に向かって肩をすくめる。その口元は、俺と同じように緊張が抜けたように上がっていた。

「よーっし、今晩は質より量の王都特設バイキングに行くわよ！」

「えっ、そんなのあるんですか!?」

「ふっふっふ、聞いて驚きなさい。砂糖の安定供給を可能とした王都には、パンケーキ類の食べ放題があるのよ！」

シビラの宣言にエミーは目を見開き、「凄《すご》い……っ！」と唸《うな》った。お店の人、可哀想《かわいそう》に。

今日は倍働いてもらうぞ。

それにしても、パンケーキか。基本的に俺も好き嫌いはなく、甘い物も無論好きだ。

「俺も久々に、甘い物が思いっきり食べたい気分だな。ジャネットはどうだ？」

「甘い物は好き」

表情を変えないまま、ぐっと親指を立てた。よし、満場一致だな。

というわけで、今日の夕食はシビラの提案でやたらと甘い食べ物が出てくる店となった。

腹が減っていたとはいえ、俺もジャネットもせいぜい一人前から二人前食べて満腹となり一緒にコーヒーを飲んでいた。

エミーは言わずもがな、シビラも負けず劣らずの量を食べたので驚いた。何でも『女の子にとって甘い物は別腹なの』とのこと。

どんなホラかと思い後日フレデリカにも聞いてみたが、『そういう時もあるわね～』と返されてしまった。

やはり女のことは分かるようでさっぱり分からん……。

孤児院の皆にも一通り報告をして、翌日に備えて早めに寝ることにした。

「そういえば……」

偶然かもしれないが、昨日に続いてルナに会うことはなかった。ま、広い孤児院だから、そういうこともあるだろうな。

わざわざ俺に会いに来なかったということは、この場合は少しずつ周りに馴染《なじ》めていると考えてもいいかもしれない。

案外もう暗黒勇者を信じる仲間までできていたりしてな。

仲間であると決めた俺も、いつまでも一緒にいてやれるわけではない。

暗黒勇者を信じるルナと、その主張を聞いた他の子供達《たち》。

シビラも俺も、提案はできるが、強制はできない。双方に選択の自由はある。

この年齢で孤児院で過ごすのなら、長い時間を一緒に過ごす幼馴染《おさなな じ》みとなる。

願わくば、それが皆にとって幸せな結論になることを。

皆が家族のように、深い絆《きずな》で結ばれる結末を。

10 意外な協力者とともに、救出へと向かう

「朝からすまないね」

孤児院での朝食を終えてから、朝一番に俺達はギルドに来た。

「気にするなっつったろ？　エマもシビラと同じぐらい人を振り回し慣れた方がいいぞ」

「ハハ、そうだね。さて早速だけど、探索の方針を打ち出したい。……魔王が共通であることは確定した。その上で逃げられてるとなると、早めに対処したいからね。倒していない以上、第七の魔物が復活するのもすぐだろう。特に君達は、三日後に予定がある」

そうだな。三日後は『太陽の女神』と会うという特別な予定が入っている。次の予定が空くかどうか不透明な以上、その日を逃すことは避けたい。

「だから、私としては早めにこんな騒動は片付けたい。何か意見や希望はあるかな？」

「ちょっと考えさせて。マスターデバイス、借りていいかしら」

エマからこちらに質問があり、シビラは断りを入れてあの不思議な板——マスターデバイスというらしい——を借りた。ギルドへの登録だけでなく報告も見えるようだな。

操作方法が分からないが、俺達は興味津々に後ろからその様子を眺める。やがて納得

いったのか、一つ頷《うなず》くとシビラは板に表示されていた情報を消した。

「アタシは次、第八に潜るべきだと思うわ」

シビラが選んだのは、俺達が潜らなかった第八ダンジョンだ。

「理由を聞いても？」

「第七、第九はざっと倒したでしょ。だから敵が少ないのよ。第八は報告からして他より広い上に、魔物が結構残ってるみたい。『職員組』を第九に多めに集中して、アタシ達で一気に第八を攻略したいってわけ」

その結論に至るまでの情報を、マスターデバイスから収集していたのか。

シビラはエマにマスターデバイスを返すと、腕を組んで唸った。

「それに、気になることもあるのよね。アタシの予感が当たると、第八での戦いは結構激しいものになると思うわ」

「シビラがそれを言っちゃうかー。シビラの予感、当たるんだよなあ」

エマの不吉な言葉に、俺も嫌な予感を覚える。第八ダンジョン、か。

「……そうだ」

エマは引き出しの中から一本のナイフを取り出すと、もう一つの仮面を取り出した。

次にギルドマスターは、とんでもない依頼をしてきた。

「久々に魔王討伐の最前線を見ておきたい。君達の次の任務は、私と組むことだ」

今俺達がいる場所が、第八ダンジョン。

最初に潜ったのが第九で、昨日最下層まで攻略したのが第七ダンジョンとなるため、これで新規ダンジョンには一旦全て潜ったことになる。

職員達も手練《てだ》れだし、第九ダンジョンの守りに関してはあまり心配しすぎるのも失礼に当たるだろうな。それよりも、だ。

「んー、こんな状況だけど久々だから、楽しみになってきているね」

「不謹慎発言で炎上したあんたも見てみたいわね」

「おいおい冗談きついよ、ギルドマスターは人気商売なんだからさあ。いくら『水の女神』でも、そっちの炎は消せないいんだよ」

やや意図の分かりにくい発言をしながらも、二人の女神は仲良さそうに会話している。

セントゴダート冒険者ギルド、ギルドマスター。その正体は、『水の女神』エマ。

今は、俺の隣で駄女神《シビラ》と仲良く喋《しゃべ》るマイペースな冒険者だ。

「おっと、第八の最初のお客さんがいらっしゃったね」

先日ダンジョンから溢《あふ》れたバットの影が見えたと同時に、エマが二本のナイフを抜く。

「《アイスニードル》」

直後、ナイフの先端を両方ともバットに向けて魔法を放つ。

氷の槍《やり》がバットに襲いかかり、片翼を貫いた。

動きが鈍ったところで接近し、左手のナイフをバットの口に突き入れ、右のナイフで額の急所を深く抉《えぐ》る。

「うんうん、いい感触！　たまには身体《からだ》も動かしてみるもんだね」

絶命したバットを蹴り飛ばしながら、こちらに向かって振り返りながら笑う。

シビラ以外の女神というのを見てみたが、戦い方はシビラと似ている。

魔法を攻撃や牽制《けんせい》に使いながらも、むしろ動き自体はイヴの方が近いかもしれない。

「そういえば、エマの職業《ジョブ》などは聞いていなかったな。共闘するんだから、自分のことぐらい話しておくべきじゃないか？」

「おっ、そうだね。是非見てくれたまえ」

気楽そうに言葉を返し、タグに触れる。

『セントゴダート』——エマ【魔道士】レベル52。

「比較的ナメられないような実力でありつつ、元々上位職ってわけじゃないぐらいが丁度いいかと思ってね」

なるほど、冒険者メンバーとしては相当強いな。

同時に魔法だけではなく、ナイフ捌《さば》きも見事なものだ。

……しかし、それにしても女神というのは、こんなにも人間に近い能力なのだろうか。

元々姉のプリシラに比べて能力が劣るというのなら分かるシビラに次いで、ギルドマスターであるエマまでも。これでは、まるで——。

「魔神と戦ったとは思えないレベルだろ？」

「——まあ、な」

俺の思っていたことを、先回りして言われたが……俺が魔神と戦ったことをエマは知っているのだ、そりゃ予測もつくか。

……そうなんだよな。マデーラに現れた魔神に比べると、女神達はあまりにも非力だ。その上あの魔神は、完全体ではなかったと自己申告している。それが見栄《みえ》を張っただけの大嘘《おおうそ》だったとしても、今のエマとは比ぶべくもない。

神々と魔神が争い、人間を庇護《ひご》する神々が勝って、魔神は魔界へと追いやられる。結果、地上から神々が去り、人間が地上に住むようになった。

『女神の書』が本当のことを書いているのは、女神達本人がこうして目の前にいる時点で保証されている。

「かつての人間は、職業《ジョブ》とかなくてね。上層の魔物相手でも、簡単にやられてしまっていた。だから代わりに神々が魔王と戦ってたのさ。ロットは神々の中でも圧倒的でね」

エマ曰《いわ》く、かつては神々にも魔神と戦うだけの力があったと。実際に対等にやりあっていたことを考えると、今はその力を失ってしまったということになる。

「失った、というのはちょっと違ってね。んー……これ、ロットに相談なく喋ってもいいと思う？」

「アタシはいいと思うわよ。どっちにしろ、この子らはいずれ知るわ」

「そっか」

シビラの言葉に、エマが頷いて自分のタグに触れる。

「全ての魔神を地の底に沈めた頃には、あまりにも人間は減り過ぎていた。増えるダンジョンに、場当たり的に対策することはあまりにも難しい。だから——」

「女神が人々に職業《ジョブ》を与えたんだな？」

俺が、続く言葉を答える。ここまで聞けば、話も予測できるというものだ。

「神々の力を、人間に分け与える。それが現在の職業《ジョブ》というものなのだろう。エマも分け与えた一人なんだな」

エマは俺の回答に、笑うことで返事した。

「ははは！　いい予測だけど、ちょっと違うのさ。私の役目はこのタグに情報を自動管理するようにしただけ。それでもかなり、能力を使っているんだけどね」

冒険者タグは、取り替えても他人のフリができないように、その人の情報しか出さないようになっている。

不思議な仕組みだが、それは目の前に居るエマが女神の力を使っていたからなのか。

「もしかして」

と、ここで職業《ジョブ》選定の儀式を研究していたジャネットが口を開く。

「今の僕達の職業《ジョブ》は、『女神の書』に書かれている通り『太陽の女神』一人が全員分選んで与えている？」

ジャネットの問いに、エマとシビラは同時に頷いた。

……そうか、俺の【聖者】は本当に『太陽の女神』が直接自らの手で選んだのか。

「さて、楽しいおしゃべりの続きはダンジョン攻略後としよう」

エマが言葉を切ると、ダンジョンの奥から再びバットの群れが出口を求めて現れてきていた。一部、羽のないゴブリンが交ざっている。……羽がないゴブリンか。普通なんだが、ここ最近では標準個体というだけで珍しく感じてしまうな。


第八ダンジョン、第五層フロアボスへの扉を背に、シビラは振り返る。

扉の左右には、来た道とは別の分かれ道がある。

ジャネットは帽子を深く被《かぶ》り直すと、杖《つえ》をぐっと握りしめた。

「ラセルとエミーは後ろの通路を。シビラさんとエマさんは向こう右手側を。全員密集して背を向けて」

「……どうしたんだ、ジャネット」

「魔物が集まって来ている。魔物同士に連絡手段があるとしか思えない動きだ」

ジャネットの報告にエミーと一瞬目を合わせると、俺は後ろの通路へ左手を構えた。

僅か数秒後、通路の奥から飛来した矢が俺のウィンドバリアに弾《はじ》かれて音を立てる！

「《ダークスフィア》！　連中、ゴブリンか！」

よく目を凝らすと、弓矢を構えている魔物の集団がいる！

一斉に飛んできた矢の雨が俺の防御魔法に弾かれ、壁を雨期の窓が如《ごと》き勢いで鳴らす。

同時に近づいてきていたゴブリンのナイフをエミーが軽くいなしたのを確認し、反撃に闇魔術の球を徹底的に叩《たた》き込んでいく。

「《ファイアジャベリン》！　おーっほっほっほ！　そんな矢じゃウィンドバリアは破れないわよ～！　ああ……圧倒的な力こそが、アタシの癒やし……！」

「実にいい顔だねシビラ！　おっと《アイスジャベリン》！　でも気持ちは分かるよ、この一方的な殺戮《さつりく》は実に愉《たの》しい！　私もジャスティスマスクを装備しよう！」

シビラは悪役としか思えない笑みで煽《あお》り、エマはあの正気を削られそうな不気味なお面をつけて変な決めポーズを取る。

頼もしすぎる【魔道士】女神コンビは、異様なテンションで溢れ出す魔物を倒しきった。

大丈夫かこれ。女神本人、今のところ大分個性の強すぎるヤツしかいねーぞ。

一方ジャネットはというと。

「……」

既にジャネットの背後にある通路は一面が炎の道になっていた。多数を相手にする場合においては、俺の【宵闇の魔卿《まきょう》】という最上位職すら霞《かす》む強さだな。

「索敵しながら倒していた。今ので全ての道の魔物が片付いたよ」

「助かる。それにしても、さっきの魔物による一斉攻撃は……」

「随分と意思のある動きだったね。報告には聞いていたが、ここまで連携が取れるとなると上層でも厄介そうだ」

エマがマスクの下からくぐもった声を上げ、扉の前に立つ。上層ボスフロアだ。

「……何度見ても、随分と人間の建築様式を学習した扉だ。魔王《ダンジョンマスター》は、相当に人好きだと思うんだよね私は」

「気味の悪いこと言うんじゃねーよ」

「ハハハ、お喋りが過ぎたね。気にしないでくれたまえ」

そう流した仮面の女神は、優雅に道案内するような仕草でエミーを扉へ促した。

上層フロアボス。現れた魔物は、大型の黒ホブゴブリン。

相手の出方を見る前に、エミーが速攻で接近して敵を切り伏せる。マデーラで野に放たれたオークのボスを全て切り伏せたエミーにとって、この程度は相手ではない。

【宵闇の騎士】としての力と、竜牙の剣による圧倒的な攻撃力を前に、本来体力が高いはずであろうフロアボスはすぐに膝を折った。

「よし、問題ないな。《エクストラヒール・リンク》。エミー、大丈夫そうか？」

「ありがとー。一度受けたけど、痺《しび》れもないぐらいだよ」

疲労回復に魔法を使いつつ、エミーをねぎらう。

「こりゃー安定感凄《すご》いね。うちの職員に欲しいぐらいだよ」

「ギルド職員になるつもりはねーよ」

エマの軽口に言い返しながら振り返り……彼女の背後に現れたものに瞠目《どうもく》する。

俺の様子に気付いたエマが髪をなびかせながら振り返ると、その場に現れたものは――。

「おいおいおい、マジかよ……」

――壁に魔法陣が現れ、そこから二体目のフロアボスが上半身を現していた。

「うっそだろ～!?　十分も経《た》ってないじゃんか！」

あまりの異常事態にエマが悪態をつき、シビラがすぐに指示を出す。

「魔力壁、下り階段にある！　あいつを倒し次第、すぐに下へ向かうわよ！」

現れたばかりの囲いのザコ魔物に魔法を叩き込み、フロアボスの出現を待つ。

「セイリスより更に厄介だな……！」

「エマ、悪いんだけど扉が開いたらあんたは一人で上に戻ってくれない？」

「上層なら確かに私一人でも余裕だが、理由を聞いても？」

「アタシが魔王なら、有力パーティーが中層に入った今地上を攻める」

シビラの発言に、一同息を呑《の》む。

先日の、セントゴダート上空を埋め尽くすダンジョンスカーレットバットの群れ。あの悪夢のような光景が、否応《いやおう》なく思い出される。

「……分かった、残念だが君達《たち》の勇姿を見るのはここまで！　だが僅かな時間だけでも一緒に戦ってみて、士気の高さと安定感、何より絆《きずな》の強さを感じたよ！　機会があれば、またご一緒したいね！」

エマは俺達から離れると、上り階段側の扉に立ち、新たに現れたフロアボスの頭上に巨大な氷を落として消滅させる。

最後に仮面を取ると、眩《まぶ》しいものを見るように柔らかく微笑《ほほえ》み、大きく礼をした後に上層へと走り去っていった。

上層フロアボスの、異様な復活速度。俺は、攻勢を緩めぬ魔王の影をはっきりと見た。

シビラは普段の緩さを締め直すように、「ふー……」と長く息を吐いた。

「今から全員、最下層まで一気に走るわ」

「《ウィンドバリア》……よし。理由は走りながらで構わないから説明してくれ」

「ええ」

恐らくこれが、シビラの『嫌な予感』だろう。俺達は一斉に、第六層を走り始めた。

「この第八ダンジョンは、おかしなところがあるの。分かるかしら」

「いきなり聞かれても分からないな。普通のダンジョンだろう……。……いや、待て」

普通のダンジョン、だと？

俺達は最初に潜った第九ダンジョンで、羽の生えた角兎《つのうさぎ》どもの異様な襲撃を対処した。

第七ダンジョンで、最早《もはや》形容もしがたいほどおぞましい合成魔物の集団と、何と表現したらいいか分からないフロアボスを見た。

ところが……ここ第八ダンジョンはどうだ？　何も、おかしくない。

そう――第八だけ何の変哲もないのだ。

「何故《なぜ》ここのダンジョンにはただの一匹も、合成した魔物がいない？」

俺の疑問が正解であるように、シビラは頷《うなず》く。

「ギルドは王都から近い順に番号を振ったから、ここが第八になるのは必然だったけど」

一列に並んだ三人を、一人目、三人目、二人目と数えることはない。

結果俺達は、三つがセットか、一つ一つ独立しているか……どちらかのみ考えた。

「そう番号を振らされたことすら、罠《わな》というわけか」

「ええ。可能性としては第七と第九がセイリスの魔王のように複数管理されているか、もしくはハモンドのように同じダンジョンの出口を共有しているか」

どちらにしろ、第八ダンジョンだけが『普通であるが故に異質』なのだ。

三つダンジョンがあるから、三つとも別の魔王か、三つとも同じ魔王かという思考に陥りがちだったな。こういう辺りは、まだまだ自分の先入観の危うさを感じる。

「このダンジョン、恐らく有力パーティーが第八の深いところまで入った時に、残りの第七と第九から魔物を出すための時間稼ぎが目的よ。だから二つのダンジョンの魔物には羽があるけど、ここで羽を持つ魔物はバットしかいない」

なるほど、そういうことか……！

シビラが急ぐように言っていたのは、俺達が第八ダンジョンを攻略し始めたことそのものが、既に敵の罠に嵌《は》まっているようなものだと。

「戦略的価値が外ではなく内に向いている……だから羽の生えた魔物が最低限なの。その最たる例が──《ファイアジャベリン》！」

シビラが解説しながらも、前方に攻撃魔法を放つ。炎の中で暴れるのは、人骨だ。

「スケルトン！　けっこー硬いけど、よく燃えるわ！」

「ん」

その提案に真っ先に乗ったのは、ジャネットだった。

「ラセルは、えーっと……まあ闇魔法ね！」

「言われなくとも」

指示になっていない指示を聞きながら、《アビスサテライト》を出現させる。

まず手数を増やしてからだ。自動攻撃に任せられる場所は、任せてしまう。

「そんな魔法もあるんだ、便利そうだね」

ジャネットは俺の魔法を見て感想を述べつつ、四方八方に炎の塊を飛ばしている。便利かどうかというのならお前のそれも相当だと思うぞ。

「わーい、上層よりもやることなーい」

一方エミーは、盾を構えつつも近距離武器メインのスケルトンを遠くから眺めるのみだ。既に煙を噴いた白骨死体を踏み砕きつつ、走る速度を緩めない。

「そうね、アタシも楽しちゃお」

いや魔道士のお前は働く場面だろーが。


探索は順調だったが、八層、九層と進んでいくごとに、明確に敵の密度が上がり始めた。

「骨、骨、骨……そろそろ飽きてきたな」

「骨だけじゃない辺り、バラエティ豊かでいいわね」

「今はその軽口に返事をすることすら面倒だ……」

ダンジョンの魔物を適当に敷き詰めただけ、というほどの魔物の数に、やや狭い作りの青い壁に圧迫感を覚えながら、中層をひたすら攻略していく。

対処事態は難しくはないが、敵の多さと頻度に皆疲労が滲《にじ》んでいるな……。

「《エクストラヒール・リンク》。大丈夫か？」

第十層の終点、中層ボス前の扉で皆に声をかける。

「これほどあんたの回復魔法が有り難いと思えた場面はないわね……【宵闇の魔卿】と【聖者】の二つ、このダンジョンに持ってくるならどっちかっつったら後者だわ」

「そうだな……」

敵自体は、本当に大したことがない。ただ、物量だけが半端ないのだ。

「ジャネットはどうだ？」

「この精神的な疲労は、恐らくスケルトンの死体を越え続けた走りにくさから来るものだろう。それを考えると、フロアボスは一体倒せば終わり。多少気楽になるかな」

「ジャネットちゃん、走りながら分析してたの？　なんというか、重そうな杖《つえ》と走りにくそうな服の割に、めちゃくちゃ体力あるわよね」

そういえば本の知識の実践として、筋肉トレーニングもしていたと先日言っていた。

「俺達が模擬戦してた時、ジャネットはずっと切り株に座っていただけのはずだよな」

「時々、腰を浮かせて読んでいた。三人とも気付いてなかったと思う」

「マジかよ、全然気付かなかった」

「ふえぇ……まさかジャネットが私の知らない間に身体《からだ》を鍛えていたなんて……」

なんというか……俺も空気椅子トレーニングは教えてもらったが、地味だし模擬戦の方が好きだったからな。あれをジャネットはずっと続けていたのか。

「本の知識だからね、試してみたいと思ったんだ。時々脚を開いてやったり」

「ワイドスクワットじゃん、アタシそれ結構キツかった記憶あるわよ……素直に凄いわ」

こと本の知識とあらば何でもアリのジャネットは、もっと特技がありそうだな……。

「さて、ジャネットちゃんの新しい魅力も垣間見る《かいまみ》ることができた記念に、中層フロアボスをさくっと処理しちゃいましょう」

どういう記念だと突っ込みながらも、防御魔法を張り直してエミーに合図を送る。頷くと盾を構え、扉を開いた。

中層フロアボス。まず真っ先に目に入ったのは、巨大な骸骨と、肉体を持つ巨人の二体。あのコンビがフロアボスか。

次に目に入ったのは、その周りを取り囲むように立ち並ぶ、黒いスケルトンの集団だ。ご丁寧に、黒ゴブリンの弓部隊まで揃《そろ》えている。あいつらどこにでもいるな。

でかい骨の巨人が動き出す前に、エミーは急接近した。近くで見ると、セイリスの青ギガントほどではないが、かなり大きい。エミーの頭部が、相手の腰の辺りになる。

ジャネットは、エミーの接近戦をサポートするように魔法を放つ。

「《フレイムストライク》」。ん、問題なく倒せるようだ。弓は無視していいかな」

「俺の周りから離れなければ大丈夫そうだ。エミーを狙ってるヤツは頼む」

ジャネットが黒いスケルトンへと攻撃をしながら、俺の隣で魔法を放つ。

相手の弓矢は、ウィンドバリアに全て弾《はじ》かれているようだな。

ジャネットが火力の中心と見るや、黒スケルトンは一斉にジャネットに狙いを定めた。

「やらせねーよ」

無論、ジャネットに攻撃は届かない。俺が前に出て魔法を叩《たた》き込み、剣で切り伏せる。

数度打ち合ったが、黒スケルトンは中層の雑魚より剣の技術力が高いな。突きを中心にした攻撃で、踏み込み速度も悪くはない。更に、連携もしてくるときた。

だが、それはこちらも同じこと。

「《フレアスター》。ラセル、左右は気にしないで」

「ああ！」

ジャネットが左右を担当してくれるのなら、心配はないだろう。正面の黒スケルトンにのみ意識を集中して戦えるな！

「──どっせい！」

かけ声を出したエミーを見ると、フロアボスの踏みつけ攻撃を弾き飛ばしていた。

ギガントが転倒した直後、巨大スケルトンが重戦士の両手剣《グレートソード》を片手で滅多打ちのように竜鱗《りゅうりん》の大盾へと叩き付ける！　技術もクソもない、フロアボスの能力任せの攻撃だ。しかしそれをあの体格から放たれては、普通の戦士ではひとたまりもないだろう。

——ギィン！　ガキン！　と耳が潰れそうなほど甲高い音で両者の得物が悲鳴を上げる。

だがエミーは、その攻撃に一歩も引かない。

「負け、ない！　後ろには！　行かせ！　ないッ！」

それどころか盾を光らせて相手の剣を吹き飛ばし、もう一体のフロアボスが横から狙いをつけて大槌《おおつち》を振り抜く直前、上手《うま》く盾を斜めに構えて、滑らせるように打ち上げる！

高い技術だ……！　アドリアでの模擬戦の成果が活《い》きているな！

「《フレイムストライク》！」

シビラが間髪を入れず、炎の槍《やり》を……半端な場所に撃ち込んだ。

何を狙ったのかと思った直後、エミーの身体を捕まえようとした骨の手が、ちょうどシビラの撃った炎によって吹き飛んだ！

相手の動きを予測して、先回りして撃ったのか。この辺りの勘の鋭さはさすがだな。

「捕まると地味に厄介よ！　武器より素手を警戒して！」

「わ、分かりましたっ！」

エミーは盾を構え、右手の竜牙剣も打ち払う防御に使いながら猛攻を耐え忍ぶ。

その間に、俺の近くの敵は全て消え去った。残りは遠くに構える弓兵のみ。ジャネットが仕上げとばかりに、フレアスターを左右同時に放ち全てを屠《ほふ》った。

「ラセル！」

シビラの合図を聞き、俺は前に出る。仕上げだ。

「《アビスネイル》！」

（……《アビスネイル》！）

時間差で強力な魔法を交互に叩き込み、二つの巨体は瞬間的に硬直する。恐らく怒りに燃えた目で俺を狙ってくるだろうがその一瞬が命取りだ。

「こんのおおおおっ！」

エミーが巨大スケルトンの方に狙いを定め、竜牙剣で核を貫く！　胸の中心に光るスケルトンを動かすものが、甲高い音とともにひび割れる。

それと同時に、俺はギガントの正面で――消えた。

（《シャドウステップ》）

視界に映るは無防備な首筋。大きく振りかぶり、黒いオーラを纏《まと》わせた剣を振り抜く！

「終わりだ」

斬った感触もなく振り抜いたと同時に、首が胴体に別れを告げた。討伐完了だ。

「《エクストラヒール・リンク》。皆、問題ないな」

着地と同時に、皆の様子を確認する。まだ竜牙剣を骨の中に埋めたままのエミーも、俺の姿を確認するとようやく笑顔が戻ってきた。

「うっし、中層の割に強かったけど、ちゃちゃっと終わったわね！」

「この数の割には、早く終わった方だと思うな。下層は黒い骨の集団か？」

「どうかしら？　まあ見てのお楽しみね」

別に楽しんでいるわけじゃないと突っ込む前に、ジャネットが黒い骸《むくろ》の前で考え込んでいるのが見えた。

「どうした？」

「最初は黒いスケルトンが強いから倒しきれないと思っていたんだ。だけど、もしかしてこれが下層の魔物の『魔法耐性』なんじゃないかと思って」

そういえば、闇魔法が『魔法防御貫通』という性質であることはジャネットに話していたな。その疑問が正解であることを、シビラが肯定した。

「ええ。基本的に下の魔物ほど、魔法攻撃と近しい『魔力の素《もと》』となるものを体内に持っているわ。魔王相手だと、大体半分ぐらいの威力になるかしら」

「……もしかして、【魔卿《まきょう》】って魔王討伐には不利職では？」

「ところがリビングアーマーみたいに、そもそも魔法しか効かない敵も出るのよね」

「実に理不尽な仕様ですね……。皆、下層に潜らないわけです」

「そーゆーものよ。魔物に限らずだけど、一定の攻略法が何にでも存在するわけじゃない。世界は自分の都合に合わせてくれないもの」

少し渋い顔をする俺達《たち》に対し、「でもね」とシビラは続けた。

「それを踏まえた上で、職業《ジョブ》ってのを太陽の女神が対応策として全人類に与えているわけ。光属性はあいつもぽこじゃか人に与えられないので、そこは可愛《かわい》いシビラちゃんに免じて妥協してほしいわ」

「ふむ……分かりました。一般属性魔法は私生活での汎用性も高いですし、そこまで悪くは思ってないですよ」

「良かったわ。でも今度『太陽の女神』に会うし、何かくれないか直談判《じかだんぱん》しましょ」

「それはさすがに……」

お、いいんじゃないか？　ジャネットは特に苦労しているんだ、シャーロットに『光属性を寄越《よこ》してください』と言っても許されると思うぞ。

第八ダンジョン下層、第十一層。赤い壁すら見えづらいほどの魔物の数に、さすがに辟《へき》易《えき》してきた。

「連戦だというのに、全く数が減っていないどころか——」

「——クッソ多いわね！」

俺の言葉を拾い、シビラがヤケ気味に怒鳴りながら魔法を叩き込む。

「《フレイムストライク》！　相手も王都を攻めるとなると本気ってことかしら！」

シビラも喋《しゃべ》っているのか魔法を撃っているのか、半々といった様子で叫ぶ。中層であれだったんだ、下層がもっと激しくなるのは必然だったな。

「ラセル、恐らく後ろから来る」

「マジかよ。分かった、ジャネットは中央から動かないようにな」

魔物、というより魔王が挟み撃ちを狙ってきたか。この中で近接武器を持たないジャネットを守るのは、後衛である俺の役目だ。

パーティーの後ろに積もる白骨の残骸を見ていると、帰りすら憂鬱に感じるな。アドリアの魔王のように、死んだ魔物はダンジョンの地面から回収しておいてほしい。

「ラセル！　相手に……ああもう、蛇がいる！　やっぱり闇魔法で対処して！」

シビラもどう指示を出せばいいのか判断に迷っているようだ。とはいえ、俺の方は闇魔法さえあれば確実なので迷うことはない。

問題は、意外な方面からやってきた。

「《フレアスター》……ッ!?」

十字路でジャネットが自分の顔を守るように杖を構えた。倒しきれなかった敵がいたかと思った直後、飛来する青い炎の塊。魔物からの魔法攻撃だと……！

「《アクアスラッシュ》……！」

その攻撃がやってきた場所に向かって、ジャネットは自身が使った炎の魔法を切り裂くように、水の刃を差し入れた。

『──……ィィィ……』

この世の者とは思えない、非現実めいた遠い悲鳴。赤い炎の中に浮かび上がる、青い炎が断末魔とともに両断された。

「ブルーウィスプをスケルトンと混成軍にするとか、性格悪いわねー！　骨は炎弱点だけど、あれは炎を吸収するタイプよ。ちなみに闇付与でもしないと剣でも切れないわ」

「対処できる【魔道士】のいないパーティーが出会ったらどうするんだ？」

「刺突剣だけでリビングアーマーに出会ったときと同じよ。全力で逃げるしかないわね」

太陽の女神が、上級冒険者でも下層への探索をなるべく控えるように教義に書いた理由も分かる。ここから先は、与えられた力を伸ばしたとて確実ですらない世界だ。

十一層最後は四人で《ウィンドバリア》の中に固まった後、ジャネットの炎の嵐が周りの雑魚をまとめて焼き飛ばした。先を急ごう。

「エミー、大丈夫か？」

「スケルトンはちょっと怖いけど、気持ち悪いのに比べたら全然！　えいっ！」

「《フレアスター》。しばらくはこの魔法で何とかなりそうだ」

スケルトンが中心とはいえ、敵の混成は厄介だ。さながらスケルトンが人間とすると、動物型の魔物を扱う調教師《テイマー》の集団とでもいったところか。

十二、十三、十四……下に行くにつれて敵の数も、種類も増えてくる。

黒スケルトンの持つ刺突剣《レイピア》が眼前に迫り、ウィンドバリアに一瞬押し返された隙にこちらもダークスフィアを叩き込む。念のため、ウィンドバリアは張り直すか。

直後、事前に仕組んでいたアビストラップが発動する。天井に吹き飛んだ何かが落ちてきたのを見ると、どうやら黒い蛇が間を縫うように。

「あんなに見えにくい魔物もいるのか……」

「ダンジョンブラックコブラね。毒液を飛ばしてくるから、当たったら即治療《キュア》」

「分かった。ところで――」

視線を前衛に向けると、エミーは紫色の巨大な山羊《やぎ》らしき魔物の飛びかかり攻撃を撥《は》ね返している。ジャネットも逐次、エミーをカバーするように近づく魔物を焼き払っていた。ひたすらに、物量。それがこの魔王の方針だろう。

第十五層は特に天井まで高く、通路も広いため攻撃は多方面から、更に魔物の種類によって攻撃自体が多岐にわたる。

固まって防御魔法を使っている以上、危険はそこまでではないが、とにかく数が多い。王都の中心街かってぐらいだな。

「確かに、これは、ジャネットの言う通り……足場が悪いな……！」

「凹凸の険しい岩山でも登っているかのようだね……」

山羊の巨体の上に人骨が載り、その上を俺達が乗り越えていく。

通路の形すら視認することもままならない死体の山に、溜息《ためいき》を吐《つ》いて回復魔法を使う。

「もしフロアボスがアレなら、そろそろライオンの魔物も来るかしら」

シビラが何故《なぜ》かそう呟《つぶや》いた後、奥から全身黒色の獣が現れた。狼《おおかみ》に比べてもかなり巨大な、大型の肉食獣だ。

威嚇するように牙を剝《む》き、眉間に皺《しわ》を寄せて首を囲うように生えた鬣《たてがみ》を揺らす。

間違いない、百獣の王と言われている獅子《ライオン》だ。……予測どころか予言だろコレ、完全にそういう魔物が来たじゃねーか。

「フロアボスはまだ先だよな。こいつは雑魚扱いなのか？」

「でしょーね。ダンジョンブラックライオン、言うまでもなく強いわよ。あと速いわ」

シビラの言葉に、エミーが盾を両手で構え直す。

「――来る！」

突如、黒い獅子の巨体が消えた！　左か……！

気付いたと同時に金属を叩《たた》くような鋭い音が耳を劈《つんざ》く。魔物が中央に守られているジャネットを狙って、横から仕掛けてきたのをエミーが防いだ！

「《アビスネイル》！」

「《フレアスター》」

俺とジャネットの魔法が、魔物に襲いかかる！

『ヴォウッ！　グルルル……』

俺の闇魔法は寸前で直撃を躱《かわ》されたが、それでも身体《からだ》の近くを擦《かす》ることで大量の出血を引き出せた。一方ジャネットの攻撃は、完全に見切られていた。

「なるほど、速いと言うだけのことはある……！」

アローやスフィア系の魔法では、見てからでも避《よ》けられかねないな。

ふと近くに構えていたシビラが、小声で俺に伝えた。

「ラセル、次後ろから来るから気付かない振りで倒して」

気付かない振り……なるほどな。

ならば、使うのは無論これだろう。

『——ガアアウウウウウウウゥゥ！』

直後、俺達の後ろから獅子の怒号が至近距離で鼓膜を揺らし、振り向くと盾を構えたエミーが唖然《あぜん》とした顔をしていた。

「《ライトニングボルト》……よし」

俺の魔法で浮き上がった魔物に、ジャネットがすかさず強力な雷撃を叩き込む！　恐らくあれも多重詠唱の雷撃だろう、並の魔法だとは思えない。

回避運動が取れない空中で、バチバチと音を立てて獅子の身体が痙攣《けいれん》した。巨体はそのままの姿勢で、煙を吹きながら地面にぐしゃりと落下した。

「エミーちゃん、念のため首を落として」

「わ、分かりました！」

シビラの指示にエミーが動き、何事もなく黒い獅子の魔物の首が吹き飛んだ。……討伐完了か。厄介な敵だったな……。

「エミー、よくやってくれた。助かった」

「ちょっとびっくりしたけどね！　でもあれぐらいなら大丈夫！　盾がいいからかな、以前よりも楽なぐらいだよ」

「ジャネットも、最後はよく決めてくれた」

「そのチャンスを作り出した君が言うのは嫌味かい？　こちらこそ助かった」

素直に喜ばないジャネットのらしさにふっと笑い、軽く手の甲を合わせる。

「あっ、私も私も」

エミーもわくわくした顔で手の甲をこちらに向けたまま待機したので、同じように軽く当てる。次にエミーは、ジャネットにも同じことをねだりに行った。

「……よ〜し、黒獅子の牙も無事に破損なくゲット。いやーいい臨時収入ですなー」

なお、シビラは実にシビラらしい平常運転であった。

「それじゃ、休まず移動再開よ」

「今の行動でよくそのセリフが言えたな……」

まあ、言えるだろうな。それがシビラだし。

「とは言っても、もう残すところはこれだけか」

魔物の死体の山。その向こうには、やたらと大きな扉が見える。

俺はシビラに言葉を投げた。

「そういえば、ここのフロアボスが事前に分かっているようなことを言っていたな？」

「ええ、そうね。ここまで来たらもうほぼ確定」

シビラは腕を組み、その強敵が待つであろう扉を見据えながら言った。

「三人へ指示。アタシの予想だと、一人動物園みたいな巨大フロアボスが出てくるわ。強いけど、さっきの黒いライオンちゃんの上位互換みたいなものと考えていいわ。特徴は、毒を使うこと。だけどこっちにはラセルがいる。だから確認でき次第、速攻で倒すわよ」

「よく分からん表現だが分かった。予想が外れた場合は？」

「防御に専念……とはいえアタシが対処方法知らないフロアボスだった場合、どっちにしろ時間をかけずに速攻で倒して」

シビラが相手を知らない可能性はあまり考えたくはないが、闇魔法が効かないという敵はいないだろう。

エミーとジャネットに目を合わせて、互いに頷《うなず》いたところで再び魔法をかけ直す。

僅かな疲労も残さず身体から消え去ったところで、俺達《たち》は扉を開けた——！

――ボスフロアの中は狭く、空っぽだった。

「おい、何もいないぞ。《ダークスフィア》……天井にも何もいそうにないが」

気合いを入れていただけに、盾を構えていたエミーは緊張の抜けた表情でこちらに向く。

「あれ……でもラセル、後ろの扉ずっと檻《おり》ついてるよ」

エミーの言葉に振り返ると、確かに扉は閉まっていた。ボスがいないわけじゃないのか。

俺達が疑問に首を傾《かし》げていると……ジャネットとシビラの様子がおかしいことに気付く。

「どうした？　何か――」

「――《ストーンウォール》！」

俺の言葉を遮り、シビラが幾度となく作ってきた石の壁を再び作る。

ただし、床からではなく壁からだ。

「僕が続けます」

シビラの意図を受け取ったのか、ジャネットがシビラの魔法に続くように、無言で石の壁を次々に生やしていく。

「おい、何があった」

「こういう方法で来るなんてね……やってくれるじゃない」

気がつくと、ジャネットが次々と作った石の壁が、さながら壁面に設置された螺旋《らせん》階段のようになっていた。なるほど、そういうことか……！

最初に自分で作った石壁の側面に乗ったシビラは、暗く続く天井を見る。

「魔道士がいなけりゃロッククライミング確定のクソボスね。恐らく……このフロア自体が迷路化しているわ」

ジャネットがストーンウォールを壁から生やし続け、一歩ずつボスフロアを上っていく。見事な螺旋階段だが、それでも駆け上がることが難しいぐらいには些《いささ》か完成が遅い。

「冒険者を倒すためなら何でもアリなのが魔王だけど、ここまでプライドもクソもない対策をしてくる魔王がいるとは驚きね」

「つまり勝てないと見越してこういうダンジョンを作ったということか？」

「でしょーね。それでも下層フロアボスって普通の人じゃ勝てない化物よ。ここの魔王、よっぽどの慎重派か、それだけ時間稼ぎに命懸けてるか……。ま、すぐに結論は出るわ」

シビラが視線を向けた先、天井付近の壁に大きな横穴が対角線上に二つ開いている。

下を見ると、足がすくみそうになるほど高い位置に、手すりも何もない石段の螺旋階段が完成していた。いつの間にか、こんなに上ったんだな……。

ジャネットは、横穴を覗《のぞ》き込みながら頷く。

「シビラさんも感じていると思うけど、ボスの反応はこの奥。道は一本で、追いかけたら後ろの穴から出てくるんじゃないですかね」

「ここが迷路にはなってないのね、それは助かったわ」

本当にこんなに遠くまで逃げ込んでいたのか、下層フロアボスともあろうものが。

「さて、逃げ腰動物園ちゃんをさくっと倒す作戦を話すわ。まずジャネットちゃんがここで、エミーちゃんがあっちね。ラセルはその反対で――」


背丈三人分ほどの横穴。

俺は動かず、耳から聞こえてくる音と、僅かに曲がりくねった横穴に意識を集中させる。

――低い音と、僅かな揺れを感じる。

揺れは次第に大きくなり、音はダンジョンの壁が破壊されたことを明確に俺に伝える。

そろそろだ。

『ギャオオオオオオオオオオオ！』

曲がり道の壁の隙間から、巨大な蛇の頭が見える。

かと思えば、地面を踏みしめるのは動物の足。

それに続き、たてがみを持つ巨大な肉食獣の頭部が現れた。

先ほどの獅子も巨体であった。だが目の前のフロアボスは、三倍は優にあるだろう。

そのフロアボスは、俺を視界に捉え――足を止めた。

「すまないが、ここは行き止まりでな」

俺の後ろは、現在シビラの案によりストーンウォールで覆い尽くされている。

フロアボスの後ろからは、エミーが突進してきているはずだ。

「相手は俺だ。《ハデスハンド》、《ダークスフィア》！」

『グオオオオオオオオオオ！』

『シャアアアアアッ！』

『ギリギリギリギリ……』

初手の魔法で動きを鈍らせ、闇の球を叩き込む！

怒りに燃えた獅子の目と、蛇の威嚇、山羊《やぎ》の歯ぎしり。

草食動物といえど、その巨大な口と白い歯は、見るだけで恐怖を駆り立てる。

それにしても、なるほどな。一人動物園とは言い得て妙だ。

『――シャアアアアアアアアアアァァァァ！』

最初に仕掛けてきたのは、蛇の頭だ。その長い身体を伸ばして俺に噛《か》みつくかと思った瞬間、首を伸ばした状態で剝き出した牙から、水飛沫《しぶき》を飛ばしてきた！

「《ダークスプラッシュ》！」

そのタイミングを狙って、カウンターの魔法を放つ！

蛇の頭に直撃し、残りの散弾もフロアボスの本体に当たってダメージを与える。

事前にシビラから聞いていたことがある。獅子の身体は近接戦、山羊の頭は魔法、蛇の頭は毒液。それだけ分かっていれば、対処する動きは限られる。

当然毒液は、俺のウィンドバリアに弾《はじ》かれて一切当たっていない。

……さて、ここまでは作戦通りだ。

「《ダークスプラッシュ》！」

『グルゥァアアアアア！』

「本当に逃げようとするとはな。だが後ろは【聖騎士】だ。俺の方がマシだと思うぞ？」

一瞬エミーの方へ戻る判断をしようとしたボスを、意識的にこちらに向かせる。遅延魔法を浴びた巨体が、闇の飛沫を狭い道の中で避《よ》けるのは不可能だ。

フロアボスは俺を睨《にら》み、僅かに俺の後ろにあるシビラ謹製の魔法でできた石壁を睨む。

姿勢を低くし、筋骨隆々とした肉食獣が脚に力を溜《た》める。

衝突すれば、只《ただ》では済まない一撃。

再び俺の姿を睨むと——勢い良く突撃してきた！

『——グガアアアアアアアアアア！』

その足元には、アビストラップ。俺の魔法の中でも高威力のものの一つだ。

だが、やはり下層フロアボス。この程度では足を止めない。

血走った獅子の目と、俺の目が交錯する。牙を剥《む》き出しにしつつも、獅子の頭は口を開けずに額を俺の方に向けて距離を詰める。

俺を食い殺すより、壁に押しつけて潰すつもりなのだろう。魔法で急造した後ろの石壁ごと破壊すれば、後ろのエミーからも逃げられるからな。

――無論そんなこと、こちらも当然理解している。

「《シャドウステップ》」

ダンジョンの壁すら破壊する体当たり。ドラゴンの攻撃にも匹敵するであろうその猛威が、髪の先を撫《な》でた瞬間――俺は天井付近に回避した。

当然フロアボスは壁を壊し、横穴の向こう側へ移ろうと飛び出したが――。

「ま、シビラの読み通りだな」

『ギャオオオオオオオオオオオオ！』

破壊された急造ストーンウォールの先では、フロアボスの巨体が炎に包まれている。

対岸上でジャネットの後ろに待機していたシビラが、俺に向けて親指を立てた。

あいつが立てた作戦はこうだ。

シビラは地形を見て、このフロアボス（パッケージングキメラ、と不思議な呼称をつけた）が戦わずに逃げることを予測し、それぞれに役目を与えた。

まず初めに、エミーが【聖騎士】の吹き飛ばしスキルでフロアボスを攻撃しながら奥へ奥へと追い詰めるように動く。

次に、横穴の反対側――つまり俺のいた場所で、後ろを塞ぐように石壁を作る。

この時わざと隙間を作って、いかにも脆そうな石壁に見えるようにした。

フロアボスは俺の後ろの壁を破壊し、横穴から横穴へ逃げようとするだろう。

——その瞬間、相手は最も無防備になる。

ジャネットは、相手が飛んだタイミングで横穴から横穴の直線上に魔法《フレアスター》を配置すればいい。結果フロアボスは自動的に、五重詠唱の業火の中へ突っ込んだというわけだ。

ボスを火だるまにした当のジャネットは、両耳を指で塞いで涼しい顔をしている。その姿に緊張感は感じられず、実に堂々としていて頼もしい。

シビラが組んだ、フロアボスの攻略作戦。

その最後の罠《わな》は、既に俺が設置済みだ。

「仕上げといこうか」

縦長いボスフロアの、横穴から更に上側の天井。そこが、俺の選んだ処刑場だ。

その光景に、フロアボスがこちらに振り返り驚愕《きようがく》に目を見張る。

空中に漂っていたものは、アビスサテライト。

近くに現れた魔物の存在を感知して自動的に牙を剝く魔法。

——都合数十の、ダークアローによる豪雨だ！

『ガアアアアアアアアアアアッ！』

『シャアアアア————！』

『ケエエエエエエエ！』

闇魔法を叩《たた》き付けられながらも、絶叫してこちらを睨む三対の瞳。しかしすぐに力を失い、天井付近からフロア底の昏《くら》い奈落へと吸い込まれていった。

下層フロアボスの速攻討伐、完了だ。

上手《うま》くいったから良かったが、あの巨体と素早さだ。正面から戦えば、間違いなく厄介な相手だっただろう。

「そういえば、『パッケージングキメラ』という名称はどこから来た？」

石段を駆け下りながら、その名を呼んだシビラに声をかける。

「元々キメラって『合成した生物』という意味合いがあるのだけど、そのオリジナルになったものがあの見た目なのよ。第八《ここ》、途中から蛇とかの魔物も出てきたでしょ」

確かに話した通り、下層からあのフロアボスの身体《からだ》で見たことがある形状の魔物が多かった。そこからシビラは、第八ダンジョンのフロアボスを、『魔王の手が加わっていない合成獣《キメラ》』と予測したわけだな。

「ま、外れたら外れたで作戦を立ててるだけよ。とはいえ、第七層のフロアボスほど常識外の相手が来ることはないと思ったわ。さあて、ちゃっちゃと倒せたことだし」

後は、こんな性格の悪さが滲《にじ》み出るボスフロアを作った魔王の顔を拝みに行くだけだな。

「──聞いてない聞いてない、こんなに早く来るなんて聞いてない……」

最下層、紫の不気味な壁が視界一面に広がる魔王の部屋。部屋を埋め尽くすほど現れたスケルトンの群れの奥に、黒い影を纏《まと》った魔王がいる。

「散々自分にとって有利な場面を作ってきたんだ、そろそろお前も直接相手してくれよ」

「『メーカー』は動かす側、直接動く必要がないように準備するのが役目……本来出番が来ないことが正しい……」

……そうなのか？　魔王達《たち》それぞれに独特の個性はあるが、戦うことそのものを否定してきた魔王は初めてだな。

「どんなに喋《しゃべ》ったところで、今回戦うのはお前だ。時間稼ぎということはバレているぞ」

「ああ、そうか、王都には『女神』がいる……作戦が割れているのか……。やはり邪魔するのか、やはり肩入れするのか人間に……。ならば……。──ならば、これ以上は自分には荷が重い」

先ほどまでぶつぶつと頭を抱えて呟《つぶや》いていた魔王は、何かに取り付かれたかのようにスッと立ち上がると、自らのダンジョンコアがあると思われる腹に手を当て始めた。

何か、嫌な予感がする。

「《ダークジャベリン》！」

先んじて魔王に向けて魔法を放ったと同時に、周りのスケルトンをジャネットの業火が呑《の》み込んでいく。

魔王は、膝から崩れた——何故《なぜ》だ？

俺の魔法の直撃を受けたようだが、一撃で倒せるとはさすがに思わない。

「……ッ！　何か、来るぞ！」

突如として、地面に赤く光る魔法陣が描かれた。

これは……この状況が何を表すのか、俺はよく知っている。

「戦うのは専門外。ならもう一人との時間稼ぎの約束は、この命を代償に果たそう」

蹲《うずくま》った魔王は、抱えた腹からひび割れたダンジョンコアを覗《のぞ》かせ——そのまま消滅した。

「あいつ……自分の命と引き換えに、フロアボスを顕現させたわね!?」

シビラが魔法陣を睨み、エミーが皆を守るように盾を構えて前に出る。

魔王がその命と引き換えに喚《よ》び寄せたフロアボスが、姿を現した。

先ほどまで戦っていたフロアボスと遜色のない、見上げるほどの巨体。

白く細い姿は、地面に転がるスケルトンに非常に近い。

眼孔の奥が昏く光り、俺達を睨み付ける。

現れたと同時に突撃してきたその巨体を、エミーが弾き飛ばす！

ダンジョン最下層を眩《まばゆ》く照らす光が、吹き飛ばした巨体の全容を明らかにした。

「あれは……スケルトンの、キメラか？」

周りの雑魚を焼き終えたジャネットが「そうっぽいね」と頷《うなず》く。

シビラは「あっ」と呟いた。

「どうした？」

「魔王が自滅しちゃったし……もしかして、ここスケルトンしかいない？」

「見ての通りだろ。何か策があるなら早く言え。エミーの負担が増えるぞ」

目で追うのも難しいほどのスピードで襲いかかるフロアボスの猛攻を、エミーが必死に盾を構えて防いでいる。対策があるならさっさと話してほしい。

「ラセル。あんたあの骨キメラ君含めて、この場の全てにエクストラヒール撃ってみて」

「ボケたか？」

「いいから黙って撃って」

妙に断定的に言うな……もうどうなっても知らないぞ。

「責任は持てよ、《エクストラヒール・リンク》！」

俺達の会話を聞き、エミーはフロアボスの攻撃を弾き飛ばさずに受け止めて踏ん張る。

その隙に、俺は完全回復魔法を敵に使った。さすがに敵に使ったのは初めてだ。

『……！』

状況が好転するとは思えなかったが、効果は劇的だった。

フロアボスのスケルトンキメラは、先ほどまで暴れていたのが嘘《うそ》のように大人しくなり、足元から力を失うようにばらばらと崩れていき……やがてただの動かぬ白骨標本と化した。

「やーい雑魚！」

「一体、何が起こった？」

「走りながら解説するわ！」

一発気が抜けた煽《あお》りをフロアボスの死体に向かって投げつけると、シビラは最早《もはや》やることは済んだとばかりに上へと走り出した。

「やったことは、不死《アンデッド》の浄化よ。スケルトンと、あとゾンビとかなら回復魔法がそのままダメージになるの」

「おいおい、何故今まで忘れてたんだよ」

知識はあるのに、ひさびさのぽんこつ駄女神っぷりが出てきたか？

「忘れてたわけじゃないわよ。あんたの場合、アビスサテライトを出して走ってるだけの方が圧倒的に楽だし、何よりスケルトン以外も魔物がいたでしょ。スケルトンを倒すために一体ずつ選別するの、めんどくさくない？」

ああ、そりゃそうか。当然スケルトン以外は全回復するもんな。

「でも大物相手だったらこれ以上にない選択肢よ。アンデッドって平均的に、普通の魔物より強い連中が多いんだけど、当然無条件に恩恵がある属性じゃない。その一例が」

「さっきの『浄化』ってことか」

「そういうこと！　あんたが真っ黒ローブで剣とか振り回してるから、まさかあの魔王もここに【聖者】がいるとは露ほども思わなかったでしょうね！　いやー、愉快愉快！」

強敵を喚《よ》んで時間稼ぎをするつもりが、最も時間を短縮しやすいフロアボスを喚んでしまったというわけか。

やれやれ、敵ながら同情してしまうな。

第一層から地上へと飛び出すと、街壁の外側は大きく様変わりしていた。

空には明らかに鳥ではないと思われる魔物が溢《あふ》れており、遠くに羽を生やしたあの兎《うさぎ》が走るのが見える。完全にシビラの嫌な予想が当たった形だ……！

「何か仕掛けてくるかもしれない！　急いで――」

俺に振り返ったシビラが、声を途中で止めて驚愕に目を見開く。俺もつられて後ろを振り向くと、そこにはフードを被《かぶ》った人が佇《たたず》んでいた。

確か、以前ギルドで見たな。シビラにすぐ追い返された女だったと思う。

「あんた何でこんなところにいるのよ!?」

シビラが激しい剣幕で怒鳴りつける。随分とあの女に当たりが強いな……。

「この状況を狙われてしまったから」

女はシビラの声に一言で返し、俺の方を向いて必死の形相で頭を下げた。

「あの子を助けてください！」

「あの子じゃ分からんぞ」

「ルナ、です」

女から出た意外な名前に驚いたが、理由を聞き返す前に話を畳みかけられた。

「私にはやることがあって、それに手を出せなくて……あなたにしか救えないんです」

「そもそもお前は誰なんだ」

「そう、でしたね。挨拶が遅れて申し訳ありません」

俺の言葉に「ちょっと、こんなところで」とか「順序ってもんが」と声を挟むシビラを無視し、女はフードを取った。

全身を隠す灰色のローブから現れたのは、日が傾いて尚眩《なおまぶ》しく輝く金の髪。

その場だけ昼の空かと見紛《みまが》うほど、澄んだ青い瞳。

女は胸に手を当て、告げた。

「私の名は、シャーロット。あなたの全てを肯定し、それを支えると伝えに来ました」

目の前に現れた、夕暮れでなお太陽の如《ごと》く輝く金の髪をした女。

今、確かに言った。

自分のことを、シャーロットと。

初対面の俺に対し、自分の名前を告げたということは――。

「俺が、あんたのことを分かっている、という前提でその名を言ったのか」

「はい、【聖者】ラセル。あなたを聖者にした、太陽の女神です」

確定した。

目の前にいる女が『太陽の女神』だ。

俺との言葉を交わした直後、一瞬呆気《あっけ》にとられていたシビラがはっとして声を上げた。

「なんでこんなタイミングで現れたのよ！　もっと後だったでしょ！」

「現れなければならない状況が、準備を待ってくれるとは限らないよ。人生の分岐点って、そういうもの。……シビラもある日突然、だったでしょ」

目の前の女の答えに、シビラは「ぐっ……」と言葉を詰まらせた。

二人の女神にも何かしらの事情がありそうだが、今はそれを聞いている時ではない。話から察するに、急がなければならないのだろう。

だが、それでも俺はいくつか確認しておかなければならないことがある。

――大丈夫。

想像していたよりも、俺は冷静でいられている。

「何故、ルナを指名して助ける？」

「あの子を狙っているのは人間です。私は人間に手を出せないから」

何か制約でもあるようだな。

ならば、同じように俺にも手は出せないということか。

「だがルナは、暗黒勇者なんてものを信じているヤツだぞ」

「だからです。あの子は私を疑ってくれたから」

「よく分からない理由だな」

「だから私は、私を否定してくれたあなたに、あの子を救ってほしいのです」

……ますます分からない。こいつは何故、こうも否定されたがっている？

影の英雄を公言するルナを、闇魔法で俺が助ける。それが『太陽の女神』の望みか？

シャーロットは、顔を隠せる仮面とローブを手に持って、こちらへ歩いてきた。

「俺をよく知っているようだが、俺に恨みをぶつけられるとは思わなかったのか？」

「それもいいと思いました」

その回答を聞き、俺は無言で剣を抜く。

視界の隅で、シビラが息を呑む。シャーロットは、真《ま》っ直《す》ぐ俺を見ている。

……嫌な感覚だ。

幼馴染《おさななじ》みの輪から離れるしかなかった状況。その原因を生んだ張本人、『太陽の女神』。

俺に【聖者】を押しつけた女神との邂逅《かいこう》が、その女神の言いなりになること。

だが、悩んでいる暇などないのだろう。話から察するに、ルナは今危機的状況にある。

何よりルナは、世界で唯一、俺だけが気持ちを理解してやれると思った子だ。

俺らしい選択、か。

シビラも、俺のことを心底『聖者』だと言っていたが……こういう状況となると、あまり気分のいい評価とは言えないな。

——ならば。

「お前は、俺の全てを肯定すると言ったな」

「はい」

「今までの俺の考えも、これからの俺の行動も、全て肯定するんだな」

「はい」

「そうか」

シャーロットの持つ仮面とローブを手に取る。

この二つを渡した理由を察し、俺はその姿に背を向けた。

「なら、お前も覚悟を決めろ」

その女神に対して一つの結論を出した俺は、エミーとジャネットに目を合わせる。

「二人は何か言うことはないか?」

「僕は間違いなく長話になるから……。後日また会っていただけるのですよね？」

「勿論《もちろん》です。その日は全ての予定を空けていますから」

「なら、その時に」

ジャネットは、『職業選定《ジョブ》』に関して多くのことを調べている。

その授与を行った本人から知識を得られるのだ、聞きたいことも多いだろう。

「エミーは？」

「えっ!?　えっとえっと……シャーロットさ、さま？」

「エマと同じように、気さくに呼んでいただいて構いませんよ」

「は、はい！　じゃあ、えっと……シャーロットさんはやっぱりコイバナ好きですか!?」

本気でずっこけかけた。いや、何がどうなってそうなったんだ？

今の状況に対し、内容があまりに予想外で、ジャネットですら口を半開きにしてエミーの方を呆然《ぼうぜん》と見ている。

特に、やっぱりという表現が意味不明すぎる。初対面だよな……？

対して、その回答は。

「……正直に話すと、英雄譚《たん》もその辺りばかり読んでいて……」

まさかの肯定であった。やっぱりと言うだけあって、エミーの予想通りらしい。

俺もジャネットも、エミーだけが持っている謎知識に驚くほかない。

「それじゃ、えっと、今度たくさんお話ししたいです！」

「それは是非、こちらこそ話をお聞きしたいです」

理由はよく分からないが、どうやらエミーは満足したようだ。シャーロットも声色から嬉《うれ》しさが滲《にじ》み出ている。

気がつくと、俺の身体《からだ》を縛っていた悪い緊張も抜けていた。

時々エミーは天然を発揮するんだが、それが案外いい結果に繫《つな》がったりするんだよな。

お陰で緊張がほぐれた。今の問答はマジで謎すぎるが。

そんな二人のやり取りに気を緩めたシビラが軽く笑い、俺を見る。

「アタシはこいつと話があるから、先に孤児院に向かってて」

「分かった」

俺はそのまま振り返らずに、セントゴダートへと走り出した。

「シビラ、見て」

「あんたよりずっと見てるっつーの」

「うん。——私とプリシラの待ち望んだ、英雄が生まれるよ」

◇

王都セントゴダートは人口も多く、その上で皆がそれなりのレベルを持つ熟練冒険者だ。

溢れ出た上層の魔物一体を、複数人で取り囲みながら安定して倒している。

報酬の取り合いなども起こらないのは、生活が安定しているからであろう。

生きる者は、例外なく職業《ジョブ》持ち。

大多数が冒険者として、一度はダンジョンに潜った経験があるだろう。

改めてそう考えると、不思議な世界だ。

こういうことに疑問を持たない方が、普通の感覚なのだろうな。

……今考えるのはよそう。

俺は目の前に現れた羽つきニードルラビットを切り倒し、ジャネットが撃ち落としたバットを飛び越えて街を走る。

それにしても、先日の時とは大幅に状況が違う。安全だった王都の街中にまで、今回は魔物が溢れかえっているのだ。

原因は、すぐに分かった。街壁にある宝珠の一つがひび割れていたのだ。

そのため街を覆うバリアが発動されず、空からダンジョンスカーレットバットが自由に街へ入り込んでいる。

無論、能力を持つ住人も黙って見ているばかりではない。

「宝飾品《アクセ》の店は絶対死守っしょ！」

「くそっ、手が回らねえ！　うちの『満腹肉辞典』守ってくれたヤツには割引だ！」

「マジかよ、あっち行こうぜ」

「空は火炎系で攻めて！　石とか氷はナシね、落ちると危ないから！　逆に建物へ火の魔法は絶対使わないように！」

剣の届かない空に逃げたバットへ、武具を構えた【剣士】が思い思いの場所を守る。

店を背にして守る【魔道士】は、積極的に魔法を空に放っている。

ダンジョンとは違い、広い場所を自由に動く相手へ難儀しながらも【剣士】より圧倒的に攻撃において有利だ。

エミーは苦戦している様子を見て、店の二階の窓を襲おうとしたバットに持ち前の跳躍力で飛びかかって切り倒しつつ、店員にアピールしていた。

ちなみに『満腹肉辞典』は、先日の二時間食べ放題の焼肉店である。

「さて……。もう少し広場の方が屋根を壊さずに済むけど、そうも言ってられないね」

俺達《たち》の中で、この状況を最も得意とするのはジャネットだろう。

先ほどから、正確な狙撃でバットを一撃のもと屠《ほふ》り続けている。

その頼れる【賢者】の姿を目に焼き付けながら、俺は一つのことを考えていた。


――影の英雄。

ルナの話した、想像の俺。
人知れず人助けをし、人々の生活を守る。それ自体は悪くないだろう。
誰にも知られてはいけない、影の英雄。
それが、ルナの話した暗黒勇者の話だ。

……では、周りに人の目があれば、どうするのか。

太陽の女神に渡された、無地の仮面を見る。
影の英雄。きっと人前では、正体を隠すのだろう。
服装を変えたり、声を発さずにバレないようにするのだろうな。
髪型からバレないように、ウィッグでもつけるのかもしれない。
人知れず誰かを助け、人々の噂《うわさ》になっているのを素顔で聞く。
そういったものに憧れる気持ちも分かる。
ルナの憧れた影の英雄は、そういったものだろう。
——ただ、俺は『暗黒勇者』ではない。

王都に住む戦士達が戦う姿を手早くサポートしつつ、目的地へと到着した俺達は足を止める。一体何があったのか、セントゴダート孤児院は無残なまでに破壊されていた。

一瞬ひやりとしたが……子供達は、庭に避難してウィンドバリアに守られていた。【賢者】マーデリンが守ってくれている。この状況で、一番の活躍だ。

フレデリカも子供達を腕一杯に抱き寄せて、マーデリンの魔法の中にいる。

「みんな、ここから出ないでね。……ラセル様！」

「すまない、助かった！　何があった？　後、ルナはいるか？」

マーデリンが俺の出した名前に、眉根を寄せて視線を向ける。

「……そういうことか」

そこに立つ人物を見て、最初に言葉を発したのはジャネットだった。

「何か、嫌な予感はしたんだ。ただの指導かと思ったけど……シャーロットさんの話から察するに、ルナは指導を受けたわけではない」

視線の先にいる二つの影に、ジャネットは指をつきつけた。

「相手を操る力を、何らかの手段で得た。そうだろう——ミラベル」

その言葉に、孤児院のシスターの一人であったはずの女は、酷薄な笑みを浮かべてルナの首元にナイフを当てていた。

幕間《まくあい》　ルナ：思い込むだけで願いが叶《かな》うとは限らない、けど——

何が起こった？

何が起こった？

一体自分に、何が起こった？

これまでのことは、覚えている。ミラベル先生の部屋に呼ばれた。何かの道具を目の前に掲げたのを、警戒せずに見た。

気がついた時には何故《なぜ》か、勝手に身体が動いていた。

身体だけじゃない。口も、動いていた。もう、自分じゃなかった。

人形劇《マリオネット》の糸で動かされたルナという人形を、人形の内側から見ていた。

孤児院に滞在していた二人に、私じゃない私が丁寧に挨拶した。気持ち悪かった。

地下室で数日過ごした後、ミラベル先生は私を連れて孤児院の一番広い部屋へ向かった。

そこにはちょうど、イザベラ院長先生もいた。

『子供って、高く売れるんですね～。驚きました』

ミラベル先生はまるで昼間の買い物の相談のように、のほほんと口を開いた。

イザベラ先生は、いきなりすぎてぽかーんとしていたけど、すぐに『言っていい冗談と悪い冗談がありますよ』と立ち上がった。

でも、できたのはそこまでだった。

ミラベル先生は、手元から紫色の宝石みたいな塊を取り出すと……そこから、緑色の、凄《すご》く大きな……大きな何かが現れて、建物を壊してしまった。

二体のドラゴン。片方がミラベル先生に付き従い、もう片方が街の壁を破壊し始めた。

『《ウィンドバリア》！』

逃げ惑う他の子や先生を助けたのは、最近やってきたマーデリンさんだった。

みんな、マーデリンさんの近くに集まっていた。

私だけ、みんなと離れてミラベル先生の隣にいた。こんな状況でも、身体が動かない。

恐怖に震えても、へたり込んでもおかしくないのに、顔の表情すら一切動かない。

首元にナイフを突きつけられながらも表情の変わらない私を、信じられないような目で他の子が見ている。

違う。

こんなのは、私じゃないのに……。

なんで……。

なんで、私ばかり、こんな目に……。

こんな時。
影の英雄なら。
暗黒勇者なら。
……正直に言うと、私自身その存在はさすがに信じていなかった。
ただの願望だったのだ。
それでも、他の子から距離を置かれても、その主張を引っ込めることはできなかった。
それぐらい、私にとってはいてほしかったから。
最後の砦《とりで》だったから。
――絶対に、いる。
ラセル。不思議な人。
全身真っ黒で、全然笑わなくて、つっけんどんで。
なのに【聖者】という、本当に不思議な人。
そして――私の主張を大真面目に肯定してくれる、変わった人。
そのラセル達が、今、廃墟《はいきょ》となった孤児院に現れた。
「相手を操る力を、何らかの手段で得た。そうだろう――ミラベル」
竪琴《ハープ》の練習をしていた変わったお姉さんの言葉に、ラセルが一瞬驚きつつも頷《うなず》いた。
「魔物を呼んで、行動だけを自分の自由にできる能力だな？」

……ッ！

ラセルは、今の私がどういう状況か、分かるんだ！

「随分と詳しいですね。……ああもう、宝珠の破壊が約束とはいえ、こうもネタが明かされるのならさっさと帝国までルナを売りに行くべきでした」

売る？

私を？

ミラベル先生の言葉に、真っ先に反応したのはフレデリカ先生だった。

「どうして!?　あなたは王都のシスターとして、あんなに子供達を可愛《かわい》がって――」

「どんな失敗も犯罪も、怒らないだけでイザベラ先生やマーカス先生より私に付いてくれるので本当に楽でしたよ～。子供は可愛いですよ、扱いやすくて。まあ将来それでどんな大人になろうと知ったこっちゃないですけど」

最後はぶっきらぼうな声色になり、あまりの言葉にフレデリカさんは口を開けたまま言葉を返せなくなっていた。

今更ながら、ガミガミしていて嫌われていた院長先生や、みんなが怖がっていたマーカス先生がどれだけ私達の将来のことを考えていたか分かってしまった。

「でも、折角ルナが孤立してくれたのに、【聖者】が間に入るなんて想定外でした」

ミラベル先生が指を鳴らした直後、あの恐ろしい巨体が降りてくる。

できたばかりの友達みんなが、フレデリカ先生の腕の中で悲鳴を上げた。

街の壁にあった丸い宝石を破壊した、本物のドラゴンだ……！

「仕方ありません。【聖者】は、ここで消えていただきましょうか」

その宣言に対し、大きな盾を持ったお姉さんが前に立った……のだけど、何故かラセルはその肩を叩《たた》いて、一歩前に出てきた。

「——ルナ、聞こえているな？」

聞こえている！　そう言いたいのに、身体《からだ》が動かない。

「返事はできないだろうから聞いているだけでいい。二つ、謝っておきたいことがある」

私に声が届いていることが分かっているらしく、ラセルは話し続けた。

「まず、一つ目。影の英雄の中に『暗黒勇者』という職業《ジョブ》は、ないんだ」

……！

どう、して、今そんなことを……！

ラセルなら、私のことを分かってくれるって……。

みんなの聞いている前で、聞こえるように言わなくても……。

目を閉じることができないのに、目の前が真っ暗になっていく。

——赤ちゃんの頃はもう覚えていないけど、すっごく小さい頃の記憶が薄《うっす》らとある。

日光の当たる小さな家と、窓の外から聞こえる猫の鳴き声。

脚のがたついた椅子。夏に飲んだ冷たいカフェオレ。

私を抱く母と、本を持つ父。教義の本を読む、大好きな声。

『使命……私達《たち》に、女神様から課せられた……』

幼少期の記憶は本当に朧気《おぼろげ》で思い出しづらいけど、そんなことを言っていたと思う。

いつからか分からないけど、私は孤児院にいた。

物心がついた頃、ようやく自分は両親に置いていかれたのだと分かった。

孤児院の生活は、決して悪くはなかった。

両親の使命とやらもよく分かんなかったけど、先生達も女神様にいつも感謝しているから、きっと両親にとって大切なことなのだと思っていた。

思っていたけど……。

……お父さんとお母さんには、女神よりも、私を見てほしかったの。

だから私は、『太陽の女神教』で教えられるものとは違う存在を信じたくなった。

いろんなことを知っていくうちに、こんなのがいたらいいなと思って作り出したのが『暗黒勇者』だった。

闇の力だなんて見たことも聞いたこともないものを、あったらいいなと思いながら。

知識を学びながら、その存在を自分の中で実在するものだと強固にしていった。

今の私を……孤立している私を、格好良く助けてくれるはずだって。
だから、私の中で『暗黒勇者』は、私の心の最後の砦なのに。
なのに、ラセルは影の英雄を——。
「実際にいる影の英雄は【宵闇の魔卿《まきょう》】という職業《ジョブ》だ」
——否定、して…………？
「どうだ、『暗黒勇者』より格好良くないか？」
……………………？？？？？？？？？？
えっ？
待って？
今、そういう場面？
あまりに突飛すぎて、ミラベル先生も「はあ？」とか言っている。
正直、他の子もそんな顔をしている。
ドラゴンを前にして、真っ黒聖者様はジョークを飛ばしている。
……。……いや、ちょっと待って。
なんでラセルは、わざわざ『暗黒勇者』をこの状況で否定した？
なんでラセルは、そんな特殊な職業《ジョブ》の名前をこの状況で言った？
それはきっと、この状況で言う必要があったからだ。

じゃあ、この状況で言わなくてはいけない『謝っておきたい二つ』とは——。

「もう一つは、『影の英雄は、今もどこかでダンジョンを攻略している』という言葉だな。《ダークジャベリン》！」

その、瞬間。

孤児院で、私だけが言っていた話は。

先生達にも、止《や》めろと言われていた主張は。

私自身も信じ切れなかった、有り得ない妄想は。

王都の薄青い空へと走り抜ける黒い光とともに、私だけが見抜いていた真実へと反転してしまったのでした。

……そんなことって、ある？

「改めて自己紹介しよう。【聖者】と【宵闇の魔卿】の二重職《ダブルジョブ》、『黒鳶《くろとび》の聖者』ラセルだ。目の前にいたのに、白々しいにも程があったな。——『宵闇の誓約』、行くぞ！」

ラセルは大声で宣言すると、腕に抱えていた仮面を投げ捨てた。

構えた剣が黒く光り、目に見えるほどの魔力を帯びる。

元気なお姉さんの盾も黒く光り、竪琴《ハープ》のお姉さんは複数の魔法を同時に発現させた。

私の目の前に、本物の影の英雄達が現れた。

11 俺は、もう隠れない

王都内部に現れたドラゴンの顔面へ、あの時のように闇魔法を叩き込む。

今回は、皆が見ている前で、だ。

誰かが見ている前では、闇魔法を使わない。

ならば、剣で助けるか。それとも、正体を隠して助けるか。

俺の答えは——『何も隠さずに闇魔法で助ける』だ。

味方になると決めた。だったら他人事《ひとごと》のように皆の選択に任せるだけでは終われない。

影の英雄を信じたルナが、その主張のまま友人が集まるように、俺が動けばいいのだ。

「とはいえ、エミーまで付き合ってもらう必要はなかったんだがな」

明らかに俺と同じ属性だと分かる色の盾を掲げつつも、いつものように明るい笑顔をこちらに向ける。

「ここまで来たら、い……イェイイェイらくしょー！ってやつだよ！　イエーイ！」

「一蓮托生《いちれんたくしょう》のことかな」

「そうそれ！」

ジャネット、あれでよく分かったな……俺は一生解読できる気がしないぞ。

ま、それだけ付き合いが長いってことだな、俺達。

「……な……なな……！」

流血したドラゴンの姿に、ミラベルは顔を青くして俺達に恐れおののく。

「強い魔物を借り受けたら、後はどうにでもなると思っていたか？　残念だったな」

「……有り得ない、こんなの認められない！」

ミラベルが、ナイフの先をルナの首元から俺に向ける。

その指示を受け、ドラゴンが咆哮《ほうこう》を上げて足を踏み出し、俺を食い殺さんと牙を剝《む》いた。

エミーの黒く光る盾が【宵闇の騎士】側の効果によりドラゴンの伸びた首を吸い寄せ、ジャネットの魔法がその隙を突いて炸裂《さくれつ》し、王都に巨体の怒号が響く。

『グガアアァァァァァァァァァ――――！』

一瞬、ドラゴンが動きを止めた。

驚愕《きょうがく》に目を見開くミラベルは、ナイフを未《いま》だこちらへ向けている。

――今だ。

（《シャドウステップ》！）

一連の派手な攻防にこの場の全員が目を奪われていた隙を突いて、俺はミラベルの後ろ側へと回り込む。これは、ルナの恐怖の分だ！

「なっ………ギャアアアア！」

俺はナイフを持つ腕を容赦なく斬り、ルナをその腕の中から引っ張り出してミラベルを蹴り飛ばす！

再び《シャドウステップ》を発動し、今度はフレデリカの隣へ降り立った。

「ルナ！　大丈夫!?」

「これは特殊な洗脳だ、すぐに直す。《キュア》！」

俺が治療魔法《キュア》をかけると、虚《うつ》ろだったルナの目に光が戻る。

「え……っ。あ、あ……！　私、声も、身体も……！」

「自分の意思で動かなかったんだろ？　もう大丈夫だ」

ルナは身体の自由が戻ったことに感極まったようで、目に涙を浮かべて俺へと勢い良く抱きついた。

「ラセル！　影の英雄！　私の、私の……！」

「ああ。お前だけが存在を信じた影の英雄だ。ちょっと待ってな、終わらせてくるから」

俺達が会話している間にも悲鳴を上げていたミラベルへと向き直る。

ドラゴンは、エミーが進むも引くもできないように自分へと縫い付けている。

「私の、私の腕ェェ……！」

「お前の腕が、どうした？」

「き、斬りやがっ、て……え……？」

右肘を押さえ込むように蹲《うずくま》っていたミラベルは、自分の腕が無事なことに目を見開く。

「そんな……さっき、確かに……」

ま、言うまでもなく蹴り飛ばした瞬間に回復させていただけなんだよな。

ナイフは腕が落ちた時に蹴っ飛ばしたので、ヤツは素手だ。正直、回復させる必要もないかと思ったが、そのまま失血死してもらっても困る。

「まずは、こいつを黙らせるか。《アビスネイル》！」

ドラゴンの身体《からだ》を黒い爪が貫通し、その巨体を大きく揺らす。

倒れなければ、もう一発。更にもう一発。

俺には無尽蔵の魔力があるからな。いくらでも叩き込んでやろう。

「調子に乗るなよ……！　そっちがその気なら……。は、ハハハ……！」

不穏な様子のシスターは、顔を引きつらせながら自らの服をまさぐる。手元もおぼつかない状態でガシャガシャと乱雑にかき回し、腕を引き出す。

手の平の中にあったのは、何か赤いものが内部に見える水晶らしきものが複数。

「何だ、それは」

「これはなあ……こうするんだよォ！」

今までの雰囲気からは想像すらできないほど荒々しい口調になったミラベルが、握った紫色の水晶を空高く投げる。

　何が起こるのかと思った瞬間――――！

「……マジかよ」

　空には、三体のドラゴンが現れた。

　ただでさえ厄介な下層の魔物が、この空の下を自由に飛び回る光景は悪夢でしかない。

「ハハハ、私の幸福に……私の金にならない街なんて、滅んでしまえばいい……！　全部、私を認めなかったお前達《たち》のせいだからな……ハハハ……」

　何故《なぜ》そんな結論になったかさえ分からない、孤児院シスターの正気とは思えない無茶苦茶な言いがかり。一発殴りたいが、街の方が気がかりだ。

　既に一体は、街の壁を更に壊しにかかっている。あれが倒れてくると、ちょっとやそっとの被害じゃ済まないぞ……！

　しかし、何よりも厄介なのは、街の中央区へと飛んでいった二体だ。あの人口密集地帯で、子供の遊び場も多い環境にドラゴンが現れるのは非常に危ない。

　ならば――――！

「街の方は俺が追う！」

「えっ、ラセル!?」

　エミーの驚く声を無視し、俺は走りながらこの状況での対処を考えた。

ダンジョンという軛《くびき》から解放されて、城下町の屋根を破壊しながら悠々と飛ぶ翼竜。その圧倒的な存在に、地を這《は》う俺達人間がどう対処すればいいか。

ダンジョン攻略に空を飛ぶ魔法などない。だが俺には——ルナが信じてくれた影の英雄には、こんな状況を打破する『闇魔法』があるからな。

「《シャドウステップ》！」

二重詠唱で魔力を乗せ、気合いを入れて叫ぶ。緊急回避のための魔法は、俺の戦略幅を大きく広げてくれた。ヴィンスを一瞬戻す時にも、キメラの攻撃を誘う時にも、ルナをミラベルから救い出す時にも。

その魔法を、今度は竜の支配する領域へ踏み込むために使う！

「《シャドウステップ》、《シャドウステップ》。もう一度だな、《シャドウステップ》！」

『グルァァァァァ！』

「よう、羽トカゲ。緑のお前は何ドラゴンなんだろうな。《ダークスプラッシュ》！」

俺はドラゴンの正面から、回避の難しい闇飛沫《しぶき》を飛ばして意識を向けさせる。

そう。俺は緊急回避魔法を、空中で使った。

落下する前に、上空へ。魔力切れを起こさない俺だから可能な、術士の空中戦だ。

「空はもう、お前だけの領域ではない。《ダークジャベリン》！」

『ガァァァッ！』

「──こっちだ。《ダークスフィア》、《ダークアロー》」

ドラゴンの上空を取り、着弾と同時に闇の球を矢で打ち抜き爆発させる。両方着弾させて、ドラゴンの羽から血が吹き出た。

アビスサテライトは、今回やらない方がいいな。自動追尾攻撃が的を外して地上の人を攻撃してしまえば、誰が何と言おうとその人にとって俺は悪だろう。

闇魔法を扱う聖者として、一度の失敗も許されない。

それは、ルナが信じてくれた『影の英雄』だけじゃない。

俺を純粋な気持ちで『黒鳶の聖者』にしてくれたブレンダのためにも。

後は……まあ、太陽の女神《シャーロット》のことは知ったこっちゃねーが、こんな俺をそいつに会わせても問題ないと判断してくれた駄女神《シビラ》の信頼は、やはり裏切りたくはない。

闇魔法を扱える俺だからこそ、な。

「ちょ、ちょっと！　上、上！　凄《すご》い人がいるの！」

「おいおいマジかよ!?　空飛びながらドラゴンと戦ってるヤツがいるぞ！」

「誰かあいつ見たことあっか？　俺ギルドでもAやSの顔けっこー覚えてる自信あっけど、マジで見たことねぇわ……！」

無論、建物を破壊しながら飛ぶドラゴンと戦っていると、注目を浴びる。

闇魔法は、秘匿された魔法。目立てばいいことよりも悪いことの方が多いだろう。

だが俺は決めたのだ。逃げも隠れもしないと。

「《ダークジャベリン》！」

屋根の上で、皆に聞こえるよう大声で魔法を放つ。既に羽を破かれて血を流すドラゴンは、むしろ受けるのを上等と言わんばかりに反撃をしかけてきた！

（――ぐっ！　やられたか、《エクストラヒール》！）

尻尾と相打ちになった俺の身体が、隣の建物のレンガに叩《たた》き付けられる！　元々防御魔法を張っていたとはいえ、やはりドラゴンの攻撃を至近距離で受けるのは危ないな……！

とはいえ、以前と比べて同じ竜種のインナー鎧《よろい》を着ているので、かなり耐えられている。最強種から俺を護《まも》るものが同種の恩恵だというのだから、皮肉なものだな。

ただ、周りの者達にとってドラゴンの直撃を受けた姿は相当に衝撃的だったようだ。建物の窓から、頭巾を着けた中年の女性が焦った様子で声をかける。

「あんた、大丈夫かい!?」

「問題ない！　それより危険だ、なるべく窓の下で伏せて隠れていてくれ！」

「……！　わ、分かったよ！　気をつけな！」

酒場を切り盛りしていた女性は、店員とともに客に指示を出して建物の中へと入って行った。早く立ち上がらなければ、建物の方にも被害が及ぶ。

すぐにドラゴンの方へと駆けたが、そこには驚くべき光景があった。

「や、やらせねえ！　なんかよく分かんねえけど、竜狩れそうな術士がいる！　守れ！」

「《フレイムストライク》～ッ！ってこれ効いてるの～!?　どっちなの～!?」

「分かんねーよ！　ぐあっ……！　い、いってーなマジで……！」

重戦士と魔道士らしき二人組が、俺が立ち上がるまでの間、時間稼ぎをしてくれている。

両手にタワーシールドを持って構えていた男は、女性を庇《かば》いながら悲鳴を上げる。

王都の上級冒険者だ。倒せるような戦闘ではないが、耐えるだけの戦いをしていた。

「《ダークジャベリン》！　すまない、大丈夫か!?」

「まだまだ！　しかしそれより、あんた一体？」

「ギルド所属の冒険者、マスターであるエマの知人だ」

「ちょっと～!?　その魔法何～!?　見たことないんだけどヤバい人じゃないの～!?」

「友人によると『影の英雄』と言うらしいが、どうだろうな？　《シャドウステップ》！」

闇の槍《やり》を受けて、最後の力で空に逃げるドラゴンを追う。

果たして闇魔法を扱う俺が、今日を境にどう扱われるかは分からない。

……とは言ってみたが、実はここから先は俺の仕事ではない。

とりあえず、今は目の前の問題だ。そう、目の前にいる血まみれのドラゴンの仕上げだ。

「ガキじゃねーんだから、そろそろ追いかけっこは卒業の時間だろ？」

再度上空で俺を視認したドラゴンが、怒り任せの咆吼《ほうこう》とともに牙を剝く！

『グガアアアアアアアアアアァァァァァ――――！』

攻撃の軌道は、単純明快。術士相手に直接攻撃なら、勝てると踏んでいるのだろう。

「いいだろう、乗ってやるよ。《シャドウステップ》」

その牙を回避し、俺が現れたのは竜の頭上。

「《エンチャント・ダーク》！」

闇魔法に黒く輝く剣が、街の上空で夜に輝く。

俺の全力の振り抜き攻撃は、ドラゴンの首を思いっきり吹き飛ばした。

（《ウィンドバリア》）

上空からの落下衝撃を吸収し、地上に降り立つと――。

「うおおおおお！　すっげえええええええええええええ！」

「何、マジもんのドラゴンスレイヤー誕生!?　つーかもうとっくに経験者っぽいけど！」

「ちょっと～!?　結局あの人何者なの～!?　敵なの～!?　味方なの～!?　どっちなの～!?」

「どっちでもいいだろ！　ドラゴン倒したんだ！　生き残ったんだよ俺等《ら》！」

「あと影の英雄って表舞台に出てきていいの～!?」

随分と賑《にぎ》やかな歓迎を受けてしまい、さすがに驚く。表舞台に出てきていいかと言われりゃ、ルナの話によると出てきちゃダメだな。

ま、今日ぐらいはいいだろう。それはそれとして……だ。

「もう一体、中央区に入ったな？」

「行くのか！　連戦だろ!?」

「問題ない。こういう時のために俺はいるんだ」

俺は再び《シャドウステップ》で人混みから屋根の上に立つと、次のドラゴンを追った。


結論から言うと、中央区には王都で最も優秀な冒険者が守りに就いていた。

「いいね、いいね！　たまにはこうでなくっちゃ張り合いがない！」

『グガァァァァッ！』

「いややっぱり街を破壊されるのは良くないね!?」

中央区でドラゴンと戦っているのは、仮面を付けたエマだった。どうやら最初の段階でドラゴンは二体いたようだが、うち片方は既に絶命していた。さすが、戦闘力は本物だ。

ちなみに仮面は金色のバットが羽を広げて目元を覆う仮面《マスカレイド》と、半端なく悪趣味だった。

「その仮面外せ、マジでドン引きだぞ」

「おっ、ラセル君じゃあないか！　ハッハッハ……あれ、予定では君も仮面を付けてダブルヒーローを楽しめるし、子供達に大人気とロットに聞いたんだが……？」

——この瞬間、俺の中でシャーロットも無事『変人』リストの中に入った。

無論、このリストに入っているメンバーは三人とも女神だ。

ルナ？　こいつらに比べたら常識人だろ。

「って、冗談言ってる場合かよ。《ダークスプラッシュ》！」

「冗談だって？　おいおい、《アイスバレット》！　私は本気だったのに……。私のためだと思って、この新作を被《かぶ》ってくれよ。《ウィンドカッター》！　ダメかい？」

「自作かよ……」

器用にドラゴンへ魔法を当てながら、目元のみを隠す仮面《マスカレイド》を手渡される。鳥の羽を模した形状をした、独特なものだ。まさかコレ、女神《エマ》の手製で俺専用なのか……。

「……ああもう、一回だけだぞ。《ダークスフィア》！」

「フハハハ！　正義のヒーロー、ゴールデンバットマンと、ブラックカイトマン見参！《コキュートスアイシクル》！　見てるかい、王都のちびっこ達～っ！」

俺の魔法に合わせて、叫びながらポーズを取るエマ。話に乗ったことを心底後悔した。シビラも大概だが、エマに至ってはマジで変人リストの最上段を独占だなおい。

ちなみに今の魔法で、ドラゴンは羽を根元から引きちぎられて落下し、ギルドメンバーからの集中砲火で息絶えた。……王都に現れし厄災よ、俺だけはお前に同情しよう。

「ありがとう、ラセル君。君に出会えたことを女神に感謝しよう」

「ぽんこつ酒乱駄女神のことなら、感謝しなくていいぞ」

「女神とは思えない言われ方、笑っちゃうね！　じゃあロットの方に」

「いやそいつの方が感謝しなくていいだろ、どっちか選ぶならシビラの方にしとけ」

俺の返答に一瞬目を丸くすると、エマは仮面を取ってニヤリと笑う。

「……な、何だよ」

「いや〜、あの全ての男を虜《とりこ》にできる究極美少女のシャーロットを比較に出されて、君にとっては『どっちか選ぶならシビラ』と言えるぐらいにはシビラとの仲が深いんだね」

その指摘を受けて、完全にやらかしたと思った。

「マジでやめてくれ……選択肢が悪すぎるだけだ……」

「いやいや！　そういう意味じゃなくてね！」

エマは笑いながら、手を振る。

「【宵闇の魔卿《まきょう》】が、シビラをこんなに気に入ってくれたのが本当に嬉《うれ》しいんだよ」

「気に入っているように見えるのか？」

「ああ。だって——君はシビラを知った上で神格化も、手籠《てご》めにして隷属化もしない」

軽口が続くかと思ったら、エマが急に過激な単語を出してきて思わず息を呑《の》む。

「君にとってシビラは、いつも横なんだよ。上でも下でもない。今のシビラの立ち位置は、ロットがずっと憧れていたポジションだ。友人としてこんなに嬉しいことはない」

「ロット……『太陽の女神』が、か？」

「……おっと、話しすぎたね。今の話、内緒にしてくれよ。さあ、行った行った！」

俺からの質問に答える前に、エマは再び変な仮面を付けてギルド職員のいる場所へと向かってしまった。

仕方ないので、俺も最後のドラゴンを追う。残りの一体は、反対方面に飛んだはずだ。

急いで孤児院方面に戻ると、そこでは二人が既に相手を捕まえていた。

エミーがドラゴンを盾のスキルで壁に縫い付け、ジャネットが魔法を叩き込んでいたのだ。黒煙を上げるドラゴンは、最早《もはや》動く様子もない。

「今戻ったぞ」

「あっ、ラセル！」

エマの対処も含め一通り話したところで、エミーが盾を離してジャネットが電撃を撃ち込む。反応がないことを確認すると、興味をなくしたように俺の方に向き直った。

「ラセルは見事に魔法を使いこなしたようだね。驚いたよ」

「空中戦の魔法は、太陽の女神は寄越《よこ》してなかったからな。上手《うま》くいって良かった」

「重畳。こちらはエミーが対処したよ」

「ジャネットの案でお店の屋根から飛んだら、ドラゴンの背中まで届いちゃいまして」

ものすげえ力業じゃねーか、見てみたかったな。

とりあえず、ミラベルが出現させたドラゴンは、これで全て倒した。

新たなものをまた生み出そうとしたら、今度は回復ナシだ。

完全に制圧されたドラゴンに対し、ミラベルは愕然《がくぜん》とした表情で俺達《たち》の姿を見た。

切り札があっさり倒されてしまったのだ、相当な衝撃だろう。

「いくら出しても無駄だ、観念することだな」

「そんな、馬鹿な……」

ドラゴンをこの短時間で対処するのは、さすがに想定外だったのだろう。

しかし当然気になるのは、この力の出処《でどころ》だ。

「ところで……お前のその力、ケイティにもらったもので間違いないな？」

「あの方の名前を軽々しく口にするなァ！」

「肯定、と。分かりやすいな」

「……！」

失言に気付いたミラベルが一瞬瞠目《どうもく》し、眉間に皺《しわ》を寄せてフレデリカの方を睨《にら》む。

「何故《なぜ》……何故何故……私はこうして孤児院のシスターとして……私は偉い……私は『太陽の女神』からも認められ、褒められるべき存在……見返りがなくてはおかしい……」

「見返り……？　私達は、見返りのために、やっているわけでは」

「黙れッ！　持ってるヤツが、私を語るな！　くそっ、フレデリカはいいよなあ、管理メンバーで、立場が上で。あんたには、平凡で終わる私の……分かってたまるか……！」

「──私には、分かります」

ミラベルとフレデリカの会話に割って入ってきたのは、意外な人物。

今までずっと防御魔法を維持していた、マーデリンだった。

「もっとやれる、こんなはずではなかった、私はこんなものじゃない。一方で思うんですよね。自分はこれ以上は無理だ、こんなに劣っている、失敗した、失敗が取り返せない」

「や、やめろ……やめろやめろッ……！」

「全部、何もしていない自分のせいなのに。本当は、まだ死んでいないうちは、何も終わってなんかいないのに。何度だって、自分が動けば取り返せるのにッ！」

マーデリンも、決定的な失敗をした。だがジャネットは、その全てを許した。

今、マーデリンは子供達を守るために立っている。

──まだ死んでいないうちは、何も終わっていない。

俺も、そうだった。

何の役にも立てない、何者にもなれない。

最上位職を手に入れた結果、自分の今までの全てを失ったことに絶望した。

だが、終わっていなかった。思惑はどうあれ、俺に手を差し伸べた女神《ヤツ》がいた。

「あなたは、過去の私を見ているみたい。だから」

マーデリンは振り返り、俺の目を真《ま》っ直《す》ぐ射貫《いぬ》く。

「お願いします」

「分かった」

俺が一歩踏み出すと最後の悪あがきでミラベルが逃走しようとしたので、《シャドウステップ》で隣に移動して腕を摑《つか》み、抵抗される前にその魔法を使った。

「《キュア》」

（《キュア》）

彼女が元々こういう人間だったかどうかは分からない。

だが、もしもケイティが思い通りに動かそうとしていたのなら、やはり何らかの操作をされている可能性もあるだろう。

「……あ……」

ミラベルが膝を折ったところで、孤児院の近くにエマとその部下達がやってきた。

恐らく飛び立つドラゴンを見て、走ってきたのだろう。

「首謀者だ、捕まえてくれ」

「うむ、承ったよ！」

エマの部下がミラベルの手首に枷《かせ》を嵌《は》め、フードを被せて連行する。ミラベルは抵抗することなく、俯《うつむ》きながら黙ってギルドの方へと歩き出した。

さて……まずは、俺のやることをやらないとな。

「……」

俺に注目する子供達に、腕を組んで堂々と答える。

「正義の闇魔法だ。カッコイイだろ？」

少しおどけて言うと、真っ先に「かっこいー！」とルナが声を上げる。

イザベラやマーカスといった大人達が未《いま》だ唖然《あぜん》とする中、ルナと話していた友人達も「かっこいいかも……」「俺あれやりたい」と声を上げ始めた。

子供は柔軟だな。

やや癪《しゃく》だが、やたらと子供好きなシビラの気持ちも分かるというものだ。


街の人は、かなりの人数が俺の闇魔法を目にしたはずだ。

それに対して、好意的な反応であったかどうかは未だに曖昧だ。

いきなり全員に受け入れてもらえるとは思わない。

だが、あいつは確かに言った。

俺の全てを肯定すると。

——なら、闇魔法を隠さない選択をした俺を、もちろん肯定してくれるよな？

12 二人の女神

「う……嘘《うそ》でしょ……」

金髪の女神が、その美しき相貌《そうぼう》を驚愕《きょうがく》の表情一色に塗り、王都の空に指を向けた。王都の空を支配せんとする竜に対し、黒鳶《くろとび》色の男は顔を隠さず、闇魔法を使っている。

一方その隣にいる銀髪の女神は、慌てふためくその姿を見て実に愉《たの》しげに笑っていた。

「アーッハッハッハ！　やったわね！」

「やったわね！　じゃないよお!?　えっ？　ほら、ほらさあ！　覆面被って影の英雄！とか、無詠唱で闇魔法とかの流れだったでしょ!?　あんなに堂々とする!?」

「こんなに狼狽《うろた》えるシャーロットを見られるんだから、やっぱあいつは最高だわ！」

「うわーんシビラの変なところが移ったー！」

シャーロットは纏《まと》っていた女神の静謐《せいひつ》さをかなぐり捨て、頭を抱えて悲鳴を上げた。

その姿にシビラはひとしきり笑った後、目を細めて隣のシャーロットを流し見る。

「でもさ——期待以上だったんじゃない？」

「！」

『宵闇の女神』の未だ愉しげな指摘に、『太陽の女神』は目を見開く。

「英雄譚《たん》に残る【勇者】の命題、名が残らなくても、秘匿されるべき属性で人々を助ける【宵闇の魔卿】の否定命題。あいつは自力で、第三の答えに辿《たど》り着いたのよ」

一人の少女が辿り着いた、影の英雄への期待。

一人の青年が辿り着いた、影の英雄としての在り方の答え。

「アタシも、どっかで『最良の展開』ってのを女神視点で決めつけていた部分があったわ。反省しないとね……事前に『ラセルを舐《な》めるな』って釘《くぎ》を刺されていたのに」

銀の髪をなびかせながら、女神である自身の驕慢《きようまん》な導きを自嘲する。

「相棒《バディ》のアタシが、とっくにラセルがルナちゃん一人のために覚悟決まってたことを見抜けなかった。ずっと姉さんが夢見てきた、待ち望んでいたこの光景が来ることを」

シビラが紡ぐ言葉に、シャーロットは大切な思い出を再確認するように胸に手を当てる。

「私も、彼に安易な答えを渡してしまった。でも、あれが人間の……神々の想像を超えた『英雄』の選んだ、本物の輝きなんだ……眩《まぶ》しいなあ」

何よりも眩しい存在の化身は、何よりも暗い色で放たれる闇色の魔力を眩しそうに目を細めて眺める。今の姿を、目に、心に焼き付けるように。

「ずっと、願ってたわよね。信仰が頑固な油汚れみたいになっちゃった人々から、それに迎合せずとも前向きになれるような人間が台頭する日。姉さんも、だけど」

その言葉に頷《うなず》き、再び闇魔法が走った宵闇の空を見る。

「……うん。『太陽の女神教』……自分が求めた結果に、自分が想像していたより過剰になりすぎちゃって。他のみんなと私に、本来そこまで大きな差はなかったはずなのにさ」

贅沢《ぜいたく》だよね、と金の髪を風になびかせながら女神は天を仰ぐ。

「その結果、プリシラにもシビラにも、肩身の狭い思いをさせてしまって」

「だから、それはもう言わないっていったでしょ。このやり取り何度目よ、姉もさすがに呆《あき》れるわよ。だから——」

シビラは、もう一度確認するようにシャーロットへ一歩踏み込む。

「——ラセルの行動《あいつ》、ちゃんと肯定して、尽力してくれるわよね」

シャーロットは自分の言った言葉を思い出し、それを自分の中で吟味するように目を閉じて数度頷き、満足気に口角を上げる。

「うん。あれだけの覚悟を示されちゃったんだもん、私も本気で前に出るよ」

『太陽の女神』は、青年からのバトンを受け取ったように手を握りしめる。

その意思を大切に、手放さないように。

自分が【聖者】に選んだ人間。彼女にとっては青年どころか、少年とすら呼んでもいいほど年若い人間。

自分が、絶望に落としたと言ってもいい人間。

その絶望と再起、仲間達をも立ち上がらせる彼の、行く末を示す力になれるのなら。

――それは何と、自分にとって救いになることだろう。

青空を写したような瞳の奥で、太陽の女神は王都の戦いを目に焼き付ける。

「さーて、それはそれとして」

シャーロットの内面を知ってか知らずか、シビラはまだ話があるとばかりに言葉を畳みかける。それは、この場に残った理由だった。

「あんたがこのタイミングで出てきた理由、あるんでしょ。他の連中に任せられない上、人に見せられないやつ」

「……うん、あるよ。シビラから報告を聞いた時は、心からチャンスだと思ったし」

「予想はしてたけど、ホントにそれが理由なのね。第八の出口にいたのはアタシ達を待ってたからというのは理由の半分。もう半分は、ここが第七と第九の間だから、でしょ？」

シャーロットは言葉で答えず、代わりに手の中から光る弓を出現させた。

小さく「来た」と呟《つぶや》き目的地へと走り出した金色の残滓《ざんし》を、銀の光が追従した。

「何故……何故だあああああああ！」

シャーロットの足の下で、異形の怪物が悲鳴を上げる。

それは、王都へと何度も魔物をけしかけた、合成獣《キメラ》の魔王であった。

魔王本人も人間の倍近い体軀《たいく》で、ベテラン冒険者ですら歯が立たないだろう。

しかし今、魔王は女神の矢により手足が地面に縫い付けられ、一切身動きが取れない。

それを為《な》した存在は、金髪の隙間から冷めた双眸《そうぼう》で淡々とその巨体を見下ろしている。

誰から見ても、二者の力の差は歴然としていた。

「太陽、太陽さえ沈めば『太陽の女神』はその力を出せないはず……！」

「ええ、確かに太陽の光が届かないダンジョンには、私の力が及ばない。それは正しいです。太陽の力を使えなければ、私は弱い」

「日が沈みきっていなかったからか……！　なら、ならば夜に出ていれば……！」

歯ぎしりする魔王の言葉に対し、隣でその会話を聞いていたシビラは鼻で笑う。

「夜になれば太陽の力がない。いやー、その程度の認識なんだからうけるわね」

「な……何、だと……！」

銀髪の女神は、その髪を自らの色に染め上げる宵闇の空を仰ぎ見て両手を広げる。

夜の始まり。月の光が、誰にも視認できる時刻となった。

「月の女神もいるけどさ……あんた、月がどうやって光っているか、分かってんの？」

「――！」

「あらら、分かってて出てきちゃったんだ。そこまで知識があっても考えが及ばなかったのは、功を焦り過ぎちゃったからなのかしら。気になるわね～？」

震える魔王に、人類の守護神は残酷に告げる。

圧倒的なる、力の差を。

「月の光は太陽の光を反射したもの。つまり――別に太陽が出ていなくても私は太陽の力を使えるのです。何だったら、新月でも完全に力が使えなくはなりません」

太陽の存在は、地上の全てと比較しても圧倒的に大きい。

それは、決して夜であっても変わらない。

人々の絶大なる信仰を得たシャーロットにとって、その光はどんなに小さなものであっても、自らの力を十全に発揮するに足るものであった。

「あなた達《たち》が私に勝てる場所は、ダンジョンの中だけ。ダンジョン内部が光っているのは、太陽の光――つまり、私の力を遮るのも目的なのです。だから他のダンジョンメーカーは出て来なかったというのに」

一旦言葉を止め、シャーロットとシビラはアイコンタクトを取る。

何事かと思う魔王を余所《よそ》に、シャーロットは魔王の顔へ自らのそれを近づけた。

「セイリスの報告は、本当に嬉《うれ》しかったのです。魔王がわざわざ私の手の届く所にまで出てきてくれたのですから。さあ、セントゴダートの魔王さん。今の魔界の話、魔神顕現の話。全部聞かせてもらいますからね」

13 太陽の女神、その真意に迫る

騒動から一夜明けて。

『王都の皆、ごきげんよう。女王シャーロットである』

早朝、王都全体へと鳴り響く竪琴《ハープ》の短い音楽に続いて、セントゴダート女王からの通達が音声で響き渡った。

名を聞いて驚いたが、『太陽の女神』が直接セントゴダートの女王をしているんだな。

音声連絡を王都全体に伝える魔道具の技術レベルにも驚かされる。

連絡事項をまとめると、こうだ。

死者もなく切り抜けられたこと。

怪我人《けがにん》の治療は中央街の治療院か王城で行うこと。費用は王都負担らしい。

強力な魔物によって『守護の魔珠』が破損したこと——あのドラゴンのことだな。

昨日のことを思い出していると……続く言葉に驚いた。

『この魔物を討伐してくださったのは、『宵闇の誓約』というパーティー。先日、黒い魔法を見た人も多いだろう。あれは『闇魔法』という特殊な属性の魔法である』

女王が、その名を示したまま、闇魔法の存在を明言した。

『そのパーティーには、私の友人であるシビラがいる。彼女には、皆の知らない間に魔王の討伐を担当してもらっていた。皆の平和を守る、影の立役者だ』

ちなみに今の俺達は孤児院も破壊されてしまったため、跡地にテーブルを運んでの朝食中だ。シビラは皆の前で「アタシのことでーす！　イエーイ！」と主張している。

こいつはなんというか、どんな状況でも変わらずシビラである。

ここでも案の定打ち解けていた周りの子らは、「ええー？」と生意気な疑惑の視線。

「ねえ、ねえ！」

俺に対して楽しげに話しかける、オッドアイの少女。すっかり皆から受け入れられるようになったルナが、きらきらとした目で俺に話しかける。

「ラセルって、女王様とも知り合いなの!?」

「あー、まあ、そういうことになるんだろうな」

つい先日聞いたばかりの声に、曖昧に頷く。

「フハハハハ！　影の英雄は正体不明！　しかし人々を救う活動をしていることを、女王陛下は知っていたのだ！　王国で一番偉い人ですら、【宵闇の魔卿《まきょう》】には頭が上がらぬ！」

「すげー！　かっけー！」

「ら、ラセルさんが、そんなに凄《すご》い人だったなんて……！」

影の英雄として皆の前で戦った関係で、すっかりルナの支持基盤は完成した。

もう誰も、この突飛な言動をする少女を止めたりしない。必要なくなったからな。

「真なる英雄は、全ての支配者の頂点に立つのだ！　我が右目の『究極心眼《アルティメット・イビルアイ》』も、全ての神と対等である者は、影の英雄のみだと見抜いている！」

「すげー！　超すげー！」

片目を隠すようなポーズでとんでもないことを言うルナに、皆が興味を示している。

……やっぱりどこかで止めておいた方がいいんじゃないか？　当の女神《シビラ》が「イケてるわね！」とルナに悪乗りして同じポーズをしているので、もう突っ込むのは止《や》めるが……。

そんな和やかと言っていいのか分からない朝食中も、女王の固い声による放送は続く。

『──夜もまた、人の営みに必要な存在。王都に住む人には、闇魔法の魔道士のことを認めていただけると信じている。『太陽の女神』も、日が沈んだ夜を大切に想《おも》っている』

そりゃお前が『太陽の女神』だしな。

と思ったと同時に、シビラと目が合った。

こいつもこいつで、シャーロットの言い方に実に愉《たの》しそうに笑っていた。

生真面目な方かと思ったが、このしらじらしい放送からして案外似たもの同士なのかもしれんな、やれやれ。

『放送は、昼と晩にも繰り返し行う。些《いささ》か煩わしいとは思うが、周知徹底するため──』

◇

「──この度は、誠に、誠にありがとうございましたっ！」

ようやく、目的となる『太陽の女神』に会う約束を果たす日になった。なったというか、女王への謁見そのものだったんだな。そりゃ待ち時間も長くなるわけだ。

そんな女王兼女神は人払いをすると、俺達の前で勢い良く頭を下げた。

ちなみに謁見とは言葉だけで、広い部屋にテーブルを挟んで対面している形になる。

俺の左にはエミーとジャネット、右にはシビラとマーデリンが来ている。最初マーデリンが後ろに立って控えようとしたところ、シビラとシャーロットが摑《つか》んで座らせた。

「随分放送と態度が違うんだな？」

「あ、あれは、本当はもっと丁寧に話したいと思っているのですが、シビラが……」

「いやあんた普段のソレ出したらナメられるに決まってんでしょーが。もっとふんぞり返りなさい、地上じゃ乗るだけでどんな男も敵《かな》わないんだから」

「それ、まるで私が超重いみたいじゃない」

「……事実でしょ？」

「待ってそんな真顔で返さないで凹《へこ》む」

女神二人の気楽なやり取りを聞きながらも、俺は目の前に現れた女の様子を見る。

王都セントゴダート女王であり『太陽の女神』でもあるシャーロットは、先日と同様にあまり派手ではない程度のドレスを身に纏《まと》っている。

シビラと話している時のシャーロットは、見た目から比べても少し幼いぐらいに感じる。ただ、これはシビラの普段の性格を考えると、こんなもんだろうという感想にもなるな。女神という存在は、俺達が思っているよりも人間に近いのだろう。

「ああもう……あ、えっと、先《ま》ずは何より、皆様の働きに感謝いたします。こういう時のために、全ての人間に『女神の職業《ジョブ》』を与えましたが……やはり中層以降に挑戦するほどの人はほぼいなくて」

「そりゃそうだろ、命のやり取りになるんだ。第一、危険な探索を推奨しないと決めたのはあんたじゃないのか？」

「はい。『冒険に危険はつきもの』とか、『どんなに危なくても探究心を抑えられない』という考えとともに、自ら危険な場所に乗り出す人もいるのですが」

「そんなヤツがいるのか？」

「いますよ。危険な山に一人で登って、山道を落ちる人。海の深さを知りたくて、そのまま溺れた人。自由意志ですから、止める権利はありません」

へえ……未知の世界を見たいと思う気持ちは分からないでもないが、命を張るほどか。

「……それでも」

シャーロットは、その長い金のまつ毛を伏せる。

「それでも、ダンジョンに命をかけてほしくはない。そう思っています」

「そうか。なら【勇者】の存在は？」

「人々にとっての象徴です。魔王より、人間の方が強い。そう思えるだけの存在がいることは大事ですし、それが過去の存在でないことは日々の安心に繋《つな》がる、と考えています」

日々の安心、ね。確かに魔王を討伐するヤツがどっかにいりゃあ安心もするだろうが、よりによってそれがヴィンス《あいつ》ではな……。

「……一つ、本題に入る前に質問したいことがある。シャーロットは何故《なぜ》あれほどまでに、ルナに疑われることを望んだ？」

昨日は緊急事態だったが故に聞かなかったが、今考えてもあれは妙な発言だった。

俺の質問に対し、シャーロットは少し寂しそうな表情で微笑《ほほえ》み、指を組む。

「その話をするには、私のことを改めて説明する必要があります。『太陽の女神教』は、元々人類を守護することを目的として作った宗教でした」

それは、教義の話を流し読みしたことからも察しが付く。

「自分で言うのも何ですが、『太陽の女神』とは本来そこまで特別な存在ではありません。赤と青に優劣をつけることがないように、昼と夜に優劣はありません。ですが……」

「――人間は、闇を『悪』としてしまった」

俺の言葉を肯定するように、金髪の女神は眉間に皺《しわ》を寄せ頷《うなず》いた。

「シビラは今の状況でも私を責めたりはしませんが……」

再々あることなのか、本当に気にしていないであろうシビラは呆《あき》れ気味に肩をすくめた。

「そんな女神教の影響力が強い王都セントゴダートに、ルナは現れました」

ここまで話されると、さすがにもう理解できるな。

「女神教の孤児院で『影の英雄』を考え出したルナのことを肯定したかったんだな」

シャーロットは頷き、俺と正面から目を合わせた。

「太陽の女神は、間違えることも多いです。私を絶対と思わない上で、そのことを前向きに考え、皆に望まれる存在であってほしい。あなた達《たち》二人の関係は、私の理想でした」

理想、か。……では、本題となるこの質問もしなければならないだろう。

「俺が【勇者】ではなく【聖者】になったのは、あんたが決めたことなのか？」

ずっと聞きたかったこと。

シビラからは【聖者】らしい性格とのことだが、結局のところ上手《うま》くはいかなかった。

正直【宵闇の魔卿】になるかどうかなんて、その時が来るまで運でしかなかったからな。

今となっては、今の状況に不満があるわけではないが、聞かずにはいられなかった。

俺の問いに、シャーロットの答えは。

「はい、間違いありません。私はあなたを【聖者】として最も相応《ふさわ》しいと思いました」

「俺が、ああなると知っていてか？」

「そうです」

分かってはいたが……明確に、肯定したな。

目の前の女神は、大きく目を見開いたまま感情の読めない目で俺を見ている。

「結局、俺がどういう状況になろうと、あんたは知ったことではないというわけか」

「いいえ、違います。私は……他意はありませんが、あなた方人間が好きです。嫌われることは耐えられません」

言う割には、そういう結果にはなっていない。後先考えられないのか、それとも……？

「無理をしてでも……あなたは、【聖者】でなくてはいけなかった。そうしなくては、そうしなくては――」

一呼吸置き、金の瞳が俺を射貫《いぬ》いた。

「――あなた達が、完全に終わってしまう」

完全に、終わってしまう？

一体この『太陽の女神』は、何を知っているんだ？

「唐突な話ですが――私には平行世界《パラレル》という仮定の世界の話を見ることができる能力があるのです。頻発できない上、見えないものも多いのですが」

「ぱら……？」

「多世界解釈。つまり『もしもあの時ああなったら、結果は別だった』という世界の話だよ。バタフライエフェクト……僅かな選択が、最終的にとてつもなく大きな差になって現れるかもしれない、という話とも繋がる」

突如現れた言葉に、ジャネットがエミーへと説明する。

もしもの世界……それは、即《すなわ》ち——。

「——俺が、【勇者】だった世界のことか」

「はい」

「その内容は、俺にも話せるか？　聞かないことには、とても納得はできない」

シャーロットは少し考えるように目を伏せたが、やがて決心したように顔を上げた。

「これは見せるつもりはなかったのですが……ここまで来たからには、私も後には引きません。あなたのためにも、私の見たものを共有いたします」

共有、とは——？

俺が疑問に思うと同時に、急激な眠気が襲いかかってくる。

これは、シャーロットの能力、か……。

「一瞬の出来事としてすぐ目覚めますので、ご安心くださ——」

その声を聞き終える前に、俺達は全員深い眠りに落ちていった。

14 if

女神の選定式。

俺達四人は都会のハモンドまで出てきて、神官の前へとみんなで並んだ。

個人の秘密を守るために普通は一人一人で受けるが、希望すれば俺達のように、団体で受けることができる。

孤児院でいつも一緒の、家族四人組だ。

ホントにいっつも一緒にいるから、墓に入るまで一緒かも。

不思議な板を持つ神官が、俺達を見て驚愕《きょうがく》に目を見開いて俺達と板を交互に見ている。

……何が書かれているんだろう？

神官は一呼吸置いて、その年齢を感じさせる声を聖堂に響かせた。

【魔法剣士】ヴィンス。

【聖騎士】エミー。

【聖女】ジャネット。

そして……【勇者】ラセル。

俺が……あの、【勇者】？

「す、凄《すご》い……！　凄いよ、ラセル！」

「マジかよ!?　おいおい、やりやがったなこいつ！」

エミーとヴィンスが声をかけてくれるけど、実感が湧かない。

でも……そっか。俺が今代の勇者か……！　頑張らないとな！

「上手く、いった……いくとは思わなかった……」

ジャネットも珍しく、喜びの表情を露《あら》わにして自らの手を見つめている。

それから俺達は、孤児院の皆に報告の手紙を出し、それぞれの武器を買った。

ダンジョン探索の日々の始まりだ！

◆

青いダンジョン。初心者向けの上層にあった、子供の喧嘩《けんか》かというほどぬるい魔物の攻撃から大きく変化した中層。

魔物達の明確な『殺意』が、実感を持って俺達を襲ってきた。

「はぁ……はぁ……。勝てないことはないけど、きついなあ」

「おいおい大丈夫か？　なんならオレが【勇者】代わろうか？」

「いやいやできないでしょ。ま、レベルが上がっていけば何とかなるんじゃないか？」

ヴィンスと軽口を交わしながら、魔物の角を切り取っていく。

ちょっとでも稼ぎを上げて、ジェマさんやフレデリカ姉さんの助けになればいいな。

「だいじょーぶ！　ラセルがやられそうになったら、私が守ってあげるね！　なんたって【聖騎士】ですから！」

「うーん、エミーに守られるってのもなー」

「だよなあ？」

「えーっ、ひどい！　今の私、すっごく頑丈なんだよ！」

確かにエミーは、以前と比べて比較にならないほど強くなった。

単純な力だけなら、もしかしたら俺どころかヴィンスでも敵《かな》わなかったりして。

ま、怪我《けが》しても今はジャネットの凄い回復魔法もあるし、大丈夫かな？

ジャネットときたら回復魔法を覚えると言って、杖《つえ》での魔物討伐も頑張るんだよなー。

木剣を振り回した模擬戦も一度もやったことないから、杖でもあんなに戦えちゃうとは思わなくてびっくりしたよ。

いいパーティーだなあ、と素直に思う。これならきっと、魔王も倒せるだろう。

不安なんてない。勇者パーティーの未来はいつも輝いている。

俺の気持ちを後押しするように、エミーの明るい声が気分を持ち上げた。

「絶対にラセルは、怪我させないから！」

◆

失敗、した。

「なんで……どうして……!?」

ダンジョン探索を始めて、何年になるだろう。

準備はしっかりしていたはずだ。レベルも十分に上げた。

光の魔法も、いくつも使いこなせるようになっていた。

今日は初めて、下層のフロアボスに挑んだ。

相手は強かったし、速かった。だけど、俺達の敵じゃないと思ったんだ。

俺もヴィンスも、牛の鉄仮面を付けた巨人に集中していた。

エミーも積極的に攻撃を受けていた。

ヴィンスの剣がフロアボスの腕を焼き、俺の剣がその胸を貫かんと迫る瞬間——ニイ、と牛の兜《かぶと》が笑ったような錯覚を覚えた。

『危ない！』

敵を倒した、という安堵《あんど》と油断。後衛のジャネットの叫び声が聞こえた。

俺達の敵じゃないと思ったんだ。

違った。

この下層のフロアボスは、他の魔物を召喚する能力が一番の力だったのだ。

横からフロアボスに挑発をかけていたエミーが、一番俺のことをよく見ていたのだろう。

俺の後ろへと真っ先に動いた。

振り向いた瞬間——エミーが目の前で吹き飛ばされていた。

壁に頭を打ち付けたエミーに対し、下層で見た牛頭《ごず》の魔物が四体、エミーへ追い打ちをかけるように動いた。

『何やってんだお前らあああアアアアアア!』

下層フロアボスの死体を蹴っ飛ばし、俺は目の前を真っ赤にして魔物を切り飛ばした。

ヴィンスに腕を摑《つか》まれるまで、自分が魔物の死体を無為に切り刻んでいることにも気づけなかった。

怒りの熱が冷めた今、俺の目の前で、いつも冷静沈着なジャネットがエミーに杖を当てて膝を突いている。

「《エクストラヒール》! なんで……どうして……!?」

何故《なぜ》、目を覚まさないのか。そんな理由は一つしかない。

エミーが死んだから。

回復魔法は、死んだ人間には効果がない。

「どうして……どうして……『愛慕の聖女』には、奇跡があったじゃないか……僕じゃ駄目なのか……！」

英雄譚《たん》に書かれた、クライマックス。蘇生魔法《リザレクション》。

その奇跡は、どうやらジャネットには備わっていないらしい。

「…………」

「ちくしょう……うっ、ううっ……」

「……ごめん、エミー……僕に、力があれば……」

無力感。

誰が悪いというわけでもなく、ただ、失敗した。

功を焦りすぎた。

英雄譚の、艱難辛苦《かんなんしんく》の心躍る戦いの、煌《きら》びやかな面ばかり見ていた。

そうでない英雄も、当然いたのだ。

どこか、自分達《たち》が英雄なのだと侮っていた。

呆気《あっけ》なく、人は死ぬ。

何の心構えもないまま、辞世の句もなく。

ただただ無為に、命は物へと変わり果てる。

——やがて、どうしようもなく時間だけが過ぎて。

誰も何も言えなくなった状態で、静かに俺は立ち上がる。

「このまま引き下がるなんてできない。魔王だけは、絶対に倒す」

ヴィンスとジャネットも、無言で立ち上がった。

◆

「ラセル。お前はもう、オレとは無理だよ」

それは突然の言葉だったが、言われた言葉の意味も理由もすぐに分かった。

……あれから、どれぐらい経《た》っただろうか。

俺の唯一無二の親友、ヴィンス。

最強の【魔法剣士】であり、最前線で戦ってきた男。

以前より幾分か髪の長くなった男が、年不相応に苦労を反映させた相貌を昏《くら》く伏せる。

俺の隣には、ヴィンス以上に髪の伸びたジャネットがいる。この言葉を予想していたのか、驚きはないようだ。

「理由は、言うまでもない……よな」

「もう探索に付いて来ることができないか」

「ああ」

かつて、誰よりも負けず嫌いで、誰よりも力を追い求めた冒険心の塊だった男は、その旅の終着点を自ら選んだ。

こいつも大人になった、ということだ。

「オレだって、まだまだいけると思ってるぜ。でもな――」

テーブルに載せた自分の手から、俺の目へとヴィンスは視線を上げる。

その目には苛立《いらだ》ちか、それとも諦観か。

一言で形容できないほど、複雑な感情があった。

「――今のお前とは無理だよ」

ずっと家族だと思っていた親友の、明確な拒絶の言葉。

「正直、お前の戦い方にはついていけねえ。ハッキリ言うぞ。今のラセルは、魔王を倒す目的が二番目だ」

「俺の魔王討伐が、二番目だと？　なら一番は何だというんだ」

「自分の死に場所を探している」

ヴィンスの言葉に反論しようとして……否定する言葉が出せなかった。

――死に場所。

結局あれから俺達の中で心が癒えることはなく、戦えば戦うほど『あの時も何とかできたんじゃないか』という後悔の念が強くなるばかりだった。

いつも一緒にいたから、突然家族がいなくなった心の穴を埋めることができなかった。

結局、時間が傷を癒すことはなかった。

「オレは今更そういうお前を責めはしねえよ。でも、地獄の底まで連《つる》む気はねーからな。ジャネットだってそうだろ？」

そうだ、この問題はジャネットも共通している。

ヴィンスに問いかけられたジャネットは、長い髪を横に波打たせて否定した。

「僕は、ラセルと最後まで一緒にいるつもり」

「……それが破滅の道だとしてもか？」

「そう」

あれ以来、一切表情が動かなくなったジャネットが、いつもと同じように淡々と答える。

自分の生死が関わる状況も、ジャネットはそれほど興味がないらしい。

ヴィンスは一言「そうか……」と言って、立ち上がった。

「もう行くのか」

「ああ。オレはアドリアにでも戻るわ。生きていたら会うこともあるだろ。……生きていたら、な」

最後にそう言い残し、ヴィンスは部屋から静かに出た。

「これは……やってしまった、な……」
ダンジョンの、底の底。
もう何度見たか分からない、灰となった魔王の亡骸《なきがら》の隣で、俺は地面に倒れていた。
呼吸が苦しい。魔王が、永続的に続く毒を室内に敷き詰めてから死んだのだ。
身体《からだ》が全く動かない。
辛うじて、首と口は動くぐらいだろうか。
俺と同じように倒れたジャネットを見ると、俺の方を見ていた。
いつものように、感情の見えない顔だ。
治療魔法《キュア》が来ないということは……強行軍による魔力枯渇なのだろう。
毎度毎度、捨て身で挑んでいるようなものだった。
こういう日が来ることは、分かっていた。
あの日のヴィンスの顔が、思い出される。
やはり、俺は、こうなりたくて進んできていたのだろうか。

「……すまなかったな、色々付き合わせて」

「いや……僕も……そう、僕も……」

俺の言葉に、ジャネットは静かに目を閉じて首を横に振った。

「僕も、同じなんだ……。死に場所、探していた……後悔、していて……。……本当は、ね。僕は、【聖女】に、向いて、なかった……」

「そんなことは……」

「ラセルには、まだ魔力、あるんでしょ……。僕には、もう、ない……。キュア、が、出ない……。これじゃ、『聖女伝説』、には……まるで、及ばない……」

「……」

本を読み漁《あさ》り、中でも『聖女伝説』を熟読してきたジャネット。

そんな彼女だからこそ分かる、伝説の英雄と矮小《わいしょう》な自分との乖離《かいり》。

「……向いていなかったのなんて……俺も、同じだ」

「……」

ジャネットは、俺の言葉を否定しなかった。

無責任な慰めが、最も残酷であることを知っているから。

代わりに、彼女は最後の力を振り絞って俺の指に触れた。

「今でも、思い出すんだ……木陰で、小さい僕が、重い本を膝に載せて……。目を向けると……眩《まぶ》しい、緑の庭……鳥の鳴き声……」

「ああ……」

「……フレデリカ、さんが……お昼、呼びに来て……日向《ひなた》に出た、太陽の暖かさ……土の、匂い……三人を、呼んで……」

「あの時が、一番幸せ、だったかもな……」

「……。……欲、出し過ぎた、罰……。【聖女】に、なれる、と……本当は……欲、深い……僕の……」

ジャネットから発せられる、全ての音が途切れる。


全て、失った。

輝いていたはずの未来は、静かに夜を迎える。

信じていれば願いは叶《かな》うわけでもなく、努力すれば届くとも限らず。

ただ、当たり前のように刻限が訪れただけ。

「ああ、本当に——」

薄れ行く意識の中。

俺は誰も聞いていない空間で、自分に言い聞かせるように最後の言葉を呟《つぶや》いた。

「——俺は【勇者】に、向いてなかったな……」

15 女神の選択、皆の選択、そして俺の選択

深い湖から浮き上がるように、目が覚める。

今眠っていたのが一瞬だったのか、それとも長い夢を何年も見ていたのか。

不思議な感覚のまま、自分がようやく現実に戻って来たことを認識した。

「今、のは……」

「私とあなた達が見た内容は、正確に一致してはいないかもしれません。ですが、近いものを見た、ということだけはお伝えしておきます。……この選択肢は、あまりにも惜しい。そう思い、私はこれを意図的に外しました」

俺から出た問いに、女神は答えた。さっきまで見ていた内容と、近いものを……か。

寝起きに夢を覚えていることは少ないが、今の夢は正確に覚えている。

【勇者】になった俺。俺を庇《かば》ったエミー。最後まで共にいたジャネット。

あの日と同じ――だが決定的に違う、ヴィンスの言葉。

自分達の生涯を、鳥瞰的《ちょうかんてき》に見下ろしていた。

確かに自分達であることには違いないのに、あまりに違う人生。

「あれが、僕の末路か」

隣にいたジャネットは、帽子を脱いで大きく息を吐いた。

「やりたいことと、得意なことは違う。分かってはいたつもりだったけど、現実を見せつけられたな……」

アドリアの孤児院で聞いた、ジャネットの独白。

それは俺にしか告げられていない、ジャネットの願望。

【聖女】になりたかったジャネットの願望と、俺の存在。

まるで、【勇者】になりたかった俺とヴィンスの関係そのものだった。

自らが望んでいた女神の職業《ジョブ》を得たからといって、その結果が理想通りになるとは限らない。

それを見越して、『太陽の女神』は人類全員の職業《ジョブ》を選んでいるのだろう。

そこまで考えて、ふと気になった。

「なあ、シャーロット。あんたはこういうものを、今を生きている人間全員分見てきているのか？」

「はい。一人一人の内容が正確とも限りませんし、シビラが干渉してからのラセルさんも見えませんでした。ですが、おおよそ知識として私一人で全員を把握しています」

そうか、これを、人類の全員分か……。

俺にとって、あの日の絶望と折り合いを付けるのは難しい。

それほどまでに、幼馴染《おさなな じ》みの役に立てなかったことは大きかった。

こんな運命を強いる『太陽の女神』を信じる気にはならなかった。

だが、俺がこうなると分かった上で……俺を生かすことを優先して【聖者】にしたのか。

その結果、俺に恨まれることになったとしても。

しかし、だ。

「エミーはどうなんだ？」

それだけが、引っかかった。

エミーは今の現実でも、夢の世界でも、本気で命を張った。俺の蘇生魔法《リザレクション》で結果的に生きているが、どちらの世界でも命を落としてしまっている。

その問いに答えたのは、エミー本人だった。

「後悔してないと思うよ」

一番狼狽《うろた》えているかと思ったエミーは、不思議と冷静であった。

「元々守りたいから【聖騎士】になったと思うし、最初に死んだことそのものは、誰かが先に犠牲になるのより全然まし。あの世界の私も、きっと納得した。多分私、何度でもあいう選択するんだろうなあ」

だけど、と続く。

「その結果二人が死んでしまうんじゃ、意味ないよね。ラセルやジャネットのためにも、死なないように頑張らなくちゃ」

「なるべく怪我《けが》もしてほしくはないんだが……」

「あはは、それは無理」

エミーは全く無理している様子もなく、当たり前のことのように答える。改めて、明るいエミーの芯の強さと、その願いの本質を見たように思う。

こいつは自分を大事にすることすら、俺達《たち》のためなんだな。

「【聖者】ではない俺、か。想像したことはなかったが……」

未《いま》だにダンジョンの最奥で倒れた感覚が残っている。それほどまでに、今の夢はリアルで恐ろしく長かった。無詠唱を知らず、治療《キュア》魔法を覚えなかった俺の末路。

「それでも」

考えに耽《ふけ》る中、シャーロットは口を開く。

「それでも、本当にこの選択が正しかったのか、分からないのです。あまりにも、あなたへの負担が大きすぎた。こんな私に、太陽の女神としての資格など……」

「それでも選んだんだろ？」

「はい。恨まれるのは一番嫌ですが……恨まれても仕方ないと……」

……こいつは、ずっとそんなことを考えていたのか。

俺は再びシャーロットへと向き直る。

一度、諦めかけた俺の冒険。

一度、失いかけた俺の職業《ジョブ》。

新たに得た、俺だけの職業《ジョブ》。

新たに得た、俺だけの名前。

――『黒鳶《くろとび》の聖者』。

俺をそう呼んだブレンダに。

俺を信じて『太陽の女神』と引き合わせる判断をしたシビラに胸を張れる選択。

それでいて、俺自身が俺を認められる選択。

「一つ、俺からの頼み事を聞いてもらっていいか」

「ら、ラセルさんから私にですか？　はい！　可能なことでしたら何でも！」

「お前自身をそんなに責めるな」

俺の願いに、シャーロットはいかにも『きょとん』というような顔で目を瞬《まばた》かせる。

「……？　えっと、願いはそれだけですか？」

「それだけだ。これは結局のところ、俺の人生だからな」

あのまま誰とも和解できず終わっていたら恨んだかもしれないが、俺は面白女神《シビラ》に選ばれたのだ。

シャーロットが選び、ブレンダが選び、シビラが選んだ。

様々な選択の結果、俺は今の俺を選択した。それは何より、俺の意思によるものだ。

自分が納得して【聖者】を残したのに、その【聖者】を与えた本人が自らを責めるのは本当に落ち着かない。……これも、あくまで俺の気分のためだな。

もう一つ。俺は、先日思いっきり闇魔法を使う選択をしたわけだが。

シビラがその時のシャーロットを面白おかしく話すものだから、よっぽどいい反応だったんだろう。俺も是非見てみたかったところだ。

ま、意趣返しとしてはこんなものでいいだろう。

「その責任をお前が感じていることそのものが、むしろ大きなお世話だってことだ」

「えっと、憎い私が苦しんでざまあ！　みたいに思ったりしないんですか」

「お前は俺を何だと思ってるんだ、叩《はた》くぞ」

「あっ、一度叩《たた》かれてみたいです」

いや、何でだよ……今の発言、完全に変なヤツだぞ。

やっぱりこいつも相当な変わり者だよな？　シビラとエマの友人だけあって。

ほんと、なんでこんなに気易《きやす》さを求めるんだろうな、女神達は。

癪《しゃく》なんで、希望に添って叩くことはしないでおく。……それはそれで、相手を気遣っているようで妙な感じではあるが……。

何故《なぜ》かやたらと嬉《うれ》しそうな顔をしだしたシャーロットに呆《あき》れつつ、今まで黙していたシビラに話の本題を振る。

「もういいのね」

「納得できるかと言われれば断定はできないが、少なくとも一定の答えは得られた」

「うっし、それじゃあアタシの話ね」

セントゴダートに来た、最初の目的。

それは、ケイティの仲間として洗脳されていたマーデリンの言葉が始まりだった。

『シビラの姉プリシラに会う』

かなり遠回りになったが、結果的にルナの問題も解決できたので良かったのかもな。

「『天界』にみんなで行くけどいいわよね」

「このメンバーなら……うん。天界に連れて行きたいと思える人だもん。ようやくこっちの願いも叶うんだなあ……。でも急だね？　何か用事あるの？」

「姉に会って、話を聞くわ」

シビラの出した答えに、シャーロットは驚きを隠せない顔で息を呑《の》む。

「そう、なんだ。シビラも変わったね」

「そもそも降りてきた時点で大分変わったでしょ」

「そうだったね」

シャーロットは最後に応えると、立ち上がって目を閉じる。直後、カーテンが一斉に閉まり、扉の方でガチャリと音がした。

次にシャーロットは、部屋の奥にある壁に触れた。すると壁の一面が消え、別の場所へと続く通路が現れる。

「こちらへ」

シャーロットが歩いた先にあったものは、俺の知識には全く存在しないものだった。

そこにあったのは、空の果てまで続く巨大な魔力壁の円柱。

あまりにも非現実的な光景に驚く俺達へ、シャーロットはこの場所の答えを言った。

「ここが『天界』へと移動できる場所です」

今日は驚くことばかりだな。神々の世界へ繋《つな》がる道が、王城内にあったとはな……。

魔法陣の描かれた場所に、足を踏み入れる。

ここから、神々の住まう『天界』へと向かうのか。

「そういえば、結局俺の用事だけで終わらせてしまったな。エミーとジャネットも、個人的にシャーロットと話があったんじゃないのか？」

先ほどの『もしもの世界』へと意識が飛ぶという衝撃的な体験が俺の用件で出てきたため、その驚きが大きすぎて事前に何を話すかという部分がふっとんでしまった。

二人とも話があったはずだよな。

「あっ。あー、そっか。でもシャーロットさん、時間あります？」

「いつでも魔法陣は起動できますし、エミーさんさえ立ち話でもよろしければ」

「はい！　それじゃあえっと、好きな話は何ですか？　興味あります！　ちなみに私は『愛慕』です！」

ここに来てやっぱりそれかよ。ある意味そのぶれなさは凄《すご》いな。

「『愛慕』はやっぱり定番ですよね！　個人的には『祈り』も激しい愛で憧れます」

「えっ、『女神の祈りの章』ですか？　本人は未婚……だったような？」

「あの方は、【勇者】を選ばず純潔を女神に捧《ささ》げた清廉な女性である描写ばかりありますが、本命は【剣聖】の方なんですよ」

「え……えええええええええ――――っ!?」

女神からもたらされる情報の衝撃にエミーが驚いている反面、ジャネットは一瞬瞠目《どうもく》しつつも、納得したように何度も頷《うなず》いていた。

「そうか、そうだったのか。確かに祈りの聖女は、聖女に対応した『勇者伝説』において、私生活での場面が少ないのが逆に不自然なぐらいでした。それはつまり……」

「はい。勇者主観と第三者視点で編纂《へんさん》された『勇者伝説』では、必然的に私生活で聖女と会う機会が少なかったため描写が少ないのです。わざわざ太陽の女神《わたし》から隠れるように、二人は夜だけ会って秘密の恋をしていたんですよ。情熱的ですよね」

それを勇者は『婚姻を女神に捧げた』からだと思っていたが、聖女視点だと単に剣聖と関係を持っていたから勇者へわざわざ会いに行かなかったというわけか。

なるほど、さすがキュア・リンクを隠していた聖女様なだけはある。……もしかしたらこの情報に全く驚いていないのは俺だけかもしれないな。

「貴重なお話でした……！　書かれていない所にも、ラブロマンスはあるんですね！」

「お楽しみいただけたようで何よりです」

エミーの話が終わり、ジャネットが手を挙げた。

「僕からは二つ。シビラさんは【魔道士】だけど、シャーロットさんもそういう能力があるのですか？」

「私ですか？　なら、見てもらった方が早いですね。幾つかの複合ですが――」

そう告げると、手元にタグを出して自らの情報をあっさりと出した。

『セントゴダート』――シャーロット【弓術士】レベル100。

唐突に現れた情報の圧倒的な数字に俺とエミーが驚いていると、ジャネットは違う場所を見て驚いていた。

「……弓の職業《ジョブ》ですか。なるほど、これは特別ですね」

「この職業《ジョブ》が、か？」

俺の疑問に、ジャネットは一つの問いで答えまでの道を示した。

「ラセル、僕達は何のために、女神の職業《ジョブ》を得ている？」

「……そういうことか」

俺達は通常、ダンジョン攻略のためにこの力を使っている。

弓は、狩りをする時以外に使う場合は……過去に遠い国の戦場で使われた記録がある。

盾を持った重戦士の後ろで、前衛に当たらないように敵の陣地目がけて空に一斉掃射する。

それが弓矢の基本的な使い方だろう。

攻撃魔法と弓矢の違い。それは、重力に引かれて遠距離攻撃が地面に落ちていくことだ。

壁や細い鍾乳石《しょうにゅうせき》など障害物に当たったときも、魔法ならある程度問題なく到達する。

ダンジョンにおいて【弓術士】という職業《ジョブ》は恐らく、かなり向いていないはずだ。

だが、それが太陽の下なら。

「つまりレベル100であることよりも、ダンジョンで使えない弓矢を専門とする職業《ジョブ》を有していることが、シャーロットが『ダンジョン探索を専門としない存在』であることの証明になるということか」

「ん」

ジャネットが早々に出した結論に、シャーロットは実に嬉しそうに答えた。

「理解が早いです！　さすが未来の政務を担う存在！」

「僕にそんな能力はありませんよ」

「まただ、謙遜してますね。——さて、そろそろ魔法陣を起動させる時間です。皆様は真ん中の方に寄ってくださいね」

シャーロットに促されるまま魔法陣の中心に、俺達《たち》五人は立った。

「ところで、マーデリン」

「は、はいっ!? な、何でしょうかシャーロット様……！」

名前を呼ばれると思っていなかったのか、それまで黙して付いてきていた元天界の上級天使は盛大に驚きの声をあげる。

「もう……シビラは様付けしてないんだから、私も気さくに呼んでほしいなー？」

「めめめめ滅相もない……！　シビラさんの時点で気絶しそうなんですよ……！」

その命令を下した当のシビラは、「ちょー楽しい」と満面の笑みである。

この変人集団を取り扱っているんだから、天界の天使は大変そうだな……。

「さすがに遊びすぎると嫌われかねませんね。では本題に入ります」

「え、えっと、はい……何でしょうか……」

「——『選択』をしてくださり、ありがとうございました」

シャーロットは姿勢を直すと、マーデリンに向かって頭を下げた。

女神であり女王である相手の姿に、マーデリンは慌てて地面に膝を突く。

「お、お顔をあげてくださいませ！　私は、私はそんな言葉をかけていただけるような者ではないのです！　元々、私は……」

マーデリンは、言葉を詰まらせながら俯《うつむ》く。反省の色が濃いその姿に、当の被害者であるジャネットは呆れ気味に溜息《ためいき》を吐《つ》いた。

「何度も言ったけど、僕は気にしていない。それよりも……僕からも改めて伝えたい」

ジャネットもマーデリンと視線を合わせるように膝を突き、その肩に触れた。

「フレデリカさんを守ってくれてありがとう。僕は、本当に、心からあなたが仲間になってくれて良かったと思っているよ」

「ジャネットさん……」

「あの人には、一生かけても返しきれないほどの恩がある。あなたがいなかった場合を、想像するのすら怖い。この旅でのマーデリンさんは、僕にとって一番必要だった存在だ」

ジャネットに続き、シャーロットも目線を合わせるようにしゃがみ込み、金髪を揺らしながら優しげな視線をマーデリンに送る。

「本来、天使は天界の運営を円滑に行うための存在。指示に従うことは簡単ですが、自ら考えて動くのは苦手なはずです。ですが」

太陽の女神は、その手で緑の髪の中にある頰へと触れる。

「マーデリン。あなたは地上に降りて、自ら考え、自ら選択して人間の役に立った。それは私が最も望んでいた、自立の証《あかし》です」

「――っ」

太陽の女神自らによるねぎらいの言葉に、マーデリンは目を潤ませる。

「私は……私は自分の意思を奪われて……、もう全てが、取り返しのつかない失敗に終わったと思いました」

「ええ」

「でも……何もしないままでは、終われなくて……！」

マーデリンの、先日の姿が思い出される。

ミラベルに言葉を叩《たた》き付けたマーデリンは、自らに言い聞かせるようだった。

きっと彼女は、自分の抱えていたものをここで解消できたのだろう。

「マーデリン。あなたさえ良ければ、天界での役目を終えた後は再び地上に戻って、彼等《ら》の助けとなってください」

「はい……必ず！」

明瞭な返事をし、胸を張って立ち上がる緑の髪の【賢者】マーデリン。

そこにはもう、ケイティに操られて以来俯いていた気弱な天使はいなかった。

ふと、ジャネットが思い出したように声を発した。

「そういえば、一つ聞き忘れていたことがありました」

「はい、何でしょう？　そろそろ動き出しますので、軽くでしたら」

「分かりました。歴代の【勇者】は、主に貴族階級の者が選定されていました。何故《なぜ》今回は、ここにいない僕達の友人なのでしょうか」

ジャネットの疑問は、俺にとってもだった。田舎村アドリア出身だもんな、あいつ。

シャーロットの回答は……疑問の答えであり、更なる謎を呼ぶものだった。

「何故と言われましても、ヴィンスさんが貴族か、近しい者の血筋だからですが……。それに、冒険者パーティーも大抵、近しい者で組みますよね。そのため、勇者の周りの人は相応の血縁者か関係者か、もしくは上位職になります」

「ちょっと待て、ヴィンスは貴族なのか？　つーか、孤児院育ちの俺達の親が誰か、シャーロットには分かるのか？」

「シビラから話を聞いたときは、本当に驚きました。今回の勇者パーティーは、孤児院から出たのですね。……お答えしたいのはやまやまなのですが、どの家かまでは分からないのです。これは自分の性格を考え、選定で家を見ることを意図的に封じているのです」

その言葉を最後に、足元が光り身体《からだ》が浮き上がった。……時間切れか。

今、俺達は上空へと物凄い速度で進んでいる。足元にはボスフロアで再々見ている魔力壁があり、その半透明の魔力壁から下は、ガラスのように全てが見渡せる。

凄《すさ》まじい光景だ。だが、エミーですら今の状況ではしゃいだりはしなかった。

「なあ、シビラ。シャーロットは確かに『貴族の血筋』って言ったよな」

シビラは首肯しつつも、腕を組みながら「う～ん……」と唸《うな》った。

「断言が入った以上、どっかの貴族かその関係者筋なんでしょうねー」

ヴィンスが、貴族。若干納得いかない気持ちもあるが、それに意識を割くことはない。

何故なら……俺も、そうである可能性が高いからだ。

あの夢の中で、確かに俺は【勇者】だった。俺の周りも、変わらず上位職だった。

シビラはシャーロットの答えに対し、むしろ得心が行ったかのように頷いた。

「改めて考えると、納得するわね。あんたやジャネットちゃんの、妙に教養あるところ。多分物心つく前、本読んでる親の姿を見てたのかもね。似るのよ、そういうとこ」

そういうものなのだろうか。親と言われたところで想像するのは、ジェマ婆《ばあ》さんとフレデリカだけだな。むしろ本はジャネットの影響で俺が読んでいた部分もある。

剣は、何かしら親の姿を記憶の彼方《かなた》で覚えているのかもしれないな。

勇者になるかどうかとは関係なく、貴族の男子は剣を習う。俺が捨てられる前に剣を持たなかったとしても、父の背中を見ていた可能性はあるだろう。

「それにしても、シャーロットの配慮癖が悪い方向に出ちゃったわねー」

「配慮？　どの家か分からないよう自分の力を意図的に封じたことがか？」

「ええ。力ある貴族に偏ることはもちろんだけど、恐らく適さない貴族にも満遍なく機会が訪れるのを避けたのよ。あいつ判官贔屓《ほうがんびいき》あるし、その人の性質を見て能力与えつつも過干渉にならないよう、選定を完璧な無作為《ランダム》にしたかったのね」

ああ……あの女神、無理に平等にしようとして失敗しそうな性格はしているな……。

「私達の出自、かあ」

ふと、エミーが誰に言うでもなく独り言を発した。

「ラセルが本当に王子様だったり、えーっと……ローソクかもしれないんだよね」

「貴族の世継ぎ男子は、ローソクじゃなくて令息だよ」

「それそれ」

感謝するぞエミー専用翻訳家ジャネット、危うく俺がランプにされるところだった。

「じゃあさ、じゃあさ――」

ここで何故かエミーが目を輝かせて、ぐっと身を乗り出してきた。

「――私が本当にお姫様って可能性も、あるのではっ!?」

おっと、そういう方向での考え方もありか。

すっかり俺は、太陽の女神でも俺の出自が分からない以上、自分が何者であるかを解明することがかなり困難になったことに頭を悩ませていた。

エミーはむしろ、この話題から好意的な部分を摑《つか》み、前向きに考えていたわけだ。

明るく考えられる彼女に、アドリアでジャネットがかけた言葉が思い出される。

「なるほど、確かにエミーは『お日様』だな」

「ん？　んんっ？　太陽はシャーロットさんだよ？」

そういう意味じゃないんだが、なんだかそういう反応も気が抜けてていいな。

当のエミーがきょとんとする中、明るさに当てられてシビラもジャネットも頬を緩めた。


結局どれだけ考えたところで、自分の親が誰か分かるわけではない。

それに、フレデリカやジェマ婆さんがずっと家族だったし、親がいなくて寂しいと悩んだことはなかった。それで、十分。

俺が王子かもしれない。言葉にすれば重大な話だが、それすらも今は些末《さまつ》だ。

——神と天使の住まう『天界』。その地に人類で初めて到達する。

どんな王侯貴族も、空から世界を眺める権利や能力は有していないだろう。この光景は、ここにいる三人の特権なのだ。

ならば今、俺達だけに許されたこの時間を、贅沢《ぜいたく》に堪能させてもらおう。

16 神々の住まう場所、天界へ

どんどんと空へ昇っていく、魔法陣と俺達。不思議なことに、馬車に乗っている時のような、身体への違和感はない。景色だけが変化していると錯覚するほどだ。

エミーのお陰で少し心に余裕が出て来たことで、周りの景色を意識し始めてきた。

足元で小さくなっていく、俺達の世界。世界最大と思われていたセントゴダートの城下町ですら、今は俺の手の平の中に収まるような大きさになった。

地上から遠くの建物を見るのとは全く違い、遠近感がなくなり不思議な感覚に陥る。

「これが、世界か……」

ふとジャネットが遠くを見ながら呟《つぶや》く。

セントゴダートの南側、ハモンド方面。アドリアの更にその南はセイリスだろう。

さすがにセイリスの街までは詳細に視認できないが、大体の場所は分かる。

何故なら、陸地の向こうに海が見えたからだ。

「広い……世界はこんなに広いんだ……」

「俺も驚いた、海の大きさにはな。とはいえ、本当に陸地より大きいとまでは今の今まで信じられなかった」

「ここまで高い位置に来たら、さすがに信じるしかないね」

俺達《たち》人間が住む世界は、本当に小さなものだ。どれだけ開拓しても、まだまだ陸地は平地や山ばかり。それですら、海に比べたらとても小さい場所。

ふと、セントゴダートの東に位置する大規模な都市を見た。

「ああ、『バート』ね」

「話に出ていた帝国か」

「そう」

シビラも視線をそちらに移し、皆で帝国領を見る。

セントゴダートとは違い、全体的に建物が黒っぽいというか、厳《いか》つい感じがする。

「なんか怖そう……」

エミーの何気ない呟きに、シビラは頷《うなず》いて説明をする。

「ハモンドからマデーラまでセントゴダート王国領なのだけど、バートから東は帝国の領土。交流がないわけじゃないけど、特別仲がいいわけでもないわ」

「いずれ行ってみる機会があるだろうか」

「セントゴダートに比べると、あまり楽しい場所ではないわよ？」

「それでもだ」

まだ見ぬ世界の数々。こうして空を飛ぶと、シビラの言った通り海に比べての陸の小ささ。更にその中でもあの王都すら小さく感じる大陸の広さを感じてしまう。

訪れた街にも、出会った人々にも、その場所ならではの特色があった。

——それにこいつ、楽しい場所ではないと言いつつ結構カジノ行っていたんだよな……。

突っ込みを入れる前に、俺達を乗せた魔法陣は雲の中へと入っていく。

それに伴い足元にあった王国も帝国も、視界から消えた。


低い雲と高い雲の間の空間や、それらも全て足元になる上空まで来た。

最早《もはや》上空には、雲など何一つない。

それどころか、普段見ている空よりも幾分か青が深く見える。

「……あれは？」

何もないはずの上空に、薄《うっす》らと何らかのものが存在しているのが見えた。

俺の問いに、シビラはあっさりと答える。

「天界よ」

その返事を聞いているうちにも、見えづらかったものが明確に現れてきた。

何か、大きな天井のようなものが空全面に現れている。

不思議なことに近づけば近づくほど空の青が薄くなり、自分達の姿すら日光から遮られて見えづらくなっていく。遠くにいると見えないような物体なのだろうか？

広い広い、大きな一枚の板が迫ってくるようだった。すっかり夜のように、辺りは暗い。

「これは、近づくほど現れるのか？」

「そういうこと。地上からじゃ絶対に見えないわ」

すっかり一面の黒い天板となった上空に、小さな光がぽつぽつ現れる。

光は次第に大きくなり、それが唯一の空いた場所であることに気付いたと同時に、俺達を乗せた魔法陣は減速しながら穴の中へと近づく。

遂《つい》に魔法陣が穴の中をくぐった瞬間、視界の中に広大な大地が現れた。

「これが、天界か……！」

眼前に広がるのは、凄まじく広い平坦《へいたん》な大地と、遠くに透明なガラスだけでできた建物。

ここに来て初めて、あの広い天板が『天界の地面』なのだと気がついた。

地面は精製された鉄のように滑らかで、それがタイル状にどこまでも続いている。

見ると、道となる地面側が勝手に動いているな。

仕組みは不明だが、最早馬車を用意するまでもなく待っているだけで目的地に辿《たど》り着けるというわけか。

「すっごい綺麗《きれい》！　なんか、城下町とはまた違った感じ！」

「王都ほどの密集した熱気はなくとも、洗練されたデザインを感じる。凄《すご》い場所だ」

エミーとジャネットも、天界の光景に感嘆の声を上げた。

「久々に帰ってきたわねー、このいかにも無駄を削《そ》ぐこと以外考えられなくなっちゃった感じ！　もうちょっと変なモノ建ててもいいと思うんだけど」

「シビラが手を出すと、相当変なモノが建ちそうなのでやめろ」

「アタシをエマと一緒にしないでくれない？」

エマはエマで大概だが、お前はお前で面白さ全力のモノ選びそうだからな。

そんな会話をしていると、遠くから動く地面に乗って一人の女性がやってきた。

「シビラ様！　お久しぶりですね！」

「よっ、フィー。宇宙一可愛《かわい》いアタシが帰ってきたわよー」

「ふふっ、すっかり前向きになられて。ところで、そちらの方々は……えっ、リン？」

淡い茶髪をセミロングに伸ばした女性であり、一般的なメイド服を着た姿だ。

フィーと呼ばれた女が、俺達に視線を移す。リンとは、マーデリンのことのようだ。

「マーデリン以外の三人は、人間よ。シャーロットの案内でコレに乗ったわ」

シビラが靴を鳴らし、足元の魔法陣でできた透明の地面を叩《たた》く。

「遂にシャーロット様が……!?　あの、地上で生まれた方なのですよね？　わあ……本当に人間様なのですか？　これ、出したりしない人ですか？」

フィーはそう言うと、突如背中に白い羽を発現させてふわりと飛んだ。

「いや、ないな。どうやってるんだ？」

「凄い……本当に、人間様！　初めて見ました！　あっ、ちなみに肩とかと同じ要領で動かしてます！　結構力がいる上に魔力も乗せないと落ちるので割と大変です！」

俺からすると人間の何が凄いのか全く分からんが、どうやらフィーにとって俺達は相当に面白い存在らしい。どう考えても羽の生えた人間の方が珍しいよな……？

「これは是非、案内しないといけないですね！　ていうかリンはどったのさ」

「王都で孤児院の人間達と遊んできたよ。超可愛かったんだから」

「待って嘘《うそ》でしょ!?　なんでーっ、ずるい！　私も子供の海の中で溺死したいっ！」

「いいでしょー」

実に新鮮な反応で、思わずエミーやジャネットと顔を見合わせる。

「アタシももうちょっとゆっくり遊びたいところなんだけど、今日は用事があるの」

「用事、といいますと？」

シビラは一旦話を止《や》め、一度深呼吸をしてからフィーに話す。

「姉に会いに来たわ」

フィーの方もそれで何か察したのか、真剣な顔で頷いた。

「……分かりました。少し区画が変更されていますので、私が案内します」

どうやら、ただ姉に会うというだけではなく、込み入った事情がありそうだな。

フィーの先導により、動く道へと足を乗せる。ゆっくりと進む地面は奇妙な感覚で、何の振動もなく俺達を前へと移動させてくれる。

道を囲う手すりにもたれかかると、手すりごと移動しているのが分かった。

「凄いな、これ」

エミーやジャネットも、驚きに声を上げていた。速度はないが、これなら荷物を含めた移動に馬車すら不要だろう。

天界の者と言われても、正直俺から見て目の前の女性はただの人間にしか見えない。

「なあ、シビラ。先ほどの話から察するに、ここに人間が来たのは俺達が初らしいが」

「そーね。三人が初めて天界に来た人間で合ってるわ」

歴代の勇者達でも体験したことがない世界に踏み入れているとあらば、この光景もしっかり目に焼き付けないとな。

エミーは「わー」と感嘆しながら手すりに身を預け、ジャネットは真剣に周りの建物の形状を見ている。分析か記憶か、何にしろ間違いなく地上では得られない知識だからな。

「こんな街でも、楽しんでいただけているようで何よりです」

「何だ、フィーはそんなに好きじゃないのか？」

「んー、そういうわけではないのですが……基本的には。天界にはメンテナンス……掃除や管理を必要とする植物や昆虫がいない上、劣化というものがない素材でできています。

見栄えはいいのですが、さすがに一度完成した街は見慣れすぎますね」

その『完成』という単語に、つい先日シビラが話していた内容が頭をよぎる。

セントゴダートの、いかにも斬新で真新しい店や、古めかしくも伝統を感じる店。楽しげな様子が分かる看板や、難解で初見では読めない看板。

大通りに面した店や、細い路地が似合う店など。その全てが街を彩るものであり、どこかに自分の好みに一致した店があるだろうと思わせてくれるものだった。

「天界は、いい場所ですよ。ただ、一旦こうなってしまうと、ここを地上のような『楽しい街』にするためには、今ある利便性のうちのどこかを削る必要が出てしまいます」

それは、そうだろうな。この真《ま》っ直《す》ぐ伸びた道に個性をつけると、当然ながら遠くの様子を見通すこともできなくなるし、道の移動もここだけ複雑化する。

だから、天界はもう変化できないのだ。

『完成』してしまったから。

便利になって失われるものがある。シビラを始めとして、天界の者が未完成である地上に憧れる理由が少し分かった。

やがて、大きな建造物が現れたところで動く道が途切れた。

「中央管理局で手続きをするので、こちらでお待ちください」

フィーはそう言うと、建物の中へと入っていった。

俺達はその前で待っていると、シビラが羽を生やしてふわりと浮き上がる。

街中を見て、溜息《ためいき》を吐《つ》く。そのまま静かに降り立った。

「何だ黙って、悪いものでも喰《く》ったか？」

「あんたがアタシのことをどう思っているかはともかく、久々だから昔を思い出しちゃうのよね」

「久々なのは、やはり地上で俺みたいな回復術士《ヒーラー》を探していたからか」

「ええ、もう気が遠くなるぐらいの期間ね」

シビラの昔、か。

何か言葉を続けようと思ったが、ちょうどフィーが用事を終わらせてきたようだ。

「お待たせしました、こちらです」

その言葉とともに建物を素通りするよう案内され、更に動く道へと乗った。

中央管理局の向こう側も、似たような建物が続くのみであった。


どれぐらい、こうして動く地面の上にいただろう。エミーはやや退屈そうに手すりにもたれかかり、ジャネットは待ち時間でマーデリンの方に絡んでいった。

「随分と、仲がいいんですね。『リン』さん」

「あうっ……そ、それはもう、長い付き合いですから……」

「僕もあれぐらい、希望したいんだけどなあ」

「あ、あの、その……」

その会話に、エミーはフィーの方へと絡んでいった。

「フィーさんから見て、マーデリンさんってどんな人でした？」

「えっとねー、リンは結構失敗が凄いんだよ。砂糖と塩を間違えてドリンク作って、キャスリーン様が盛大に吹き出した話とか」

「ちょっと、フィー……バラしていい話とよくない話があると思うのだけどぉ……？」

何というか、こうして見るとマーデリンも俺達《たち》と変わらない存在なんだと思えるな。

エミーが再度失敗談をねだり、今度はマーデリンがフィーの失敗をばらす。セントゴダートの孤児を守りし天使、マーデリンとの距離もお陰様で縮まったように思う。

雑談していると、時間は案外すぐに過ぎるもので。

「ここに住んでるわけ？　マジで？」

シビラが呆《あき》れ気味に、到着した先の建物を見る。

そこは、天界の中でも奥の奥といった場所で、周りには他の建物すらなかった。

先ほどまでの建造物と比較しても、明らかに窓が少なく、それでいて建物自体も小さい。

「正直、『宵闇の女神』様が住まう建物にしては、あまりにも小さい場所だと思います。

私の家よりも小さいですし」

「んー……こんなところに引っ越すなんて、思った以上に参っちゃってるのね。分かった、ちょいと話つけてくるわ」

「はい。よろしくお願いします」

それでは、と会釈をしたフィーを見送った。

「入るわよー！」

シビラが遠慮なくドアを開けて叫んだ。

続いて俺達も足を踏み入れる。

家の中は、家具も少なく部屋も小さいものだった。

「その声、もしかして……」

開け放たれた奥のドアから声がしたと思うと、ゆっくりとした足取りで、一人の女性が現れる。

銀の髪。青い瞳。何より……シビラとよく似た相貌。

「よっ、遊びに来たわ」

長い時間を留守にしていたとはとても思えないシビラの軽すぎる挨拶に、唖然《あぜん》とした顔で目を見開く女性。

シビラの姉、プリシラその人で間違いないだろう。

17 シビラの姉、『宵闇の女神』プリシラ

「本当に、シビラ？　シビラなの？」

「それ以外に見える？」

シビラのあっけらかんとした様子に、女性は何故《なぜ》か意外なものでも見ているかのように驚いていた。

「……あまり同じには、見えないかも」

「えっひどっ!?　可愛《かわい》い妹のことぐらい、何年経《た》っても忘れないでしょ!?」

「そういうところが、見慣れないのだけれど……。ところで」

戸惑いつつも、女性は当然こちらに視線を向ける。

そりゃそうだよな、全く知らない顔なんだから。

「あーっと、そうだったわ。姉さん、この三人はシャーロットの紹介で来た人間よ」

「にん、げん……？」

シビラの紹介に対し、目を見開き口を大きく開けて驚愕《きょうがく》の表情を隠さない女性に、内心少し笑ってしまう。

さっきの天使もそうだが、天界の存在にとって人間ってのはよっぽど珍しい存在みたいだな。

「当然こっちにも紹介しないとね。この人がアタシの姉、プリシラ」

そう紹介されると、プリシラはこちらまで歩み寄り頭を下げた。

「本当に、人間……。あっ、あの……初めまして、ようこそおいでくださいました。シビラがお世話になっております、『宵闇の女神』プリシラと申します」

丁寧な挨拶とともに、長い銀の髪がさらりと床近くまで垂れる。

身の丈はシビラと同じぐらい高めで、厚手の黒いローブを着込んでおり体形は見えない。

清楚《せいそ》というよりも、全身で夜を演出しているかのように静かな雰囲気を纏《まと》っている。

顔だけ見ると姉妹だと分かるが、それ以外は正反対もいいところだな。

「ラセルだ。まずは頭を上げてくれ、シビラには随分と気易《きやす》い対応をされているからな」

「えっ……本当なの？　シビラ」

「いいじゃん別にぃ～」

むしろ想像していた『女神』というものに比べて、あまりに皆謙虚だと俺の方が驚くぐらいだが。エマなんて、丁寧語すら拒否したぐらいだしな。

そういう意味で言ったら、人間に対して滅茶苦茶《めちゃくちゃ》に馴れ馴れ《なな》しいシビラだけが例外という不思議な結果になっている。

エミーとジャネットも自己紹介し、その度にプリシラは丁寧に頭を下げた。

「あと、この子覚えているかしら？　マーデリンって言うんだけど」

「お久しぶりです、プリシラ様」

「もしかして……お店の子？」

「はい。覚えていてくださり恐悦至極に存じます」

急な来訪に驚いていたであろうプリシラも、言葉を交わしているうちに落ち着いたようで、部屋の奥へと案内してもらった。

長く美しい髪を揺らし、静かに歩く女性……もしかすると、プリシラはマジで女神らしい清楚な女神の第一号かもしれん。


プリシラの家は、王都をもう一段先進的にしつつ、徹底的に無駄を省いたような環境とでも言えばいいだろうか。

建物の中は暖かくも寒くもなく、壁や床、家具の全てに至るまで白一色で統一された部屋だった。

何の革なのか分からない真っ白のソファに座り、ガラスと金属で構成されたテーブルに飲み物がプリシラ自らの手で置かれる。

口をつけると、王都で飲んだものと同じ紅茶だった。

「それで、シビラ。私に用があったというのは……」

「アタシじゃなくて、マーデリンなのよね」

シビラに促され、マーデリンが話を始める。

「ケイティと言っても分からないと思いますが――その略称の元、でしたら」

マーデリンの一言で、プリシラは一瞬考え込むようにガラスのテーブルへ視線を移し、すぐにはっとしてマーデリンへと驚愕の視線を向けた。

「……まさか！」

「はい。私は一度天界を訪れた金髪のキャスリーン様に洗脳され、先日までパーティーメンバーとして地上にいました」

プリシラは目を瞠《みは》りながら息を呑《の》み、はっとした表情をするとシビラの方を見た。

「洗脳されていたのに、ここにいる理由はまさか……」

「そのまさかよ。一度キャシーのパーティーに入って、人の手で洗脳が解かれたわ」

シビラがその言葉とともに俺の方を向き、皆の視線が集まる。

「キュアのことか？　確かにマーデリンはそれで洗脳というか、人格の上書きのようなものから解かれたが」

俺がそう言うと。

プリシラは突如として目を潤ませ、内から溢《あふ》れ出る何かを堪《こら》えきれないように顔を伏せて嗚咽《おえつ》を漏らした。

急激な反応に俺達が驚いていると、シビラがこちら側の席から立ち上がり、対面のプリシラを慰めるように肩を抱いて顔を寄せた。

エミーやジャネットと何事かと顔を見合わせつつも、落ち着くまで待つことにする。

プリシラへと優しげな表情で顔を向けるシビラは、いつも見ている雰囲気とは大幅に違う姿だ。こうして見ると、どちらが姉なのか分からないな。

俺の言葉でここまで急激な変化があったということは、今の言葉がプリシラにとって大きな意味を持つのだろう。

シビラも、それを分かっていて俺に話を振ったと考えるのが自然だ。

プリシラは、幸いすぐに落ち着いた。

「……折角のお客様というのに、申し訳ありません」

「いや、構わない。恐らく俺のキュアの効果がそれだけ予想外のものだったんだろう。ああ、言い忘れたが俺は【聖者】だ。そこにいるあんたと違って宵闇感のかけらもないヤツによって【宵闇の魔卿《まきょう》】になっている」

「えっ、今は【聖者】ではないのですか？」

「いや両方あるんだよ。職業授与《ジョブグラント》、だったか？　あれの後にも【聖者】が残った」

「まさか、人間の身で複数持ちが可能なんて……！」

プリシラの言葉に、俺は真っ先にエミーを見た。

「驚かれるようなことらしいぞ？」

「いやー、照れちゃいますねー」

頭をカリカリと掻《か》きながら笑うエミーに、プリシラは更に驚いた。

「まさか、あなたも……？」

「はい、【宵闇の騎士】です。あと【聖騎士】も、ですよー」

「……どうやって成り立たせているんですか？　スキルは、相容《あいい》れないはずです」

「えーっと、なんか引くぞーって思ったり、押すぞーって思ったりしながら……」

「天才ですか？」

エミーは感覚で動く部分があり、細かく理詰めするよりヒントを一つもらった後は自分で感覚を摑《つか》む方が身につくタイプだろう。最近になって思うんだが、この辺りの説明不能な部分への理解は実際に天才的なんじゃないだろうか。

当のエミーは、ジャネットに「天才だって！」と嬉《うれ》しそうに自慢し、ジャネットは驚くこともなく肯定的に頷《うなず》いていた。まさかのエミー天才説である。

プリシラは次に、ジャネットの方を見ていた。

「……期待してもらったところ悪いですが、僕は【賢者】の一種のみです。普通ですよ」

「あら、多重無詠唱するのに？」

「多分僕以外もできると思いますし……」

シビラのツッコミに、今度は最近こいつは謙虚と卑屈を間違えているんじゃないかと思うジャネットが答える。

以前から思っていたが、ジャネットは自分に対しての基準が厳しすぎる。ジャネット以外では基準ラインを誰も超えられないぞ。

シビラが呆《あき》れ気味に能力を説明し、ジャネットが実演してプリシラが驚く。

これができるヤツがそこら中にいてたまるか。

「シビラ、良い縁に恵まれたね」

「これもアタシの普段の行いがいいからよね！」

「……そう、ね。シビラが頑張ったお陰ね」

愁いを帯びた目で頷くが、いやそこは否定していいと思うぞ。行いがいいヤツは昼間から酒を飲んだりしないし、何と言ってもこいつはすぐに調子に乗る。

きっと昔から、シビラはこの調子でこの姉を振り回してきたのだろうな……。

「さてと。マーデリン、約束通りプリシラの所に来たが、話してもらっていいか？」

「はい。不躾《ぶしつけ》な言い方になり恐縮ですが、プリシラ様は、私がこちらのパーティーの皆様をお連れした理由に心当たりがありますよね」

ハモンドの街で、ケイティの支配からマーデリンを救ったあの日。

その時から、ここを目的地にしてきた。

マーデリンの問いに対し、プリシラは――。

「はい」

――明確に、言い切った。プリシラは、思い当たっている。

「私が天界に戻って来た理由は、もちろんプリシラ様にお話しいただくためです。事情も全て、洗脳されたキャスリーン様の口から聞いております。ですが……これをプリシラ様の許可なく喋《しゃべ》ることはできなかったこと、また内容に間違いがある可能性も考えて――」

「ええ、もちろん分かっています。気に掛けてくれてありがとう……あなたにはかなり苦労をかけてしまったのですね」

「いえ、お気になさらず。確かにいくら後悔してもし足りないことはありましたが、それを差し引きしたとしても良いこともあったのです。『選択』ができましたから」

マーデリンに自然と目が合ったジャネットは、小さく微笑《ほほえ》みながら頷いた。

「そう……天使のあなたが、自ら選べたのですね。おめでとう、私も嬉しいわ」

最後に緑の髪の上級天使は微笑み、俺の方を見て頷いた。

どうやらこれで、マーデリンの事情は話し終わったようだ。

「それじゃ早速だが、俺達《たち》が直接会いに来た理由とやらを話してもらっていいか？」

「はい。それはラセルさんの能力についてです」

俺の能力、となるとやはり今のキュアの話だろう。

「キャシー……今はケイティと呼ぶべきなのですが、敢《あ》えてキャシーと呼びます。『愛の女神』キャスリーンと、私『宵闇の女神』プリシラは、気の合う友人関係でした」

プリシラは、当時の良い思い出を想起するように微笑み、組んだ指元に視線を下げて話し始めた。

「キャシーは、私にとって居心地のいい相手で、また憧れでもありました。地上には女神しかいないでしょう？　それは太陽の女神と、他の女神達が人間を支えたいと決めたから。男神は人間に興味が湧かず、天界に留《とど》まっています」

確かに言われてみると、今まで出会った神は全て女性だった。

天界には、男神もいるんだな。

「私はその方達との交友が苦手でしたが、キャシーは誰よりも得意でした。間に入ってトラブルを未然に防いでくれたことも何度も……だから彼女は、私の中で恩人であり憧れでありり……誰よりも大切な友人でした」

こうして聞くと、あまりにケイティの印象が違いすぎて驚く他ないな……。

直接対峙《たいじ》した時のあいつは、まるで他者の尊厳を踏み躙《にじ》るような言動と、尋常ならざる悪意の洗脳。

――何より、洗脳を解いたヴィンスが拒否反応を示しても、あいつは平気で上書きした。

ヤツの辞書に『思いやり』などという単語は載っていないだろう。

「……そう、今のラセルさんの表情を見て分かりました。やはり、今も私の知るキャシーはいないのですね」

プリシラは、俺の表情から大体のことを読み取った。

つまり、ケイティの悪意についても心当たりがあるということだろう。

「ラセルさん。この世界を救えるあなたが現れたからには、私も逃げるわけにはいきません。全て、全てを……覚悟して、お話しします」

神々の戦い。

魔王の出現。

そして——俺達勇者パーティーと確執のある『愛の女神』ケイティという謎。

その謎が、ついに明かされる。

「私とキャシーに何があったかを——」

18 人の英雄譚《たん》の始まりと、その裏にあった神々の事件

魔神が地下へ去り、その後に神々が地上を去った後。

大地が人間の世界となり、その後に地上に魔王が侵攻を始めた黎明期《れいめいき》の話。

まず初めに、この魔王侵攻の問題を『太陽の女神』シャーロットは神々の果たすべき責任と考えた。

幾人もの神々がこれに賛同し、彼らは持てる力を使ってダンジョンを攻略し始めた。

『宵闇の女神』プリシラと『愛の女神』キャスリーンによるコンビも、そのうちの一つ。

一切の防御要素を無視する闇魔法を駆使するプリシラと、全ての病魔を一瞬で退けるキャスリーンは相性抜群のコンビであり、ダンジョン攻略の中でも希有《けう》な存在。

一日でダンジョンを二つ潜ることもあり、圧倒的な戦力差で魔王を地上から退去させる。

『火の男神』と『水の女神』や、『風の女神』と『大地の女神』といった有力ペアもいた。

それらと比較しても、『宵闇の女神』と『愛の女神』のペアは圧倒的だった。

最初期に現れた魔王とダンジョンは、二人の力によってその大多数が埋まった。地上侵攻の第一弾は神々の完全勝利だった。

「キャシー。私達、最多記録なんですって」

「ロットは討伐数を記録してたのですか？　ふふっ、エマが聞いたら悔しがりそうね。自慢しに行っちゃおうかしら？」

「もう、キャシーったら。でも私達、その……いいコンビ、だよね」

「あったりまえじゃない。プリシラは、天界で一番の相棒《バディ》よ～！」

銀髪の静かな美女に、桃色の髪をした明るい美女。

二人が肩を寄せ合うと、長く伸びたストレートヘアが綺麗《きれい》に混ざり合う。

プライベートから冒険まで一心同体。

それが、『宵闇』と『愛』のペアだった。

――そんな日々に、終わりが訪れるなど誰も思わなかった。


第二次の、魔王地上侵攻。その頻度は、第一次の比にならなかった。

事態が良くない方向になっていることを察したシャーロットは、方針の変更を決意した。

それは、大きな決断であり、苦渋の選択。

人類に、魔物の討伐を任せるというものだ。

ただでさえ最初期の魔神との戦いに巻き込まれる形で、人間は減っていた。これ以上、何も与えず神々だけで対処し続けるのが、人類のためになるとは思えない。

最後まで、人間には神族と魔族の争いに巻き込まれてほしくはなかった。

これは、天界側の責任だと。

しかし今のままでは、逆に人間の被害が広がり続けてしまう。

「――私はあなた達全ての人間の全ての人生を、私の力で助け続けます。起きている時も、寝ている時も……全てを、あなた達のために……」

自らを罰するように、シャーロットは限界を超えた処理能力を発揮し、全ての人類に『職業《ジョブ》』を与えた。

貴族の責務《ノブリス・オブリージュ》を持つ青い血《ブルーブラッド》には上位職を。そうでない者には、ダンジョン上層攻略の報酬だけ保証し、魔王討伐の責務が一切ないよう通常職を。

その能力全てを一元管理できるよう、『水の女神』エマにタグで表示できる魂のデータ連携と、冒険者ギルドの管理を任せた。

これが、人類の時代。

『人の英雄譚《たん》』の始まりである――。

人類が魔王討伐に積極的になったことにより、神々は天界へと帰った。

地上の営みを、できる限り人間の自由意志に任せるように。

それでも、魔王を限られた人間だけに任せるのは無理がある。神族を代表したプリシラとキャシーは、引き続きダンジョンを攻略していた。

人類を守る影の英雄として、人知れず山奥に現れたダンジョンを。

誰も寄りつかない、断崖絶壁に現れたダンジョンを。

人の目が届かないダンジョン全てを、二人は虱潰《しらみつぶ》しに攻略した。


ある日、シャーロットは休暇に戻ったプリシラの家へと訪れた。

「一度、謝っておきたくて」

知己である友人の言葉を聞いて、最初にプリシラが思ったことは『何を?』だった。

「私が、地上を『太陽の女神』を信仰する大地にしてしまったこと」

「それは、構わないのですけど。どうして急に」

「まさか……夜にまつわるものや、黒に関連したものに、少しずつ悪感情を持たれるようになってきているなんて……」

シャーロットの誤算。それは、自らの神格を上げる段階で、対比により太陽だけが過剰な依怙《えこ》贔屓《ひいき》をされ、それに反目するものが蔑まれてしまうことであった。

「闇属性の力は、表に出せなくなってしまった。私は、そんなつもりでは……」

後悔を滲《にじ》ませ、顔を伏せるシャーロットの相貌。それは人類の守護神とはほど遠い、友人を気遣う幼い少女のそれであった。

対し、プリシラは穏やかであった。

「気にしていません。私達が、人間のために存在すると決めた時から覚悟しています」

その言葉が気休めになるどころか、一層傷ついたように太陽の女神は眉根を寄せた。

「でも」

ふと、そこで思い立ったように、宵闇の女神は想像する。

「この世界で、闇を纏《まと》ってでも人を助ける人間が現れたら、きっとそれは『英雄』ね」


――やがて、運命の日が訪れる。

その日に出会った魔王は、目が血走っていた。

大量に喚《よ》び寄せたダンジョンスカーレットバットの陰に隠れ、自らの姿を見えなくした。

「隠れていても無駄」

無詠唱で《ダークスプラッシュ》を際限なくばら撒《ま》き、周囲を埋める魔物を掃除するかのようにぐるりと仕留めていくプリシラ。

最後に魔王のいた付近の魔物を一掃し、魔王の息の根を止めようとしたが。

「……いない？　何処《どこ》？」

油断もあった。

圧倒的な攻撃力と防御力であった二人組であるが故に、通常の魔法職にあるサーチフロアなどを使えるようにはしていなかった。

故に——天井からの攻撃に、気づけなかった。

「——危ないっ！」

キャシーがプリシラを突き飛ばし、魔王の手がキャシーの背中に触れた瞬間、魔王のダンジョンコアが割れる。

「ガルヴァイザ様にいただいた、魔界唯一の魔法が……最後の最後にッ……！」

そう悔しそうに呟《つぶや》いた魔王は、何かをして灰になる。

「キャシー、大丈夫!?」

プリシラが手を伸ばすと——キャシーは強い力でプリシラを壁へと叩《たた》き付けた。

「ぐっ……！　どう、して……」

プリシラの目の前で、キャシーは自分でも理解できないように首を傾《かし》げた後、「あは」と小さく笑った。

「愛、愛……これが、愛？」

「何を、言って……」

「愛……熱愛……情熱の赤を求めなくちゃ……」

キャシーがそう呟いた瞬間、プリシラは目の前の相棒に胸を貫かれた。

反応する暇もなく、プリシラは光の粒と化した。

プリシラは、天界にある自分の部屋で目を覚ます。

間違いない……キャシーに殺されたのだ。

何が起こったかは、当然分かる。

プリシラが魔王に狙われ、それをキャシーが寸前で防いだのだ。

——白き魔神ガルヴァイザ。

確かにあの魔王はその名を出した。神魔大戦でシャーロットと戦った、魔神の中でも最強の一体であった。

話しぶりから、ガルヴァイザの渡した力の中でも唯一無二の特別なものだったのだろう。

魔王のダンジョンコアを全て消費しての、捨て身の攻撃。キャシーは、プリシラが魔界側に奪われるのを防いだ……その結果、キャシーが奪われた。

天界初の明確な損失。

天界最大の失態。

相棒を犠牲に、のうのうと戻って来た自身。

「私が……私が取り戻さなくちゃ……！」

プリシラは、焦っていた。

「あれ、いつこちらにお戻りに？　キャシー様は？」

「ちょっと緊急で用事があっただけで、すぐ戻るの」

「そうですか。またお二人でいらしてくださいね」

礼をする天使――お気に入りの喫茶店にいるマーデリンという店員――から逃げるように、プリシラは地上界を目指す。

知られるわけにはいかない。多少力は落ちたものの、まだ宵闇の力は残っている。ダンジョン攻略は、余裕があった。

しかし。

「まあ！　また来てくれたのね！　愛だわ！」

「キャシー……」

それは、天界でも『太陽の女神』しか持ち得なかった金髪。

その髪を遠慮なく揺らす愛の女神は、自慢気に髪を撫《な》でる。

「あなたを――ぐっ!?」

キャシーに向かって足を踏み出した途端、胸から剣が現れる。

自らを刺した存在に、咄嗟《とっさ》に反撃しようと手を伸ばした先にいたのは――神界の全員で守ると決めた、人間だった。

（そん、な……）

声色しか一致しない親友の、聞いたことのない嘲笑を最後に、プリシラは再度負けた。

――そこからは、焦りが募り、敗北が続いた。

自分の闇の力を、人間に与える。そんな手を使っても、キャシーにはまるで勝てない。

人間の使い潰し方や遠慮のなさに、太刀打ちできないのだ。

そもそも、根本的に『人間の操り方』という分野において、『愛の女神』と『宵闇の女神』では能力に差がありすぎた。

悪条件に、悪条件が重なる。

負けて、負けて、負け続けて……いつしか、もう人間達《たち》と変わらないほど力を失った。

何より……自分達が守ってきた、自分達が攻撃できない人類に何度も殺され続けるのは、プリシラにとって何よりも辛《つら》いことであった。

人の願いで生まれし神。

善意で無限の力を得ても、悪意への耐性は持ち合わせていなかった。


プリシラは、完全に折れた。


目の前で、親友に容赦なく殺される。

昔と同じ笑顔で。

協力者も、無残に殺される。

無力な自分のせいで。
使い潰してしまう。
使い潰してしまう。
本来死ぬはずじゃなかった、守るべき対象を、自分の手で使い潰してしまう。
もう誰にも、助けを請うことができない。
こんな自分、女神として降臨する資格がない――。
――彼女は、完全に塞ぎ込んでしまった。

シャーロットは、地上で太陽の女神として力をつけた。
誰もが畏敬の念とともに、太陽の女神を最上と崇《あが》めた。
――ただ一人、シャーロット本人を除いて。
彼女は願った。かつて重荷を背負わせてしまった友人を想《おも》って。
人類を護《まも》るために作り出した、想定より歪《ゆが》んでしまった女神による守護の殻。
彼女は願った。その殻を破る者を。
女神の手ではなく、自らの自由意思で行う者を。
彼女は、シャーロットは願った。英雄の誕生を。
誰もいない王城の最奥で、プリシラと交わした言葉を思い出しながら――。

19 多くを巻き込んだ失態を、引っ繰り返すほどの感謝を

「はーっ、なるほどね」

シビラがそこで、口を挟んできた。

「なっがい話をまとめると、つまり姉さんがポカやらかしてキャシーが奪われて、バレないうちに解決しようと思って返り討ちに遭って、報告連絡相談なーんもしないうちに事態が取り返しつかなくなっちゃったのね」

「容赦ねえなおい」

実の姉とはいえ、今の話でよくもまあこいつはこんなに言いたい放題言えたもんだな。まあ、シビラなら言えるか。

「ううっ……久々に会ったシビラが厳しい……」

「そりゃ厳しいわよ！　だってそれ言い出せなかっただけじゃん！」

「そう、だね……」

「ほんっと……ほんっとアタシはさあ……！」

シビラは目を閉じ、ぐっと溜《た》めてから絞り出すように声を発した。

「心配、したんだから……」

それは、いつものシビラからは考えられないほど弱々しい声だった。

……そうだな、そもそもシビラはずっとケイティを追っていたのだ。

何度も【神官】を【宵闇の魔卿《まきょう》】に変えて、姉の力を人類に託して一緒に戦って。

ダンジョン攻略がメインであっても、姉の引退原因を探っていたのだ。

話から察するに、殆《ほとん》ど知らされていなかったのだろう。

しかし、こいつは俺に『キャスリーンは姉を引退させた女神』と明確に言い切っていた。

プリシラの隣からキャシーがいなくなったことから、全てを察してプリシラの代わりに地上に降りた。

そこから、何度も何度も。

気が遠くなるほどの時間、戦い続けてきたのだろう。

何度も負けた、とだけ知っていたが……プリシラは自分を守るためにキャスリーンが奪われて、自分の失態が原因で人類を巻き込んだことに負い目があった。

——相棒の女神と、人類。抱え込むには、巻き込んだ相手が大きすぎる。

その責任を、この生真面目そうな女神が抱え込んで耐えられるようには見えない。

「もっと私達が頑張っていれば……。それに、今も……今もキャシーと討伐隊に参加していれば、『勇者パーティー』に命の責務を負わせることも、シビラと『影の英雄』に苦労をかけることもなかったのに……」

懺悔《ざんげ》するように絞り出した今の言葉に……ふと違和感を覚えた。

責任感があるのは重々承知だが、どうにも納得できないことがある。

「なあ、プリシラ」

「は、はい」

「もしかして、あんたが理由で俺みたいな、つまり聖者が現れるようになったのか？」

「……そういうことに、なりますね……巻き込む形に……」

マジか。こいつは、よりにもよってそれを『最大の失態』とか捉えてんのか。

やれやれ、自信満々ぽんこつ駄女神にも呆《あき》れるしかないが——泥沼卑屈駄女神には、もっと呆れるしかないな。

「感謝する」

俺は一言、そう告げた。

「……え？」

「聞いてほしい。俺は、俺達は孤児だった。物語に憧れても何の未来もない、ただ憧れるだけの孤児だったんだ」

話すべきだろうと判断し、隣を見る。

エミーとジャネットは同意するように頷《うなず》いた。

「シャーロットの手違いか、何故《なぜ》か俺達は勇者パーティーになった。だが……何度も、何度も……危険な目に遭ったたし、命を落としかけたし……実際に、エミーは一度死んだ」

「……！　まさか、そんな」

「蘇生魔法《リザレクション》。それがなければ、俺はエミーに助けられたまま生き存《なが》えていた。他にも、魔神なんてものにぶつかった時にも、随分と回復術士《ヒーラー》であることに助けられた」

だが。

「これらは全てダンジョン関係だ。俺の始まりはな……ある親子を助けたことなんだ」

今でも思う、泣いている子供のこと。

きっとあれは、俺が【聖者】でなければ治せなかったはずだ。

——あの時、俺は絶望していた。

他人の子供だった。治さなくても、関係はなかった。

だが、きっとあの時に治していなかったら、俺は……。俺は、そうだな……後悔していないが、『後悔しないような人間』になってしまっていただろう。

決定的に、何か終わってしまったような人間。恐らく……俺は自分の【聖者】を残すことなく、誰よりも自分を使い潰すようにして……。

——自分が【勇者】になった世界線《パラレル》の夢を思い出す。

ああ、そうだ。

あれと同じになってしまっていただろうな。

仮にアドリアの魔王を倒せたとしても、エミーは確実に俺を守るために命を落とした。

彼女を救えたのは、俺にその力があったから。

思えば、マデーラでもそうだった。

魔神なんてものに神々の代わりに挑んだのは、英雄譚《たん》に憧れたからか、それともシビラ達神々の分まで活躍しようと思ったからだろうか。

違うよな。

「ウルドリズを滅ぼしたのは、魔神討伐を成し得たかったからではない。ちょっと迷子になっている娘を母親に届けるため。それだけだった」

「……待ってください。赤き魔神ウルドリズは、滅んだのですか？　封印ではなく？」

「自爆も止めたし、コアもパキッといったからな。あれは滅んだだろ」

「アタシも保証するわ。いかにも悔しそうに滅んだわね、いい気味！」

シビラの宣告に、プリシラは唖然《あぜん》とした表情で俺達を見比べた。

やはりあの戦いは、特別なものだったのだろう。

「だからな」

俺がこいつを救えるとしたら、こうだろう。

「この賑《にぎ》やかな駄女神が相棒で、俺はそれなりに充実した日々なんだ。あんたの相棒がいないなら、あんたが立ち直れなくても仕方ない。その迷子を送り届けてやる」

「やーん今日はラセルがアタシを持ち上げまくり！　やっぱりもう相思相愛よね！」

「はいはい、今大事なところだから黙ろうな？　後は、キャスリーンを助けるために……

ガルヴァイザ、だったか？　そいつを倒す必要があるのなら、倒してこようと思う」

俺の宣言にプリシラは息を呑《の》む。

一体は倒した。人間に滅ぼせない相手ではないのだろう。

厳しい戦いになるだろうが、避けるわけにはいかない。

だが、俺が話したいのはそういうことではない。

「……きっとな。俺は、ずっと誰かの助けになりたかったんだよ。今でこそこんなんで、
以前までどういう自分だったかもう思い出せないぐらいだが」

俺の言葉に、エミーとジャネットが少し俯《うつむ》いた。

自分というものが大きく変質したのは分かる。今となっては、元々こんなものだったか
もなと思ったぐらいだ。

ただ、シビラは俺の本質を『聖たりえる者』として明確に認識していた。

きっと今も、その核となる部分が俺の中に残っているのだろう。

「【聖者】になれたことで、多分俺が一番救われているのだと思う。その上で、プリシラ。

あんたの使ってきた闇魔法が、もっと誰かを助けるための力となっていることも」

「あなたは……私の『闇魔法』を肯定してくれるのですか？　この『太陽の女神教』の世界で生まれ、その女神の力を得た【聖者】のあなたが」

「いやさっきからそう言ってるだろ、ぶっちゃけ俺は『太陽の女神』よりあんたの方が元々の好感度高いぐらいだしな」

俺の答えに、おちゃらけていたシビラは落ち着いて言葉を重ねた。

「シャーロットと姉さんが求めた、人間の英雄。『黒鳶《くろとび》の聖者』、それがラセルよ」

改めて『太陽の女神』と『宵闇の女神』の求めた英雄とか紹介されると、大げさすぎないかと思うが……それがプリシラの支えになるというのなら、甘んじて受け入れるか。

「自分で抱え込みすぎるなってことだ。人間の一生では届かないぐらいダンジョン討伐してきたんだろ？　その礼として、人間をもっと頼れ」

「頼られているって、大事なことよ。頼りにされているっていうことが、その人の原動力になることも少なくないんだから。たくさん使ってあげなきゃ」

うんうん自分の言葉に満足気に頷くシビラ……待て、その言葉には一言言っておかなければならん。

「とはいえここにいる巻き込み型悪戯《いたずら》駄女神みたいになってもらっても困るけどな」

「やーん嬉《うれ》しいくせに！　ちなみにアタシは最高に楽しいわ！」

振り回されていること自体は断じて嬉しくないぞ！

「また奢《おご》ってくれてもいいぞー少年！」

「いやマジで二度と払わねえからな！」

「次の行き先も高い店狙おうかしら！」

「聞けよ!?」

頬を突《つつ》いてくるシビラの頭を指で弾《はじ》くと「きゃん！」と嬉しそうに悲鳴を上げる。いや喜ぶな。

俺達《たち》の様子を見て、プリシラは。

「ふふっ……ふふふ……」

口に手を当て、上品に笑い出した。

それは、今まで見たどんな女神よりも上品で、神秘的な美しさを持っていた。女神の微笑《ほほえ》み——というものがあるとすれば、こういうものを言うのだろうと素直に思えるほどに。

「……！」

そんな姉の姿を見たシビラは、一瞬息を呑んだ後、俺の傍《そば》に身体《からだ》を寄せて。

「……ありがとね」

目の前の相手に聞こえないぐらい小さな声で、俺の耳元で囁《ささや》きながら手を握った。

ま、お前の悩みの種だった、困ったお姉さんだからな。

これで相棒《おまえ》の調子が上向きになるなら、いくらでも対応してやるさ。

俺の話が終わったところで、マーデリンが改めて手を挙げた。

「確認したいことがあります。キャスリーン様は、自ら身代わりになったのですね？」

「ええ……」

「……ようやく、理解できました。キャスリーン様の不可解な言動の理由が」

「不可解……ですか？」

マーデリンは、ずっとケイティと行動を共にしていた者だ。当然俺達が知らない間ものようなことをしているかは全て把握している。

「エミーさん。あなたから見て、ケイティに『悪意』はありましたか？」

「へ？　ええっと……実は、あんまりないんですよね。聖騎士スキルとか、完全に善意で教えてもらってたんじゃないかなって思います。私の失敗、自業自得なので……」

「では、ジャネットさんは？」

「僕も正直全く。まあ、善意だから対策できなかったとも言えるけど……」

二人の回答を聞き、マーデリンは静かに頷いた。

「やはり……。プリシラ様、キャスリーン様は恐らく……未《いま》だに抗《あらが》っています」

マーデリンの口から、意外な単語が出た。あのケイティが、抗っている……？

「私とアリアは、発言も行動も、一切の自由がありませんでした。自分の身体の形をした着ぐるみの内側から見ているような……そんな感覚です」

聞くほどに恐ろしい能力だな……。

「ですが、キャスリーン様は……ケイティは、いつも『愛』を言葉にしながら、自分の行動に疑問を持っていたようなのです。真夜中に独り言を呟《つぶや》き、予定を変えるように」

マーデリンの言葉に、俺もヴィンスと戦った時のケイティの独り言を思い出していた。

──私の愛が負けるはずがない……愛が、愛、が……愛？

あの時、確かにケイティは不安定だったように思う。

「今まで魔神の手先でいながら、人間を滅ぼす一手も女神を滅ぼす一手も打っていない。それは、キャスリーン様が魔神に支配されて尚《なお》『人を愛すること』の範疇《はんちゅう》から出た行動を取れないのです。あの方は……未だに『愛の女神』なのです」

そう、か。言われてみれば、ケイティとの戦いは苦戦するものであったが、その行動基準は自らの愛を押しつけるような言動だった。

「だから、私は大恩あるキャスリーン様を……あの方だけの役目の選択を、肯定したい」

「キャシー……」

かつて相棒だった旧知の名を呟き、プリシラは瞑目《めいもく》する。

想像する。俺を何度も殺そうとするシビラの姿。それを止めようとする俺。それは何と恐ろしく、絶望的な光景だろう。俺ならきっと、耐えられないだろうな……。

プリシラは、ずっとその戦いを一人でしてきたのだ。心中察するに余り有る。

だが、彼女は再び前を向いた。

「……前を向かないといけませんね。その報告は、良い報告なのですから。ラセルさんの件も含めて、まだ私に希望がある。そういうことなのですね」

その過去を思い出して尚、報告を前向きに捉えられること。それがこの人の強さなのだと思う。

笑顔を戻したプリシラに、今度はエミーが手を挙げた。

「はいはい！　えーっと、よろしいでしょうかっ！」

「まあ、どうぞ?」

元気いっぱいに主張したエミーは、驚くべきことを言った。

「さっき話にもありましたけど、まあ一度死んじゃったの私でして。あと、シャーロットさん……太陽の女神様に見せてもらった時も、まあものの見事に死んじゃいまして」

「そ、そんなに、ですか……!?」

エミーが話題に出したのは、自らが【聖騎士】の盾となった時のこと。

急に出した話題にしてはあまりに強烈で、プリシラも目を見開いて驚く。何故今その話題を出したのかという疑問に、エミーは持ち前の明るさでさっぱりと話した。

「あー、それなんですけど。私、二回とも全く後悔してないんですよ。まあ死んじゃったらその後が守れないから、そこだけは失敗だなーと思ってるんですけど」

「エミーさん……あなたは、なんという……」

「ああいえ、自己紹介したいわけじゃなくて！　えっとえっと、つまり」

辿々《たどたど》しくも、言葉を選ぶ彼女を皆で見守る。一生懸命な姿には、伝わるものがあった。

「ケイ……じゃなくてキャスリーンさんは、きっとプリシラさんのこと守れたの、やったぞーって思ってます。『愛の女神』ですよね。だってきっと――」

エミーはぐっと身を乗り出して、プリシラの両手を握った。

「――いっちばん大切な『相棒』のこと、絶対、ぜったいぜ～～～ったい、一番『愛』してますからっ！」

エミーが花開く笑顔で話し――プリシラの瞳が揺れる。

「……。ありがとうございます。あなたは……あなたは、もう、それほどまでに深い愛を持って理解しているのですね……」

「い、いやいや！　普通ですよ普通！」

「これが普通のことなら、普段からあなたは真っ直《ます》ぐなのでしょう」

「あはは……えっと、えっと……あの、ど、どうしよぉ～？」

「そこで俺に振るのか？」

エミーは、プリシラと手を繋《つな》いだままこちらに助けを求めるように目を向ける。

言われて困るようなら言わなけりゃいいのに、プリシラの悩む姿を見て居ても立っても いられず言ってしまったのだろう。こういうところが、エミーの良さだよな。

エミーは俺の代わりに、ジャネットに助けを求めるように視線を向けたが。

「僕は二人みたいに慰めるのには向いてないのだけど……。でも、話を聞くに、どうやら この状況はキャスリーンの勝ちですね」

「……どういう、ことですか？」

一旦エミーから身を引き、プリシラがジャネットに身体を向ける。

「今の話、相手の話しぶりからするに、魔神にとって唯一無二の特殊スキルが『洗脳』 だったのでしょう。その上で、失敗したという認識でした」

そうだな、話を聞く限り恐らく魔神側の目的は。

「白き魔神ガルヴァイザの目的は、プリシラの奪取。理由は確実に、闇魔法だな」

その考えが一致したことを示すように、ジャネットが頷《うなず》く。

「洗脳した『宵闇の女神』にさせるであろうこと。それは間違いなく『太陽の女神』の不 意打ちだろうね。シビラさん、もしシャーロットがいなくなった場合は」

「あー……そりゃあ、地上の人間が一斉に職業《ジョブ》ナシになるわねJ
職業《ジョブ》の消滅。

それは魔物と戦う人間にとって致命的であるし、何よりダンジョン攻略中にそれが起これば問答無用の死を意味する。

「だから、ある意味あなた達プリシラとキャスリーンのコンビは、最初の段階でずっと勝っているともいえる」

その報告を聞き、プリシラはくすりと笑った。

「慰めるのは向いていないと言いながら、論理的に私を気遣ってくれるのですね」

「ん……」

ジャネットは照れ隠しのように頭を掻《か》いて視線を逸《そ》らした。

「まあ、ラセルも魔族側が大きな動きをしていないのに気付いていると思う」

「直近は『赤い救済の会』ぐらいだもんな」

結果的にウルドリズを滅ぼせたから良かったようなものだが、あれは完全に地上侵略の一手だったからな。

「赤い……？」

「姉さん、最近の地上には疎いものね。アレよアレ、シャーロットへの信仰心を利用した、怪しい集金宗教。その信仰心の集まりで復活したのがウルドリズね」

シビラの話に、プリシラは耳を傾ける。

何か記憶の奥底から気になることを探っているようだった。

「その『赤い救済の会』というのは、赤いものを信仰している、ということでいいのね」

「そーよ？　もうほんと極端な赤で気持ち悪いったらありゃしないわよ」

「……」

「建物から聖堂の中、全部真っ赤。あれで目が痛いと思わないんだからもーね」

ペラペラと事情を喋《しゃべ》るシビラに対し、プリシラはずっと黙っている。

「アタシの目も褒めたりするけど、目だけいいとか言うのよ！　ほんっと失礼しちゃうわね！　アタシは全身、超イケてるのに！」

「……」

「郵便ポストが赤いから神の所有物。もうほんとバカじゃないのっての、バーカバーカ」

「……」

「挙げ句の果てに教団員の結婚相手に赤い髪を選び、できた娘の髪が赤いってだけで母親から取り上げたのよ？　いやーマジないわー」

「――赤い、髪？」

シビラが出した言葉に、プリシラが初めて反応した。

「そーよ？　髪の色が赤い以外は興味ないだなんて、ほんっと失礼――」

ここでプリシラは急に手を挙げ、シビラの話を止めた。

俺が見た中で、初めてプリシラがシビラより積極的に動いた瞬間だ。

「思い出した……思い出しました……。幾度となく対峙《たいじ》した中で、キャシーが独り言で何を言っていたか」

ここで、俺達《たち》は気付かされた。

何故《なぜ》、こんなことに気付かなかったのか。
今まで自分達が、何を見落としていたか。

プリシラは、ケイティの行動の本質を話した。

「『太陽の女神』から力を得た者のうち、何故か赤い仲間を求めていました。例えば赤い武器、防具……それに、赤い髪や目をした王侯貴族や、【勇者】などですね」

――この時、天界にいた俺達は知る由もなかった。
セントゴダートの東、バート帝国の西の間にある巨大な谷。

その大地が大きく割れ、魔物が大地に溢《あふ》れ始めたことを。

この日を境に、人類の生活の在り方が大きく変わることとなった。

OVERLAP

黒鳶の聖者 5
~追放された回復術士は、有り余る魔力で闇魔法を極める~

発　　行　2023年2月25日　初版第一刷発行

著　　者　まさみティー
発 行 者　永田勝治
発 行 所　株式会社オーバーラップ
〒141-0031　東京都品川区西五反田 8-1-5
校正・DTP　株式会社鷗来堂
印刷・製本　大日本印刷株式会社

Printed in Japan　ISBN 978-4-8240-0412-3 C0193

オーバーラップ　カスタマーサポート
電話：03-6219-0850 ／受付時間 10:00～18:00（土日祝日をのぞく）

作品のご感想、ファンレターをお待ちしています

あて先：〒141-0031　東京都品川区西五反田 8-1-5 五反田光和ビル4階　オーバーラップ文庫編集部
「まさみティー」先生係／「イコモチ」先生係

PC、スマホからWEBアンケートに答えてゲット!

★この書籍で使用しているイラストの『無料壁紙』
★さらに図書カード（1000円分）を毎月10名に抽選でプレゼント!

▶https://over-lap.co.jp/824004123
二次元バーコードまたはURLより本書へのアンケートにご協力ください。
オーバーラップ文庫公式HPのトップページからもアクセスいただけます。
※スマートフォンとPCからのアクセスにのみ対応しております。
※サイトへのアクセスや登録時に発生する通信費等はご負担ください。
※中学生以下の方は保護者の方の了承を得てから回答してください。

オーバーラップ文庫公式HP ▶ https://over-lap.co.jp/lnv/